LES VOYAGES INVOLONTAIRES

LA

FRONTIÈRE INDIENNE

PAR

LUCIEN BIART

DESSINS DE H. MEYER

BIBLIOTHÈQUE
D'ÉDUCATION ET DE RÉCRÉATION
J. HETZEL ET Cie, 18, RUE JACOB
PARIS

LA FRONTIÈRE INDIENNE

PAR

LUCIEN BIART

DESSINS DE H. MEYER

COLLECTION HETZEL

LES VOYAGES INVOLONTAIRES

LA

FRONTIÈRE INDIENNE

PAR

LUCIEN BIART

DESSINS DE H. MEYER

BIBLIOTHÈQUE

D'ÉDUCATION ET DE RÉCRÉATION

J. HETZEL ET Cᵉ, 18, RUE JACOB

PARIS

LA

FRONTIÈRE INDIENNE

CHAPITRE I

Le Yucatan. — Le docteur Pierre. — Un âne rétif. — Don Pedro Aguilar. — Prisonniers toltèques. — Célestin. — Dents-d'Acier. — Pélican.

La péninsule du Yucatan, située entre la baie de Campêche et celle d'Honduras, borne au sud le golfe du
Mexique. Cette vaste contrée, encore couverte de forêts
vierges, traversée du nord à l'est par une chaîne de montagnes, passe pour le point le plus chaud et le plus sain de
l'Amérique équinoxiale. C'est à l'extrême sécheresse de

son sol que les savants attribuent la salubrité du Yucatan qui, de Campêche au cap Catoche, c'est-à-dire sur une côte longue de plus de cent lieues et d'une largeur à peu près égale, présente cette singularité de n'être arrosé par aucune rivière, de n'avoir d'eau potable que celle des lacs ou des puits.

Le Yucatan, qui a pour capitale Mérida, ville bâtie à dix lieues du petit port de Sizal, ne fit jamais partie de l'ancien empire astèque ou mexicain. Les Espagnols ont pu coloniser les côtes, mais l'intérieur du pays, défendu par d'impénétrables forêts, a toujours servi de refuge à des Indiens rebelles à tous les jougs. Ces Indiens, considérés comme les descendants de ces fameux Toltèques dont la civilisation prépara celle des autres nations de l'Amérique, vivent de chasse, de pêche, un peu d'agriculture, et sont animés d'une haine implacable contre la race blanche qui, de son côté, les combat comme des êtres placés par leur cruauté en dehors du droit des gens.

Les Toltèques vivent donc barbares, au sein de leurs montagnes, au milieu de ruines qui prouvent le haut degré de civilisation intellectuelle déjà atteint par leurs pères à une époque qui semble correspondre à l'ère chrétienne. Toute la superficie du Yucatan est, en effet, couverte d'édifices encore debout, de chaussées comparables, pour l'ampleur et la solidité, aux célèbres voies romaines. Sous l'ombre séculaire de ses forêts, le Yucatan cache les débris de plus de vingt villes importantes. C'est dans sa partie est, formant aujourd'hui l'État de Campêche, que se trouvent les gigantesques ruines de cette mystérieuse cité de Palenqué dont les monuments, décorés d'hiéroglyphes étranges, couvrent une superficie de seize kilomètres carrés et sont une énigme pour les savants.

Les Espagnols, ces intrépides pionniers du Nouveau-Monde, réussirent autrefois, grâce à la supériorité de leurs armes, à dompter les Indiens établis sur le littoral de la péninsule yucatèque. Plusieurs villages furent christianisés, comme on disait alors, c'est-à-dire que leurs habitants eurent à choisir entre la mort ou le baptême. Poursuivie avec vigueur, cette œuvre de civilisation, malgré sa forme regrettable, eût peut-être amené la soumission entière du pays si de mauvais jours n'étaient venus pour l'Espagne. Pendant un siècle, la cour de Madrid eut grand'-peine à maintenir ses conquêtes et ne songea guère à les pousser plus loin. En 1821, le Mexique ayant secoué le joug de la mère patrie, le Yucatan essaya de se constituer en État indépendant. Bon nombre des Indiens christianisés, appelés aux armes par leurs compatriotes restés barbares, reprirent eux-mêmes la vie sauvage. A dater de ce moment, les Toltèques firent de fréquentes excursions dans la péninsule occupée par les descendants des Espagnols, ravageant les cultures, pillant les fermes ou *haciendas,* pour se retirer ensuite dans leurs montagnes en n'emmenant guère d'autres prisonniers que les jeunes femmes et les enfants dont ils avaient pu s'emparer.

Par suite de ces excursions redoutables, auxquelles le gouvernement de la province ne pouvait opposer qu'une faible digue, les créoles ou métis établis dans l'intérieur du pays durent reculer pied à pied et abandonner leurs propriétés pour se rapprocher du littoral. Depuis quarante ans, les Indiens Toltèques ont dévasté plus de cent lieues de pays, et, si le gouvernement de Mexico ne trouve le moyen d'agir, le Yucatan, avant un demi-siècle, aura certainement disparu du nombre des États civilisés du Nouveau-Monde.

Or, le 20 avril 1840, vers trois heures de l'après-midi, un muletier, conduisant un âne chargé d'une énorme caisse, déboucha soudain d'un bois de tamarins et s'arrêta pour contempler les clochers de Mérida, qui se dessinaient à l'horizon. Le muletier fut bientôt rejoint par un homme de haute taille, long, maigre, le front abrité par un chapeau à larges ailes, et qui marchait absorbé par la contemplation d'une plante qu'il venait de cueillir sur le bord du chemin.

« Mérida, señor, » dit le muletier, en étendant le bras pour désigner la capitale du Yucatan.

Le voyageur releva brusquement la tête, retira le chapeau dont il était coiffé et regarda silencieusement la ville qui se dressait devant lui. Une épaisse chevelure bouclée couronnait son front large. Il avait de petits yeux, un grand nez, une grande bouche. Et cependant, l'ensemble de son visage révélait tant d'intelligence, son regard vif était si caressant, un si doux sourire errait sur ses lèvres, que l'on se sentait attiré vers lui. Son vêtement se composait d'une veste de chasse de couleur marron, d'un gilet de toile grise et d'un pantalon de même étoffe, dont les extrémités se perdaient dans des guêtres de cuir. Outre un fusil retenu par une courroie sur son épaule gauche, il portait en bandoulière une de ces boîtes de fer-blanc sans laquelle ne voyagent guère les naturalistes.

« Belle ville, dit-il enfin avec un léger accent étranger ; oui, ces palmiers, ces dômes, ces clochetons que

MÉRIDA, SENOR, DIT LE MULETIER.

nous apercevons se découpent à merveille sur le fond azuré du ciel. Belle ville, j'en conviens ; mais dis-moi, mon ami, combien de gredins renferme-t-elle ? »

Le muletier regarda son interlocuteur sans répondre.

« Je te demande, reprit le voyageur avec une brusquerie qui contrastait avec son air doux, combien cette ville renferme d'habitants ?

— Vingt mille, señor ; et ils jouissent d'une réputation d'honnêteté proverbiale.

— Serait-ce par hasard ta ville natale ?

— Oui.

— Cela m'explique ta façon de penser. En route. »

Le muletier, peu flatté sans doute des réflexions de son compagnon, cingla vigoureusement son âne qui, profitant du temps d'arrêt qu'on lui avait accordé, s'était mis à brouter le long de la route. Surpris des coups inattendus qui pleuvaient sur lui, l'animal bondit et exécuta une série de ruades. Une des cordes qui retenaient sa charge se rompit, et la grande caisse roulant sur le sol, laissa échapper de ses flancs disloqués des peaux d'oiseaux, de mammifères, de reptiles, et un herbier dont le vent se mit à feuilleter les pages.

A cette vue, le voyageur leva ses longs bras vers le ciel d'un air consterné. Comme il vit le muletier s'apprêter à châtier de nouveau l'animal cause du désastre, il s'écria :

« Arrête, barbare, et ne fais pas supporter à cette pauvre bête les conséquences de ta sottise. Tu l'as frappée mal à propos, elle a répondu par une ruade, quoi de plus logique ?

— Je veux la corriger de ses manies, señor.

— Commence par te corriger des tiennes, mon ami, si tu le peux. En attendant, aide-moi à relever cette caisse. »

Le voyageur se débarrassa de son fusil, de sa boîte de fer-blanc, jeta son chapeau sur le sol, puis se mit à ramasser ses collections. En ce moment, un cavalier mexicain, richement vêtu et suivi de quatre domestiques à cheval, parut sur la route. C'était un homme d'une soixantaine d'années, aux traits réguliers et nobles.

« Il vous est arrivé un accident, señor, dit avec courtoisie le nouveau venu, puis-je vous être utile à quelque chose ?

— Ce maladroit, répondit le voyageur, a frappé mal à propos la bête qu'il est chargé de conduire, et vous voyez le résultat de sa brutalité. Voici le dégât en partie réparé ; il s'agit maintenant de replacer cette caisse en équilibre.

— Laissez faire mes gens, señor, ils vont aider votre domestique. »

Le cavalier, pendant que son escorte mettait pied à terre, regardait avec attention le voyageur.

« Pardon, señor, dit-il soudain, n'êtes-vous pas le docteur Pierre Brigault ? »

A cette interrogation, le voyageur se retourna, posa sa main droite sur sa chevelure bouclée, puis, à la grande stupéfaction de son interlocuteur et de ses domestiques, l'enleva prestement de sa tête laissant à nu son crâne presque chauve.

« Oui, señor, dit-il enfin, je suis le docteur Pierre Brigault ; à quoi l'avez-vous deviné ?

— Un de mes amis, répondit le cavalier, le commandant de Sizal, m'a écrit il y a quelques jours pour m'annoncer votre visite.

— Vous êtes donc le propriétaire du château d'Eden, le señor don Pedro Aguilar?

— Un serviteur du vrai Dieu et le vôtre, docteur, dit le cavalier en saluant.

— Parbleu, voici une heureuse rencontre, je me rends chez vous.

— Vous y serez le bienvenu, docteur. Me permettez-vous de vous prévenir, ajouta le cavalier, en essayant à grand'peine de réprimer un sourire, que vous venez de replacer votre perruque à l'envers?

— Merci, répliqua le docteur, ce n'est pas par coquetterie que je la porte, je vous prie de le croire, mais simplement pour défendre mon crâne contre le soleil et les insectes de votre exécrable pays. »

Le cavalier fronça les sourcils; entendre mal parler de sa patrie est peut-être la chose qui indigne le plus un Mexicain. Bientôt un sourire reparut sur les lèvres de don Pedro.

« Je vous considère déjà comme mon hôte, dit-il en s'inclinant, et vous avez votre franc parler. Mes affaires m'appellent à Sizal, señor, et je serai huit jours absent. Si vous avez la patience de m'attendre à Mérida, nous partirons ensemble pour la frontière; si par hasard le temps vous presse, je vais vous donner deux de mes domestiques qui vous conduiront jusqu'à mon château.

— J'attendrai, répondit le docteur, j'ai à compléter mon équipement. Votre château, señor, est réellement situé

sur la limite des contrées occupées par les Indiens sauvages?

— Il est le poste le plus avancé de la frontière, docteur.

— On y court la chance d'être scalpé?

— C'est une mésaventure contre laquelle nous nous
gardons de notre mieux, répondit le châtelain. La vieille
demeure de mes pères, señor, a bravé plus d'un assaut,
et, le cas échéant, elle en braverait plus d'un encore.

— Je sais, don Pedro, que vous êtes un vaillant
homme. Mais voilà mon âne équipé, et je ne veux pas
vous retenir plus longtemps sur cette route que le soleil
chauffe à blanc. Au revoir, je vais vous attendre à Mérida.

— Logez-vous à l'hôtel de l'*Aguila,* docteur, c'est là
que je descends moi-même, et vous y trouverez un cuisinier de votre nation. »

Le docteur remercia, salua et reprit sa marche en
avant, tandis que son interlocuteur le regardait s'éloigner
avec curiosité.

« Décidément, dit le cavalier en se mettant en
selle, Guzman ne m'a point trompé; ce docteur Brigault
me paraît un original fieffé; Guzman m'assure que son
ami est aussi bon que savant, en dépit de ses allures bour-
rues; nous verrons. »

Éperonnant sa monture, vrai cheval de race, don
Pedro et son escorte disparurent bientôt parmi les tamarins.

Le docteur Pierre Brigault, Parisien d'origine, venait
d'atteindre sa quarante-cinquième année et paraissait avoir
la soixantaine. Très instruit, naturaliste distingué, il avait
en partie perdu sa fortune par suite de son aveugle confiance dans un homme qu'il croyait son ami; puis, coup

plus douloureux, le choléra, en moins d'une semaine, lui
avait enlevé sa mère, sa femme et ses deux enfants,
tout ce qu'il aimait. Presque fou de douleur, le docteur s'était retiré dans une petite maison qu'il possédait
en Auvergne, et là, en proie au spleen, à des humeurs
noires, il avait vécu deux ans en dehors de toute société,
s'absorbant dans sa douleur et faisant profession de misanthropie. Peu à peu, l'étude de l'histoire naturelle, pour
laquelle il avait toujours été passionné, arracha le docteur
à son chagrin ; un beau matin, il s'embarqua pour l'Amérique, cherchant des consolations dans les voyages et
rêvant d'enrichir la science de découvertes nouvelles.

De sa longue séparation du monde, le docteur, autrefois aimable et gai, avait gardé une certaine originalité de
tenue et de langage. A l'entendre parler, il détestait ses
semblables et souhaitait leur extermination, ce qui ne
l'empêchait pas de se préoccuper sans cesse du bonheur
de ceux qui l'entouraient. Il prétendait exécrer les femmes,
et nul plus que lui ne se montrait touché de leur bonté
native, de leur grâce et de leurs vertus. Quant aux enfants,
le docteur ne parlait qu'avec un souverain mépris de ces
petits êtres bavards, remuants, malfaisants ; mais avait-il
à soigner un d'eux, une mère ne se serait pas montrée
plus patiente, plus douce, plus complaisante. En somme,
c'était un faux misanthrope.

Le docteur Pierre traversa les rues de Mérida en compagnie de son muletier et de l'âne qui portait son bagage
non sans attirer l'attention des passants, surpris de voir
un homme de race blanche cheminer à pied. En pénétrant
dans la cour de l'hôtel de *l'Aguila,* le docteur la trouva

remplie de curieux. On entourait quatre Indiens sauvages faits prisonniers dans une récente rencontre ; des soldats vendaient ces malheureux à la criée.

Plusieurs acheteurs se pressaient ; un gros homme, drapé dans un long manteau en dépit de la chaleur, resta maître des Indiens moyennant une somme de 500 francs.

« Je croyais, dit le docteur qui s'était approché, que l'esclavage n'existait plus au Mexique ?

— Et vous aviez raison, répondit un des assistants ; ici, nous sommes tous libres.

— A l'exception des gens qui viennent d'être mis aux enchères, je suppose ?

— Ils ne forment pas une exception, señor. »

Le docteur allait soulever sa perruque ; il se retint.

« Est-ce donc pour les rendre à la liberté qu'on les achète ?

— Pas pour autre chose, señor ; le gouvernement, qui n'est jamais riche, envoie ces malheureux dans les bagnes où ils ne tardent guère à succomber. Par bonheur, il y a de bons chrétiens en ville ; ils rachètent aux soldats leurs prisonniers, les font instruire, baptiser, et leur apprennent un état.

— Puis ?

— Puis ils les rendent à la liberté.

— Et que gagnent ces honnêtes chrétiens à ce commerce ?

— La satisfaction d'avoir rempli un devoir.

— Ce sont des sots, murmura le docteur qui, tourmentant sa perruque sans la déplacer, s'avança vers l'acquéreur des quatre prisonniers. Je vous demande pardon,

lui dit-il, je vous avais pris pour un marchand de chair
humaine, et je viens d'apprendre que vous êtes un homme
de bien. La chose est si rare, señor, que je n'ai pu résister
au désir de vous saluer. »

Et, sans attendre la réponse de son interlocuteur surpris, le docteur pénétra dans l'hôtel où il fut bientôt installé.

Le cuisinier de l'établissement, ainsi que l'avait annoncé
don Pedro, était un Français répondant, comme il le disait
lui-même, au joli nom de Célestin. Célestin, à l'âge de
seize ans, avait embrassé la profession de marin, et, après
avoir visité l'Afrique, la Chine, l'Océanie, était venu
échouer en vue de Campêche. Fatigué de la vie de bord,
Célestin, renonçant au droit de se faire rapatrier, vivait
tant bien que mal en attendant la fortune. C'était un vigou-
reux petit homme, âgé d'une trentaine d'années, gai, vif,
bavard, curieux, un vrai gamin de Paris, légèrement
modifié par les voyages et les années. Son entrain plut au
docteur, qui, pour les excursions qu'il rêvait d'entreprendre dans le pays des Indiens Toltèques, sentait le
besoin de posséder un compagnon sur lequel il pût comp-
ter. Donc, quatre jours après son arrivée, le docteur appela
Célestin, lui expliqua les voyages qu'il projetait, sans lui
en dissimuler les risques, les périls, et lui proposa de
l'accompagner.

L'accord fut vite établi entre les deux compatriotes ;
moyennant la table, le logement, le tabac et la promesse
d'être ramené en France à la fin du voyage, Célestin
devint le serviteur du médecin.

Le traité venait à peine d'être conclu que l'ex-matelot

se gratta l'oreille, le bout du nez, puis, tortillant son chapeau de paille comme s'il eût été de feutre, il dit à son
nouveau maître :

« Il est bien entendu, monsieur, que Pélican entre à
votre service en même temps que moi.

— Tu veux sans doute parler de ton chien? dit le docteur en désignant un énorme mâtin qui, assis sur son train
de derrière, avait écouté la conférence en remuant la
queue.

— Non, répondit Célestin, mon chien se nomme
Dents-d'Acier. Je lui ai donné ce nom, monsieur, depuis
qu'il a rongé la chaîne de fer à laquelle on l'avait attaché
après me l'avoir volé. *Dents-d'Acier,* tout naturellement,
est à vous comme à moi à dater d'aujourd'hui.

— Alors, qu'est-ce que Pélican? demanda le docteur.

— Pélican, monsieur, est une bête aussi, pour la
bonté et la fidélité, s'entend, car il marche sur deux pieds.
Son nom lui vient de son amour pour les enfants, il semble
né pour être nourrice, et... Voulez-vous me permettre de
le héler? »

Le docteur, intrigué, fit un signe d'assentiment. Sortant
aussitôt de la chambre, Célestin siffla d'une façon particulière. Une minute plus tard arrivait en courant un nègre
du plus bel ébène, aux formes athlétiques, au visage naïf,
qui salua gauchement le docteur, en montrant une double
rangée de dents aussi blanches et aussi solides que celles
de Dents-d'Acier.

CHAPITRE II

Célestin s'était avancé vers le nègre, lui avait pris la main et la secouait avec énergie.

« Voilà Pélican, monsieur, dit-il avec satisfaction ; sa famille, vous en pouvez juger par la couleur de sa peau, est d'origine africaine. Lui, c'est autre chose, et l'on serait mal venu à lui dire qu'il n'est pas Français, attendu qu'il l'est en réalité, puisqu'il est né à la Martinique. Quant à ses qualités morales et physiques, les voici : fort comme un Turc qui serait fort ; doux comme un agneau, sobre comme un chameau, brave comme un lion, dévoué comme un caniche, une perle enfin. Par-dessus le marché, Pélican parle trois langues : le français, l'espagnol et l'anglais. Il les parle même souvent toutes les trois à la fois, ce qui produit une musique très agréable à l'oreille, mais assez difficile à comprendre. »

Tandis que Célestin prononçait son éloge, le grand nègre semblait vouloir creuser le sol avec l'orteil de son pied droit, et regardait tour à tour le plafond, Dents-d'Acier, Célestin et le docteur.

« Pélican est mon ami, monsieur, reprit l'ex-matelot, il m'a sauvé la vie lors du naufrage de la *Jeune-Amélie,* sur les côtes du Yucatan, et...

— Moi pas sauver la vie à toi, massa Célestin, dit doucement le grand nègre ; c'est toi qui sauver la vie à moi.

— Non, répliqua l'ex-matelot, en lançant vers son compagnon un regard sévère.

— Si, répondit celui-ci avec conviction.

— Je me verrai bientôt forcé, Pélican, reprit Célestin, de vous rafraîchir la mémoire en vous administrant la série de coups de poing que je tiens en réserve depuis longtemps, si vous continuez à outrager la vérité.

— Moi outrager personne ; toi sauver moi, vrai.

— Non.

— Si.

— Bravo ! s'écria le docteur. Voilà ce que l'on nomme deux amis, deux vrais amis ! Ces misérables, ajouta-t-il en enlevant sa perruque, prétendent s'aimer, et ils se détestent, c'est dans l'ordre. »

Pélican, stupéfait de voir apparaître le crâne nu de son futur maître, se tut et demeura bouche béante.

« Ce qu'il y a de sûr, monsieur, reprit Célestin, c'est que, pour m'avoir à son bord, il faut embarquer du même coup Pélican ; or je ne suppose pas que cette petite clause change rien à notre traité.

— Peste, tu en parles à ton aise, maître Célestin, en appelant une petite clause un gars de cinq pieds huit pouces, doué d'une poitrine de taureau et d'une mâchoire de baleine ; ta petite clause deviendra singulièrement embarrassante les jours de disette.

— Non pas, monsieur, répliqua le matelot avec vivacité, ce jour-là je mettrai Pélican à la broche, et nous aurons ainsi huit jours de vivres assurés.

— Oui, répondit l'intéressé d'un air radieux, et alors moi sauver à mon tour la vie à toi.

— Encore ! s'écria Célestin.

— Assez, dit le docteur, qui remit en place sa perruque ; votre inimitié me décide, car j'aurai la satisfaction de vous voir, un jour ou l'autre, vous dévorer à titre d'amis. Je vous retiens aux conditions stipulées. Maintenant je vous recommande d'exécuter fidèlement votre besogne, c'est-à-dire de déchirer mes habits en les brossant, de les tacher sous le prétexte de les nettoyer, de mal balayer ma chambre, de briser la plus grande partie des objets qui m'appartiennent, en un mot d'accomplir consciencieusement les mille et un mauvais tours que je suis en droit d'attendre de vous.

— Monsieur ! s'écria Célestin avec indignation.

— Tu auras le droit d'agir autrement si cela te plaît, reprit le docteur, je ne m'y opposerai pas. Nous partirons dans quatre jours, c'est convenu. »

Célestin allait répliquer de nouveau. « Bah ! se dit-il, j'en ai assez vu depuis quarante-huit heures pour savoir que j'ai affaire à un original. Mon patron est un brave homme, j'en suis sûr ; si je me trompe, il sera toujours temps d'aviser. »

Et voilà de quelle façon Célestin, Pélican et Dents-d'Acier entrèrent au service du docteur Pierre qu'ils ne devaient plus quitter.

Le premier soin du docteur fut de pourvoir ses serviteurs d'un revolver, d'une carabine et d'un macheté, sabre
court qui, dans les forêts vierges, sert à trancher les
lianes, à abattre les branches, en un mot à s'ouvrir un
chemin. En même temps, il fit confectionner pour eux et
pour lui des vestes, des culottes et des brodequins en
peau de daim, seule matière capable de résister à l'action
du soleil, de la pluie et des broussailles. Les trois aven-
turiers, équipés et munis de provisions de toute sorte,
attendirent avec impatience l'heure du départ. Le Yucatan,
du moins dans la partie occupée par les Indiens sauvages,
est un pays complètement inexploré. Célestin et Pélican
se réjouissaient comme des enfants à l'idée de camper
dans les bois, de vivre de chasse, de voir chaque jour des
contrées nouvelles. Quant au docteur, il espérait surtout
retrouver la fameuse plante nommée *amsle,* ce remède
aussi infaillible, au dire des anciennes chroniques, contre
la morsure des serpents que contre la rage.

Enfin, don Pedro Aguilar reparut, et, quarante-huit
heures après son retour, on se mettait en route pour le
château d'Eden, situé à quatre-vingts lieues environ de
Mérida. Don Pedro, outre une escorte d'une cinquantaine
d'hommes, emmenait un convoi de quatre cents mules.

« Sont-ce là des animaux dont vous venez de faire
l'acquisition? demanda le docteur.

— Non pas, señor, ces mules appartiennent à mon
domaine ; c'est avec leur aide que, deux fois l'an, je porte
à Mérida mes récoltes de cacao, de coton et de café.

— Et tous les hommes qui vous accompagnent sont
vos serviteurs ?

— Ils sont plutôt mes associés ; le village qui s'étend au pied d'Eden renferme environ quatre cents habitants, nés comme moi dans la vallée des Palmiers. Leurs pères ont servi les miens, et ils m'aident à cultiver mes terres, à les défendre contre l'envahissement des sauvages.

— Ils sont de race indienne ; ne craignez-vous pas qu'ils ne vous égorgent un beau jour pour s'emparer de vos biens ?

— Ce sont d'honnêtes gens, señor ; une fois soumis, les Indiens se montrent doux et traitables. D'ailleurs, si j'ai du sang espagnol dans les veines, mes aïeux se sont souvent alliés à des femmes toltèques.

— Il est vrai, reprit le docteur, que ces honnêtes gens vivent si en dehors de la civilisation que les occasions de mal faire doivent leur manquer. »

Pendant trois jours la caravane chemina parmi des plantations de toute espèce, traversant la partie la plus fertile et la plus peuplée du Yucatan. Peu à peu, les traces de culture devinrent plus rares, et l'on entra dans le désert. Assez ordinairement, on campait près de lacs creusés par les anciens Toltèques pour parer à la sécheresse du sol, et le docteur admirait ces gigantesques travaux.

Bien que don Pedro l'eût pourvu d'une excellente monture, le docteur mettait souvent pied à terre, bravant la chaleur, devançant ou suivant la caravane, afin de récolter au passage des insectes et des plantes. On atteignit une vaste plaine de sable. Le soleil, presque vertical, brûlait les voyageurs de ses rayons ardents, et aucun bruit ne troublait le morne silence de cette solitude. Peu à peu, la verdure reparut ; on traversa des bois, et les montagnes

3

de l'intérieur montrèrent bientôt la luxuriante végétation dont elles sont couvertes. On passait de loin en loin près d'immenses édifices en ruines et le docteur faisait de longues stations devant ces débris du passé.

« Vous trouverez à Eden, señor, dit un soir don Pedro à son hôte, un homme avec lequel vous pourrez causer des monuments qui attirent si fort votre attention, car une·partie de sa vie a été employée à les étudier : mon chapelain, le père Estevan....

— Vous possédez un chapelain ?

— Oui, un saint homme qui m'a vu naître, car il compte aujourd'hui plus de quatre-vingts ans. Le père Estevan a poursuivi deux buts durant sa longue carrière : la reconstruction de l'histoire des anciens Toltèques, et la conversion de leurs descendants.

— Et, naturellement, il a échoué dans ce dernier dessein ?

— C'est vrai ; mais son corps, couvert de cicatrices, prouve qu'il n'a manqué ni de zèle ni de courage.

— Il exècre ses persécuteurs ?

— Il les aime, docteur, les défend en toute occasion, et déplore leur aveuglement.

— C'est un niais, un fanatique ?

— Ni l'un ni l'autre ; c'est un homme de bien pour lequel vous vous prendrez d'amitié. »

Le docteur fit exécuter à sa perruque un demi-tour et prit les devants sans répondre.

Une heure plus tard, il cheminait de nouveau près de don Pedro.

« A propos, lui demanda-t-il, vous vivez seul à Eden ?

— Seul avec ma femme de charge, excellente personne...

— Une femme excellente ! s'écria le docteur.

— Je ne prétends pas, reprit don Pedro avec bonne humeur, que doña Gertrudis soit sans défauts. La brave dame a été belle, très belle, et elle a la faiblesse d'oublier parfois qu'elle compte cinquante ans sonnés pour ne se souvenir que du temps où chacun admirait son frais visage. C'est la veuve d'un de mes anciens majordomes ; elle a soigné avec un dévouement sans pareil ma femme et mon fils.

— Vous avez un fils ? »

Le front du châtelain se rembrunit, sa voix devint tremblante.

« Il y a six ans, señor, dit-il, j'avais une compagne dévouée et deux enfants chers à mon cœur, car mon fils était marié. J'étais heureux, et il me semblait que Dieu n'avait plus rien à m'accorder. Un jour, le choléra s'abattit sur la vallée, et la noire maladie, en moins d'une semaine, emporta tous ceux que j'aimais. »

Deux larmes coulèrent sur les joues de don Pedro ; mais quelle ne fut pas sa surprise en voyant son compagnon s'essuyer aussi les yeux !

« Señor, dit le docteur d'une voix étranglée, moi aussi j'ai possédé une compagne adorée, deux enfants... Votre histoire est la mienne... et... je suis seul, seul. »

Le docteur suffoqué n'en put dire davantage ; il éperonna son cheval et s'éloigna au galop. Durant toute cette journée, il marcha en tête de la caravane et ne se rapprocha pas de don Pedro. Le lendemain matin, à l'heure du repas, les deux hommes échangèrent un salut cordial, mais aucun d'eux ne fit allusion à la conversation de la veille.

Bien qu'il parût à peine s'occuper d'eux, le docteur surveillait de temps à autre Célestin et Pélican. Les deux amis, sans cesse côte à côte, se multipliaient le long du convoi, et secondaient les muletiers dans leurs rudes tâches. Une fois au campement, ni l'un ni l'autre ne ménageait sa peine ; ils supportaient la soif, la fatigue et les mille inconvénients d'un pareil voyage avec un stoïcisme plein de bonne humeur.

« Vous avez là, dit un soir don Pedro à son hôte, deux serviteurs actifs et intelligents, je m'y connais.

— Je commence à le croire, répondit le docteur, mais les deux coquins s'exècrent et finiront par se dévorer.

— Eux s'exécrer ! Allons donc, docteur, aucun d'eux ne veut prendre de repos si son camarade n'est assis.

— Pure hypocrisie ! Ils s'exècrent, je suis certain de ce que j'avance. »

Don Pedro se tut ; il savait déjà à quoi s'en tenir sur l'humeur bizarre de son compagnon et ne prenait plus la peine de le contredire.

L'après-midi du septième jour de son départ de Mérida, la caravane s'engagea sur les rampes d'une haute montagne, et, au moment où il s'y attendait le moins, le docteur domina la vallée au fond de laquelle se dresse le château d'Eden. A sa droite s'ouvrait une grotte que son compagnon lui apprit être un lieu de refuge pour les femmes et les enfants lorsque Eden était assiégé.

« Un temps de galop vous fait-il peur ? demanda ensuite don Pedro à son hôte.

UN TEMPS DE GALOP VOUS FERAIT-IL PEUR?

— Pourquoi cette question, señor?

— C'est que, si vous y consentez, nous abandonne-
rons la caravane, maintenant qu'elle n'a plus rien à redouter, et, avant la nuit, nous atteindrons ma chère demeure.

— Qui vous presse tant d'y rentrer?

— Camille m'attend.

— Camille! Je croyais que votre femme de charge se
nommait doña Gertrudis.

— Vous ne vous trompez pas, docteur; Camille est le
nom de ma petite-fille, une·fée de sept ans que j'ai hâte
de vous présenter.

— Vous avez une petite fi... Célestin! Pélican! cria
le docteur de toute la force de ses poumons.

— Que désirez-vous donc? demanda le châtelain
surpris.

— Vous faire mes adieux, señor, et partir avec mes
gens.

— N'est-il pas convenu qu'Eden, que la vallée des
Palmiers doit être pendant quelque temps votre quartier
général?

— J'ignorais que vous eussiez un enfant, et qui plus
est une petite-fille, autrement dit ce quelque chose que l'on
croit charmant et que l'on ne manque jamais de rendre
exécrable à force de le gâter. J'abhorre cette engeance,
señor, et pour rien au monde...

— Là, là, docteur, ma pauvre Camille n'a jamais fait
peur à personne, puis vous ne la verrez que si cela vous
convient. Mais, par le ciel, vous ne serez pas venu en face
d'Eden sans y pénétrer, dussé-je appeler à mon tour mes
gens pour vous y entraîner de force.

— N'ai-je pas le droit d'aller où bon me semble?

— Aujourd'hui, non, répondit don Pedro en souriant ; demain, ce sera une autre affaire. Un brave ne doit pas fuir le danger sans l'avoir au moins regardé en face. »

Le docteur Pierre poussa une sorte de gémissement. Quant à don Pedro, il excita sa monture en entraînant celle de son compagnon qui bientôt galopa de bonne grâce près de son hôte. Sur les pas du châtelain, on traversa des plaines, on gravit des collines, et, au moment où le soleil se couchait, on se trouva en vue du château.

Eden mérite à la rigueur son nom de château ; c'est un vaste parallélogramme de pierres, flanqué à gauche d'une tourelle. Sa façade se compose d'une longue galerie extérieure soutenue par des piliers autour desquels s'enroulent des plantes grimpantes. On y parvient en franchissant sept à huit larges marches. Cette longue véranda, surmontée d'une terrasse, sert durant le jour à tempérer l'ardeur des rayons du soleil, et permet aux habitants d'admirer un immense horizon.

Un vestibule, seule issue extérieure de la massive construction, donne accès dans une cour bordée de portiques mauresques sous lesquels s'ouvrent toutes les chambres de l'habitation. Un bassin, alimenté par une source amenée des montagnes, laisse échapper son trop-plein dans un ruisseau qui, après deux ou trois détours capricieux, pénètre dans une seconde cour où se trouvent les greniers, les étables et les écuries. De là, le ruisseau descend vers le village occupé par les travailleurs, village composé de maisonnettes aux murs de bambou et aux toits de feuilles de palmier.

Une muraille épaisse de deux mètres et haute de trois
entoure les bâtiments. Construite à l'endroit où le terrain
s'incline vers la plaine, cette muraille est extérieurement
d'un accès difficile. La porte principale, en forme d'ogive,
flanquée de deux pavillons, s'ouvre juste en face du vestibule ; une seconde, plus petite, se trouve du côté du village, ce qui, en cas d'alerte, permet aux travailleurs de
venir se réfugier dans l'enceinte fortifiée.

Du sommet sur lequel il s'arrêta un instant, le docteur
découvrit le château et ses cours intérieures, où se balan-
çaient de hauts palmiers. En tous sens, des plantations de
caféiers, de tabac, de coton. Au delà, des bouquets de
citronniers ou d'orangers. Plus loin encore, des savanes où
paissaient en liberté des chevaux, des mulets, des vaches.
Comme dernière limite, une ceinture de collines couronnées
de forêts vierges, montagnes au delà desquelles s'étendent
les contrées inconnues habitées par les Toltèques.

Le soleil disparaissait à peine à l'horizon lorsque les
voyageurs, dont l'approche avait été signalée par le tinte-
ment d'une cloche, pénétrèrent dans la cour du château et
mirent pied à terre devant le vestibule. Le docteur fut pré-
senté à doña Gertrudis qui, vêtue d'une robe de soie rose,
le reçut avec toutes les grâces d'une ex-jolie femme. Doña
Gertrudis, bonne et sensée, en dépit des apparences, avait
la haute administration du château ; c'eût été une femme
parfaite sans son innocent défaut de ne point vouloir
vieillir.

Le vénérable père Estevan, dont une longue barbe
blanche encadrait le noble visage, tendit au docteur ses
mains mutilées par les Indiens en lui souhaitant cordiale-

ment le bonsoir. Le docteur, malgré ses préventions, se sentit attiré par la seule vue de ce martyr de la foi.

Dès l'arrivée de don Pedro, une petite fille de huit ans environ, aux grands yeux noirs, aux longs cheveux, à la bouche rose, était venue se suspendre à son cou, et le docteur avait détourné la tête. Au moment où il y songeait le moins, la petite fille qui, descendue des bras de son grand-père, avait rôdé près de Célestin et de Pélican, revint se placer en face du savant.

« Est-ce vrai, señor, dit-elle avec gentillesse, que vous pouvez retirer vos cheveux de dessus votre tête ?

— C'est vrai, dit le docteur.

— Montrez-moi comment vous faites ? »

Le docteur, avec une gravité comique, retira sa perruque.

L'enfant recula d'un pas.

« Remettez vos cheveux, dit-elle au bout d'un instant, vous êtes plus beau quand ils sont sur votre tête. Voulez-vous être mon ami ? »

Le docteur ne répondit pas ; il se baissa, ses longs bras saisirent l'enfant, l'entourèrent, et bientôt il la pressa contre sa poitrine, l'embrassant avec effusion.

« Suis-je assez bête ! murmura-t-il quand ce fut fait.

— Comment te nommes-tu, señor? demanda la petite fille qui, après cette embrassade, se crut autorisée à tutoyer son nouvel ami.

— Je me nomme Croquemitaine, répliqua le docteur d'un ton bourru.

— Croquemitaine ! répéta l'enfant ; bon, je ne l'oublierai pas, ton nom, il est très joli. »

Et pour elle, ce nom devint à jamais celui du docteur.

Pélican et Célestin avaient reçu l'ordre de se tenir prêts à partir le lendemain; or, six mois après leur arrivée à Eden, ils étaient occupés à clouer des planches dans la chambre de leur maître. C'est que la vallée des Palmiers se montrait inépuisable en richesses zoologiques, et le docteur ne rentrait jamais d'une excursion sans avoir découvert de nouvelles espèces d'insectes, de plantes ou d'animaux. L'esprit élevé du père Estevan, la bonne humeur et l'entrain cordial de don Pedro l'avaient séduit; aussi une estime réciproque unit-elle bientôt ces trois hommes. Quant à doña Gertrudis, le docteur, sans cesser de déclarer qu'il détestait le beau sexe, ne manquait jamais de lui offrir la main pour la conduire à table ou la ramener au salon. Cette courtoisie ravissait la bonne dame, qui se montrait aussi touchée de la politesse du maître que de celle des serviteurs, attendu que Célestin la complimentait sans cesse, tandis que Pélican, que les étoffes de couleurs voyantes dont se parait doña Gertrudis séduisaient, riait à gorge déployée chaque fois qu'il l'abordait.

Quant à Camille, elle ne tarda guère à s'attacher au docteur Croquemitaine, bien qu'il la grondât sans relâche. Sous la triple garde de Célestin, de Pélican et de Dents-d'Acier, la petite fille accompagna bientôt son nouvel ami dans presque toutes ses excursions.

Deux années s'écoulèrent. Chaque mois, Célestin recevait de son maître, pour le transmettre à Pélican qui le transmettait à son tour à Dents-d'Acier, l'avis de se tenir prêt à partir pour franchir la frontière, et vingt fois une

4

nouvelle découverte rendit cet ordre illusoire. Au fond,
l'idée de se séparer de ses amis, de Camille devenue son
élève, affligeait le docteur, qui se gardait pourtant de
l'avouer. Grâce aux deux voyages annuels de don Pedro à
Mérida, le naturaliste pouvait expédier à Paris les collections qu'il réunissait et que le savant directeur du Muséum
l'engageait vivement à compléter.

Aussi le docteur prolongeait-il indéfiniment son séjour
dans un pays où il se trouvait heureux, où il lui restait
toujours quelque chose à découvrir.

La petite Camille gagna beaucoup au contact du docteur ; sans la présence du savant au château, les connaissances de l'enfant n'eussent guère dépassé la lecture et
l'écriture. Don Estevan s'était jusque-là borné à faire son
éducation religieuse. Pour ce qui est de don Pedro, toujours
en chasse, il n'apprenait à sa petite-fille qu'à monter à
cheval, à manier un fusil, à lacer un taureau. Grâce au
docteur et à doña Gertrudis, Camille apprit en outre ce
que doit savoir une jeune fille bien élevée. Par bonheur,
l'enfant possédait une grâce native qui, cultivée par sa
gouvernante, tempérait ce qu'avait de trop viril l'éducation que lui donnait son grand-père.

Le docteur, bien qu'il fût satisfait et aimé, ne renonçait
point à ses dehors de misanthropie ; mais, dans la vallée,
chacun savait à quoi s'en tenir sur ses boutades, et on le
laissait dire.

En somme, au début de l'année 1842, don Pedro, le
père Estevan, doña Gertrudis, le docteur Pierre, Camille,
Célestin, Pélican et Dents-d'Acier vivaient contents dans
cette magnifique vallée des Palmiers, où la nature semble

avoir semé à plaisir les plus riches productions. Depuis plusieurs années, les Indiens sauvages avaient porté leurs déprédations vers la partie nord de la Péninsule, de sorte que le docteur, dans ses chasses et ses expéditions, pouvait s'aventurer au loin sans danger. En dépit de cette sécurité, le château restait soumis à une discipline militaire, et aucune précaution n'était négligée pour éviter une surprise des Indiens, événement toujours à redouter.

CHAPITRE III

L'autour destructeur. — Vue d'Eden. — Une famille de jaguarétés. — Un tigre
déguisé. — Camille et Croquemitaine. — Un sauvage.

Trois années presque jour pour jour après son arrivée
à Eden, le docteur Pierre Brigault, vêtu de son inusable
veston en peau de daim, les jambes serrées dans des
guêtres lacées, et coiffé d'un léger chapeau en feuilles de
latanier posé en équilibre sur sa perruque, gravissait la
pente des collines qui, au nord, c'est-à-dire dans la direction de Mérida, bornent la vallée des Palmiers. Le docteur
avançait pas à pas, examinant avec soin les arbres, les
plantes et le sol. Un léger bruit se fit entendre dans les
broussailles ; il s'arrêta. Une détonation retentit, et une
lourde masse, tournoyant dans l'air, vint tomber aux pieds
du naturaliste stupéfait.

« Qui a tiré ? s'écria-t-il en relevant la tête.

— Moi, señor, dit Pélican, dont la bonne face noire se
montra soudain ; grand oiseau passer là-haut, et moi tuer
lui pour muséum à vous. »

Continuant d'avancer, le nègre se dirigea vers un fourré.

« Prends garde, cria le docteur en voyant son serviteur se pencher pour saisir un aigle au cou garni d'un collier de plumes noires, à la tête surmontée d'une longue huppe, prends garde, si tu tiens à tes doigts. »

L'aigle venait de se renverser sur le dos ; les tarses repliés, les serres ouvertes, l'œil étincelant de sombres lueurs, il semblait prêt à déchirer l'imprudent qui tenterait de l'approcher.

« Lui méchant, dit Pélican, que l'attitude du rapace fit reculer de trois pas.

— Le malheureux cherche à défendre sa vie, répondit le docteur, mais tu as bien visé, et il ne se débattra pas longtemps. Une fois de plus, tu as tiré trop vite, Pélican, il ne faut tuer qu'à bon escient.

— Moi pourtant bien regarder avant de tirer, dit le nègre avec humilité, et moi être sûr de n'avoir jamais vu ce gros moineau. Massa Célestin a de bons yeux, et lui non plus pas le connaître, car c'est lui qui crier à moi : Feu ! feu !

— Eh bien, Célestin s'est trompé. Nous possédons déjà deux exemplaires de l'aigle qu'il te plaît d'appeler un gros moineau. L'oiseau que tu viens d'atteindre est l'*autour destructeur* ; il s'attaque aux biches, aux faons, aux lièvres et aux singes.

— Alors moi content d'avoir tué ce gredin.

— Il ne fait qu'obéir aux instincts que lui a donnés la nature, Pélican ; son estomac ne pourrait digérer ni l'herbe ni les fruits ; il lui faut des proies palpitantes. Mais quelle énergie vitale dans ce corps, que d'éclairs dans cet œil d'un jaune d'or ! Ce moribond doit, en ce moment, penser des hommes ce que j'en pense moi-même, à savoir que le meilleur ne vaut rien. »

L'autour, après avoir fouetté l'air de ses ailes, retomba soudain inerte. Pélican, le saisissant alors, le suspendit à sa carnassière et suivit le docteur qui avait repris sa marche en avant. En moins de dix minutes la crête de la colline fut atteinte, et le nègre courut montrer à Célestin, occupé près d'un feu de branches sèches à griller un lapin, le rapace dont il était chargé.

« Où est Camille? » demanda le docteur en regardant autour de lui.

En guise de réponse, Célestin désigna du doigt une énorme roche au sommet de laquelle, habillée comme ses compagnons de vêtements en peau de daim et appuyée sur une légère carabine, se tenait la fille de don Pedro. Sous cet accoutrement, on pouvait la prendre pour un petit garçon. Le docteur se dirigea de son côté; Camille était si bien absorbée dans sa contemplation, qu'elle n'entendit point venir son ami.

« Découvres-tu quelque chose dans la plaine? » demanda soudain le docteur.

L'enfant se retourna avec vivacité.

« Non, dit-elle, et je trouve que grand-père tarde bien.

— Nous n'avons pas lieu d'être inquiets; don Pedro nous a promis d'être de retour pour le 23 ou le 24, et, pour ma part, je l'attends au plus tôt demain.

— S'il doit arriver demain, il doublera l'étape et arrivera ce soir, j'en suis sûre. »

Pélican parut.

« Massa Célestin envoie moi prévenir que déjeuner être cuit, » cria-t-il.

En trois bonds, Camille fut au bas de la roche et s'élança en courant vers le bivouac. La petite créole venait d'atteindre sa onzième année. Svelte, vive d'allure, les membres bien proportionnés, elle possédait de grands yeux noirs, d'épais cheveux de la même couleur, une bouche souriante et vermeille garnie d'admirables dents. Camille, de même que la plupart des femmes de son pays, avait la peau légèrement orangée, teinte que produit le mélange du sang indigène avec le sang espagnol. Rien de plus charmant que le caractère de cette gracieuse enfant, gaie, brave, pétulante, et pourtant très réfléchie à ses heures. Devenue la compagne ordinaire du docteur dans ses expéditions autour du château, elle portait dans ces courses, à cause de leur commodité, des vêtements de garçon qui, si l'on ne prenait garde à la délicatesse de ses traits et surtout aux tresses de sa chevelure ramassées sur sa nuque, la faisaient ressembler à un malicieux adolescent.

Le docteur et Camille, sur l'invitation de Célestin, s'assirent devant une immense feuille de palmier étendue sur le sol en guise de nappe ; l'ex-matelot posa bientôt, sur la galette de maïs dont s'arma chaque convive, un morceau de lapin rôti. Du point où se trouvaient les voyageurs, leurs regards plongeaient sur la vallée. On voyait le grand parallélogramme formé par Eden et ses dépendances, mais de cette hauteur la muraille qui l'enfermait, au lieu de paraître en relief, semblait un simple fossé. Dans les champs, des travailleurs allaient, venaient, et, de loin en loin, retentissait un aboiement ou le cri d'un coq. A voir cette paisible vallée dont l'aspect révélait l'activité d'une grande exploitation agricole, il fallait un effort d'esprit pour se rappeler que l'on était en plein désert, sur la frontière qui sépare les Indiens civilisés de leurs frères encore sauvages, et que derrière chaque colline commençait un monde vierge.

Le repas terminé, tandis que Célestin et Pélican bourraient leurs pipes en tiges de bambou d'un tabac préparé par l'ex-matelot, et que le docteur se disposait à dormir sa sieste, Camille retourna se poster sur la roche du haut de laquelle on découvre l'immense savane qui, sauf quelques ondulations, s'étend jusqu'aux environs de Mérida, et demeura bientôt seule éveillée. L'enfant ne perdait pas de vue le point de l'horizon où devait apparaître le convoi ramené par son grand-père, tant elle désirait être la première à l'apercevoir.

Il y avait près d'une heure qu'elle se tenait immobile à son poste d'observation, et son attention n'avait été distraite que par un craquement produit à sa gauche, comme si quelqu'un eût brisé une branche morte. A plusieurs reprises ce bruit se répéta; mais Camille, accoutumée aux mille tressaillements des forêts, se contenta de retourner la tête et d'examiner les fourrés sans s'inquiéter davantage. Tout à coup son oreille exercée la mit en défiance ; évidemment un animal de grande taille rampait derrière les buissons. Elle chercha le léger fusil dont elle était toujours armée, et s'aperçut qu'elle l'avait laissé près du foyer.

« Bon, pensa-t-elle, voilà un oubli qui me vaudra un

5

sermon de Croquemitaine, une gronderie de Célestin et un coup de bec de Pélican. »

Prudente comme le sont les personnes accoutumées aux surprises des forêts, Camille se préparait à descendre de son observatoire pour se rapprocher du bivouac, lorsqu'elle aperçut, glissant derrière le tronc des arbres qui lui faisaient face, une longue forme noire et luisante. Presque au même instant, les feuilles d'un chêne rouge, dont une maîtresse branche s'étendait au-dessus de la tête de l'enfant, frémirent comme si l'arbre eût été doucement secoué. Camille, ignorant que ses amis dormaient, saisit un sifflet d'argent pendu à son cou, et fit entendre une sorte de gazouillement afin d'attirer leur attention sans effrayer l'animal qu'elle cherchait à voir. Le chêne avait repris son immobilité ; peu à peu, la branche dont l'extrémité touchait la roche s'abaissa ; Camille, cette fois, fit entendre un strident coup de sifflet ; elle venait d'apercevoir, fixés sur elle, deux yeux jaunes se détachant sur une face noire.

« A moi, Célestin ! » cria-t-elle.

Puis, avec une admirable présence d'esprit, elle se laissa glisser le long du rocher. Il était temps : elle roulait encore sur la mousse et les feuilles sèches, que son terrible ennemi s'abattait sur la plateforme, juste à l'endroit qu'elle occupait moins de deux secondes auparavant. Déçu dans sa tentative, l'animal rugit, se ramassa sur lui-même, et d'un bond encore plus prodigieux que le premier, vint tomber à trois pas en avant de Camille.

Vive comme l'éclair, la petite fille dégaîna le macheté pendu à sa ceinture. Heureusement pour elle, elle n'eut pas à faire usage d'une arme qui eût été insuffisante dans sa

III

DEUX COUPS DE FEU RETENTIRENT.

main. Deux coups de feu retentirent soudain à ses oreilles, et son terrible adversaire tomba foudroyé à ses pieds. Au même instant, Pélican s'élançait vers elle, la saisissait entre ses bras et l'enlevait de terre.

« Où vous blessée? cria le nègre dont les gros yeux blancs semblaient vouloir sortir de leurs orbites.

— Nulle part, mon bon Pélican, nulle part. »

Pélican laissa retomber l'enfant dont Célestin prit aussitôt les deux mains.

« Vrai? demanda l'ex-matelot avec anxiété. Vous n'avez pas été touchée?

— Non; mais donnez-moi vite à boire, car j'ai eu presque aussi peur que le jour où nous avons été pour-suivis par les pécaris. »

Camille rendait à Pélican la gourde que celui-ci lui avait présentée, lorsque le docteur parut.

« Sur quel animal avez-vous tiré? demanda-t-il.

— Nous tuer cette canaille qui voulait manger mam'zelle, dit Pélican en frappant de la crosse de son fusil le corps inanimé du fauve.

— Un *jaguarété*, s'écria le docteur; parle vite, Camille; as-tu donc couru quelque danger?

— Nous dormirions encore comme de bons bourgeois du Marais après leur dîner, s'empressa de répondre Céles-tin, sans un coup de sifflet qui est venu nous réveiller. Par bonheur, Pélican a toujours un œil ouvert, même lorsqu'il ronfle; quand j'ai saisi ma carabine, Mlle Camille et cet animal roulaient de compagnie en bas du rocher. »

Le docteur enleva sa perruque que le temps avait quelque peu défrisée, et la replaça sens devant derrière, selon sa coutume lorsqu'il voulait dissimuler ses émotions.

« Pourquoi cette demoiselle nous avait-elle quittés ? s'écria-t-il. Vous avez fait de belle besogne. Le monde n'en eût été que mieux avec une petite personne désobéissante de moins.

— Le monde, c'est possible, répliqua Camille ; quant à toi, Croquemitaine, tu as beau faire le méchant, que deviendrais-tu si je n'étais plus là pour t'accompagner dans tes courses, pour t'aider à mettre de l'ordre parmi tes herbes et tes bêtes ? Tu me regretterais, tu t'ennuierais, tu pleurerais. En tout cas, voici une histoire que je te prie de ne raconter ni à doña Gertrudis, ni à mon grand-père, si tu veux qu'on me confie encore à ta garde.

— Ce serait manquer à tous mes devoirs, mademoiselle, que de passer sous silence ton... imprudence et ton exploit.

— Mon exploit, dit Camille en avançant ses lèvres d'une façon mutine, consiste à m'être laissé surprendre, et me vaudra, s'il est connu, l'invitation de rester au château quand tu iras en chasse. Donc, tu voudras bien te taire.

— Hum ! fit le docteur, nous verrons.

— Si nous avoir amené Dents-d'Acier, dit Pélican, lui pas dormir et prévenir nous de la venue du tigre noir.

— Dis tigre nègre ! s'écria Célestin. Il y a des bêtes nègres, Pélican. »

Cette médiocre plaisanterie de Célestin causa une telle hilarité au naïf Pélican qu'il se roula sur le sol. Bientôt il se rapprocha du docteur qui examinait le fauve.

« Singulier pays, oui, singulier pays, répéta le naturaliste. A n'en pouvoir douter, voilà bien le *jaguarété* ou
couguar noir.

— N'est-ce donc pas un tigre? demanda Célestin.

— Si, assurément, et l'un des plus féroces du Nouveau-Monde. On prétend que sa chair, aussi blanche que
son pelage est noir, est un manger des plus délicats.

— Moi savoir cela ce soir, murmura Pélican.

— Prends ton fusil, Camille, dit le docteur, c'est un
autre motif que la faim qui a poussé cette bête à se jeter
sur toi, car ici la pâture est abondante. Le jaguarété loge
d'ordinaire dans les troncs d'arbres, et, si nous savons
chercher, nous trouverons très probablement un ou deux
petits orphelins dans les environs. »

Camille, ayant instruit ses compagnons du chemin suivi
par l'animal pour se rapprocher du rocher, on se mit en
quête d'un arbre mort. Pélican, qui marchait le nez en
l'air, frappa tout à coup le tronc d'un cyprès de la crosse
de son fusil et appliqua son oreille contre l'écorce.

« Fou, fou, fou, dit-il, en imitant le crachement d'un
chat irrité, petit chat noir demeurer là-dedans.

— Pélican a raison, » s'écria Célestin en montrant, à
une hauteur d'un mètre et demi, un trou parfaitement
visible.

Le nègre se disposait à grimper lorsque le docteur,
ne sachant quelle taille pouvait avoir l'animal que l'on voulait déloger, recommanda de nouveau la prudence.

« Pas danger, massa, reprit Pélican, si Célestin prête
son épaule, moi grimper sur grosse branche et voir fond
du trou. »

Célestin, trouvant ingénieuse l'idée de son ami, l'aida dans son ascension. Le docteur et Camille se tinrent prêts à faire feu.

« Laissez fusils tranquilles, cria bientôt Pélican, lui être petit, tout petit. »

Et, plongeant son bras dans la tanière de la terrible bête, le nègre en retira par la peau du cou un jeune jagua-rété. Le petit animal poussa un miaulement aigre auquel répondit aussitôt un rugissement. Le docteur recula de plusieurs pas, entraînant Camille, tandis que Célestin criait à Pélican de lâcher sa proie et de descendre au plus vite, attendu que le nouvel ennemi qui s'annonçait allait, selon toute probabilité, bondir vers le trou qui servait d'asile à son petit. Mais, au nombre des défauts de Pélican, il fallait ranger un entêtement capable de résister aux meilleures raisons. Le brave nègre refusa donc de bouger.

« Moi vouloir garder petit chat noir, cria-t-il à son ami ; si papa à lui veut manger moi, toi tirer fusil, massa Célestin.

— Et si le papa te saute sur le dos, Pélican ?

— Toi tirer tout de même.

— Afin d'envoyer Pélican dans l'autre monde, voilà qui me paraît... »

Célestin n'acheva pas sa phrase ; comme il tenait la tête levée pour parler à son ami, il vit soudain briller au-dessus de lui les yeux jaunes du second jaguarété.

« Garde à toi ! » cria l'ex-matelot.

Il fit feu. Atteint en pleine poitrine, l'animal tomba de tout son poids sur Pélican, qui fut entraîné.

« Es-tu convaincu maintenant, méchante tête dure que

tu es? Avais-je raison de t'ordonner de descendre? s'écria
Célestin en courant vers son ami qui n'avait pas lâché sa
proie.

— Pas fâcher toi, massa Célestin, voilà moi descendu
très vite.

— Très vite assurément. Où t'es-tu fait mal?

— Seulement petite bosse à la tête.

— Tu en mériterais une grosse pour te rendre à l'avenir plus prudent.

— Prépare la peau de ces bêtes, Célestin, dit le docteur avec tranquillité, comme s'il se fût agi de deux lapins ;
je vais emmener Camille que la vue de cette opération
n'amuserait pas. L'opération terminée, retourne au château
où nous arriverons sans doute avant toi, car nous redes
cendrons par le ravin. »

Camille, ayant rechargé son fusil, le plaça sur son
épaule et suivit la crête de la colline. Bientôt, avec la
confiance que donne l'habitude, les explorateurs s'attardè-
rent dans des fourrés. Durant une demi-heure, ils marchèrent sous des arbres centenaires qui, s'espaçant peu à peu,
leur livrèrent un libre passage. Camille se mit alors à courir
pour sortir du bois. Lorsque le docteur la rejoignit, la petite
fille, assise sur l'herbe, dans un endroit découvert, examinait
déjà l'horizon dans la direction de Mérida.

« Voyons, Croquemitaine, n'es-tu pas un peu inquiet?
demanda-t-elle à son compagnon.

— Pourquoi serais-je inquiet, mon enfant?

— Grand-père devrait être ici depuis midi ; regarde la
plaine, elle est déserte.

— Don Pedro, reprit le docteur, ramène un long convoi

de mules, et il y a dix jours de marche d'ici à Mérida. Vingt-quatre heures de retard, dans un si long voyage, ne peuvent être pour nous une cause d'inquiétude.

— Il n'y a jamais de retard avec grand-père, tu le sais.

— Ici, où tous ses pas sont réglés ; mais ne peut-il avoir été retenu à la ville ?

— Veux-tu que nous retournions au château ? je ferai seller ton cheval et le mien, puis nous irons au-devant de grand-père.

— Une telle excursion me semble peu prudente par une nuit obscure, Camille. La lune se lève à onze heures, il sera temps alors de prendre une décision. En attendant, partons. »

Un son de cloche se fit entendre.

« C'est celle de la poterne, dit Camille ; Célestin et Pélican rentrent au château.

— Nous avons eu tort de perdre du temps, dit le docteur ; ne nous voyant pas arriver, ils vont semer l'alarme. »

Camille ne l'écoutait plus, elle avançait et frappa tout à coup joyeusement ses mains l'une contre l'autre.

« Voici grand-père, cria-t-elle.

— Que dites-vous là, petite fille, et comment pouvez-vous voir don Pedro dans les ténèbres où nous nous trouvons ? »

L'enfant se rapprocha du naturaliste.

« Regarde par ici, dit-elle, là, un peu à ta gauche.

— Tu me prends pour un chat ; que puis-je voir, alors que je distingue à peine l'endroit où je pose le pied ? Sur ma foi ! un feu brille là-bas.

— C'est un bivouac. Les mules n'auront pu fournir l'étape d'une seule traite, et grand-père aura ordonné de camper. Quant à lui, il galope vers nous, j'en suis sûre, et nous ferons bien de nous hâter, si nous voulons arriver au château pour le recevoir. »

En dépit de l'obscurité, Camille fut vite en bas de la colline. Là, elle attendit le docteur. Aussitôt qu'il l'eut rejointe, elle repartit avec rapidité, car désormais elle connaissait à merveille le terrain sur lequel elle marchait. Elle approchait de la poterne lorsqu'elle entendit le trot de plusieurs chevaux. La cloche résonna, la lourde porte tourna sur ses gonds, et don Pedro se disposait à la franchir avec son escorte lorsque sa petite-fille, qui s'était postée de façon à se trouver sur son passage, posa lestement le pied sur son étrier et s'élança en selle devant lui. Ce fut en pressant avec force l'enfant sur sa poitrine que le châtelain atteignit le perron de sa demeure.

Au même instant, un amas de branches résineuses, disposées sur un carré de pierres construit pour cet usage, fut allumé. L'ardent foyer éclaira bientôt la façade du château et une partie de la vaste cour. Doña Gertrudis, le docteur, Célestin, Pélican, tous les habitants d'Eden se pressèrent pour saluer le maître; don Pedro répondait à chacun avec affabilité.

« Tu étais donc en chasse, mignonne? demanda-t-il en remarquant l'accoutrement de sa petite-fille.

— C'est-à-dire, grand-père, que, le soleil à peine levé, j'ai conduit Croquemitaine au sommet de la montagne afin de te voir venir de plus loin. Je savais bien que tu arriverais aujourd'hui.

6

— Ah ! petite, ton impatience ne pouvait surpasser la mienne. Enfin, me voici, et avec grand'faim, doña Gertrudis. Mais je ne vois pas le père Estevan.

— Il est au village, señor, répondit la femme de charge ; je viens de l'envoyer prévenir de votre arrivée. »

Don Pedro allait pénétrer dans le château lorsqu'un des cavaliers de son escorte s'approcha de lui.

« Que devons-nous faire du sauvage, señor ? demanda l'écuyer.

— Sur mon âme, j'allais oublier ce pauvre garçon ! Amène-le, Francisco ; il doit être las. »

Tous les regards se tournèrent vers la poterne ; Francisco reparut bientôt, tenant par le bras un jeune Indien drapé dans une couverture de laine, et qui semblait n'avancer qu'à regret.

CHAPITRE IV

A l'apparition du jeune Indien, les assistants se rapprochèrent pour le mieux voir. En ce moment, le foyer
jetait de vives lueurs dont l'éclat permettait de distinguer
les traits du prisonnier. C'était un enfant de douze à
treize ans, au front haut, aux yeux noirs, au nez aquilin,
à la bouche gracieuse, au regard vif et intelligent. Ses
cheveux, longs sur les côtés du visage, retombaient en
deux nattes jusque sur ses épaules et donnaient à ses
traits une expression de douceur féminine. Il était robuste
et bien pris. La couverture dont il s'enveloppait s'étant
entr'ouverte, on vit sur sa poitrine un tatouage représentant un soleil, qui avait à son centre une tête de serpent.

« Bonté du ciel ! señor, s'écria doña Gertrudis, cet
enfant est-il véritablement un sauvage ?

— Oui, ma bonne dame, un vrai sauvage !

— L'avez-vous donc pris en route ?

— Non pas, le chemin est libre et sûr d'ici à Mérida ;

mais les Toltèques, descendus des montagnes, se sont avancés jusqu'à vingt lieues de la ville, brûlant et saccageant tout, selon leur coutume. Au bourg des Lagartos, ils sont tombés sur un bataillon de troupes nationales qui leur a infligé une rude leçon. Dans la bagarre, ce garçon est devenu prisonnier d'un soldat, qui, de retour à Mérida, l'a mis en vente sur la place du Marché. Je passais, et, pris de pitié, j'ai donné vingt piastres en échange de ce pauvre petit. »

Camille embrassa son grand-père, puis s'approcha du prisonnier :

« Venez, » lui dit-elle.

Il la regarda sans répondre ni bouger.

« Ne parle-t-il pas espagnol, grand-père? demanda la petite fille.

— Je ne sais trop ; durant la route, j'ai cru deviner à certains mouvements de son visage qu'il comprend ce que l'on dit en cette langue ; cependant il refuse de répondre lorsqu'on lui adresse la parole.

— Quel est son nom?

— Je l'ignore ; peut-être me l'a-t-il dit, mais comment le saisir au milieu des phrases de son jargon? »

Le docteur s'était approché de l'enfant et l'examinait avec attention.

« Voilà donc, murmurait-il, un homme dans toute sa simplicité primitive ; le drôle est beau, et ses yeux ont plus d'expression qu'on ne devrait s'y attendre, car les idées doivent être rares et confuses dans son cerveau. Ainsi, ce petit bonhomme, en sa qualité de sauvage, sait déjà piller une ferme, l'incendier, et, au besoin, couper la gorge de son semblable avec la même indifférence que celle d'un hanneton. Admirable, en vérité! Et comme ce gaillard est bâti! quelle poitrine! quelles jambes! comme il doit courir et sauter! »

Le docteur se tut un instant, puis reprit :

« Pauvre petit, plus de patrie, plus de famille; le voilà prisonnier. Peu à peu, les souvenirs de son enfance s'effaceront de sa mémoire; mais sa mère, l'oubliera-t-elle? »

En prononçant ces derniers mots, le docteur, selon son habitude lorsqu'une émotion le gagnait, enleva sa perruque. A la vue de cet homme se dépouillant de sa chevelure, le jeune Indien fit un bond en arrière; il eût fui, si Francisco ne l'eût retenu.

« Vilain Croquemitaine! s'écria Camille qui se rapprocha de son ami; veux-tu bien remettre tes cheveux sur ta tête et ne pas effrayer le petit garçon? »

Le docteur, interdit, se hâta d'obéir. En ce moment, le père Estevan parut. A la vue du vieillard, don Pedro se découvrit avec respect et lui baisa la main, déférence dont le chapelain voulut en vain se défendre. Après avoir échangé quelques mots avec le prêtre, don Pedro lui montra du doigt le nouveau venu.

« Approche, mon fils, dit le *padre* en langue maya, cet antique idiome encore en usage chez les modernes Toltèques, approche et dis-moi ton nom. »

En entendant parler le vieillard, le jeune Indien se rapprocha de lui, et ses regards se fixèrent avec curiosité sur les lèvres qui venaient de prononcer des mots de sa langue. Néanmoins il ne répondit pas, et une larme glissa sur sa joue brune.

« Pourquoi pleures-tu, mon enfant? demanda le chapelain avec sollicitude et en saisissant la main de l'Indien.
Réponds, ne sais-tu pas la langue des mayas?

— C'est celle de ma nation, répliqua le jeune sauvage
avec fierté. Mais vous, qui vous a appris à la parler ?

— J'ai vécu parmi tes compatriotes, mon cher fils, et
j'ai tenté de leur enseigner le nom et les commandements
du vrai Dieu.

— Le vrai Dieu se nomme *Téotl*, et il habite les
plaines enflammées du soleil, répondit sentencieusement le
jeune garçon ; puis, écartant sa couverture pour montrer
l'image de l'astre dessiné sur sa poitrine, il ajouta : Je
suis le petit-fils de *Téotl*.

— Ton père est un chef?

— Lorsqu'il vivait, la tribu entière des fils du Soleil
lui obéissait.

— Tu ne m'as pas dit ton nom.

— Je suis Unac, fils d'Unac, petit-fils de *Téotl*.

— Je comprends, tu descends d'une famille de chefs
et tu crois avoir le Soleil pour ancêtre; nous t'apprendrons
que le Soleil a un maître.

— Veut-on me faire mourir?

— Rassure-toi; celui qui t'a amené et qui commande
ici est juste et bon.

— Par le ciel, *padre*, s'écria tout à coup le châtelain
qui ne comprenait mot à cette conversation, nous cause-
rons demain. Songeons à souper, s'il vous plaît, j'ai faim.

— A qui voulez-vous confier cet enfant? demanda le
chapelain.

— A vous d'abord, mon père, car il vous faudra vous

occuper de son âme ; quant à son corps, je suis tenté de le
confier momentanément à Célestin, si toutefois le docteur y
consent.

— Très volontiers, répondit celui-ci ; grâce à Célestin,
le malheureux pourra bientôt unir aux défauts des sauvages
ceux de nos espèces civilisées.

— Soit ! s'écria don Pedro. Nous savons ce que cela
veut dire ; par parenthèse, docteur, vous avez bien de
la peine à vous corriger de vos... qualités. Je viens d'apprendre que, durant mon absence, vous avez sauvé, à force
de veilles et de soins, deux de mes serviteurs.

— Mon devoir professionnel, dit le docteur, est de
guérir les gens. »

Célestin, s'étant approché, reçut l'ordre de veiller
sur le jeune Indien, de s'occuper de sa nourriture, de son
coucher, et de le traiter avec la plus grande douceur.

« Très bien, dit l'ex-matelot ; mais en quelle langue,
s'il vous plaît, dois-je parler à mon pupille ?

— Unac comprend-il la langue des blancs ? » demanda
le chapelain au jeune garçon.

Celui-ci demeura un instant silencieux ; le *padre* répéta
sa question.

« Oui, répondit enfin le prisonnier, quand les blancs
traitent Unac comme un homme, il les comprend ; il ne les
comprend plus lorsqu'ils veulent le traiter comme un
chien. »

Cette réponse fut faite en espagnol, avec lenteur,
comme si le jeune Indien cherchait un peu ses mots.

« Par le Christ enfant, s'écria don Pedro, depuis
douze jours que nous voyageons ensemble, tu aurais dû

délier plus tôt ta langue. C'est non seulement en homme
que je veux que tu sois traité, mais en frère. Tu n'as ici
d'autre maître que moi, et c'est à moi que tu te plaindras
si quelqu'un, sur mon domaine, te traite autrement que
comme un enfant de la maison. Si le *padre* réussit à dis-
siper les ténèbres de ton esprit, tu deviendras mon filleul,
c'est-à-dire mon fils. En attendant, sois docile et bon, je
t'en prie. »

Après ce petit discours, don Pedro, faisant passer
devant lui le *padre* et le docteur, pénétra dans le château.

Célestin se rapprocha d'Unac.

« Venez par ici, mon garçon, dit l'ex-matelot en
prenant le bras de l'Indien pour le guider, vous avez
fourni une longue course et vous devez avoir faim.

— Es-tu un chef ? demanda Unac à son interlocuteur.

— Un chef ? Pas précisément. Après tout, qui sait ?
Moi aussi, j'ai des petits soleils gravés sur la peau. »

Et retroussant sa manche gauche, Célestin montra son
bras orné de ces tatouages chers aux marins et qui semblent à la mode aussi bien chez les nations civilisées que
chez les sauvages.

Unac examina avec attention le dessin tracé sur le
bras du matelot, dessin qui représentait un navire. Il
réfléchit un moment, puis secoua la tête comme pour
déclarer qu'il ne comprenait pas le sens de cet hiéro-
glyphe. Néanmoins, il parut considérer son guide avec
respect ; il se disposait à le suivre lorsqu'il fit un bond en
arrière et poussa une exclamation de surprise : il venait
de voir apparaître Pélican dont la bonne face, d'un magnifique noir, semblait pour lui un objet de terreur.

« Qui est celui-là ? demanda-t-il d'une voix légèrement altérée.

— Personne autre que mon ami Pélican.

— Pourquoi est-il peint en noir ? »

Célestin se mit à rire.

— Le pauvre garçon te prend sans doute pour le
diable, Pélican, s'écria l'ex-matelot ; il est clair qu'il n'a
jamais vu d'hommes de ta race.

— Hommes blancs plus pareils au diable qu'hommes
noirs, dit Pélican avec conviction.

— Au Sénégal, c'est possible ; en France, c'est une
autre question ; mais laissons cela et approche ; il faut
convaincre ce petit homme que tu n'es noir que par dehors,
que tu as l'âme et le cœur d'un blanc. »

Pélican, sous prétexte de sourire, montra sa double
rangée de dents et s'avança vers Unac.

« Pélican pas méchant, dit le nègre, et lui devenir
l'ami à vous, si vous aimez lui. »

Unac murmura quelques mots dans sa langue, et se
pressa contre Célestin, qui, le rassurant, le conduisit
vers un des pavillons construits de chaque côté de la
poterne, et dans lequel, dès son arrivée à Eden, il avait
élu domicile avec Pélican. Un vieux créole, nommé Juan,
qui servait en quelque sorte de concierge, occupait le
second pavillon.

« Allez-vous sortir, señor Célestin ? demanda le gardien en voyant paraître l'ex-matelot.

— Non, je viens dresser un lit pour le nouvel hôte du
maître.

— Va-t-il coucher dans votre chambre ?

7

— Parbleu ! où voulez-vous que je le place ?

— Gare qu'il ne vous coupe la gorge durant la nuit ; c'est là une opération que ses pareils savent pratiquer à merveille.

— Merci de l'avis, Juan : mais nous ne sommes pas en guerre, ce garçon et moi ; est-ce vrai, Unac ? »

Sans répondre, le jeune Indien se pressa de nouveau contre son guide. Dents-d'Acier venait de se montrer et s'avançait en grognant.

« Tout beau, Dents-d'Acier, s'écria Célestin, c'est un camarade que je vous amène, et je vous engage à ne pas l'oublier. Silence, méchant chien, et laissez-nous passer. »

Dents-d'Acier obéit, grâce à Pélican qui s'interposa. Unac fut introduit dans le pavillon, composé de deux chambres dont l'une servait de cuisine et de salle à manger, l'autre de chambre à coucher. Un troisième lit, c'est-à-dire une épaisse natte de jonc, fut étendu dans un coin, et Pélican, qui, ce jour-là, remplissait les fonctions de cuisinier, posa sur une petite table une espèce de gigot rôti. Unac refusa de prendre place entre les deux amis ; il s'empara de quelques galettes de maïs, puis alla s'étendre sur sa couche où il parut bientôt dormir.

« Qu'as-tu fait de ton jaguarété ? demanda Célestin à son compagnon.

— Lui dans une cage.

— Tu veux l'apprivoiser ? C'est une éducation qui te donnera quelque peine. Mais quelle viande est-ce donc là ? Voilà une heure que je mâche ce morceau qui résiste à mes dents. »

Pélican sourit.

« Lui un peu dur, dit-il.

— Et Dents-d'Acier refuse sa part? Est-il malade?

— Non ; seulement, lui pas aimer jaguarété.

— Comment, s'écria Célestin en se levant, ce rôti est du ? .... »

L'ex-matelot, bien que son estomac fût solide, ne put achever. Il s'empara d'une bouteille d'eau-de-vie de canne à sucre, s'en gargarisa longtemps le gosier et reprit :

« Que le diable t'emporte, Pélican, de me faire goûter une pareille viande!

— Oui, lui pas bon, répondit le nègre qui cherchait à faire bonne contenance et ne pouvait avaler le morceau qu'il avait dans la bouche ; décidément, lui pas bon. »

Un jambon fut posé sur la petite table, et les deux convives mangèrent alors avec appétit. Leur souper terminé, ils fumèrent une ou deux pipes en devisant, et se couchèrent après avoir expulsé Dents-d'Acier. Les deux amis dormaient depuis une heure environ, lorsque Unac redressa la tête ; une faible lueur, venant d'une fenêtre sans vitres, éclairait la vaste pièce. Le jeune Indien se leva, et, à pas sourds, se dirigea vers la porte. Après quelques tâtonnements, il réussit à faire jouer la pièce de bois qui la fermait et s'élança dehors.

La nuit était sombre ; à peine le seuil franchi, Unac demeura immobile. Il promena ses regards autour de lui, retenant sa respiration et cherchant à percer les ténèbres. Un profond silence régnait dans l'immense cour du château ; nul autre bruit que la plainte mélancolique produite par les deux palmiers plantés de chaque côté de la poterne, et dont la brise agitait doucement les larges feuilles. De loin en loin un cri sourd, étouffé, venait du bois; parfois aussi un insecte lumineux traversait l'air comme une étoile filante, et disparaissait happé sans doute par un oiseau de nuit.

Unac, le corps penché en avant, fit enfin deux ou trois pas et s'arrêta. Peu à peu, ses yeux s'accoutumèrent à l'obscurité; il distingua la grande porte par laquelle il avait pénétré dans l'enceinte du château, courut aussitôt vers cette issue et poussa une exclamation de désappointement en la voyant close. Il promena ses mains sur les énormes poutres, à la recherche d'un verrou semblable à celui dont le mécanisme peu compliqué venait de lui permettre de sortir de la chambre de Célestin. Mais la porte d'entrée se fermait à l'aide d'une traverse de fer assujettie par un cadenas, et, durant un quart d'heure, Unac se fatigua les doigts à tirer, à pousser, à tordre ce cadenas. A la fin, le jeune Indien se cramponna aux poutres et se mit à grimper. Arrivé au faîte de la porte, il rencontra la muraille qui surplombait; bientôt convaincu qu'il ne pourrait franchir cet obstacle, il redescendit.

Il allait sauter sur le sol, lorsqu'il vit briller deux yeux flamboyants : c'étaient ceux de Dents-d'Acier, qui, tranquillement assis, paraissait observer avec curiosité les mouvements du fugitif. Tout à coup, le chien s'élança en grognant; s'il ne se fût hâté de regrimper, Unac eût été atteint par les crocs du terrible mâtin.

Après cette démonstration hostile, Dents-d'Acier, comme s'il considérait que la proie qu'il semblait convoiter ne pouvait lui échapper, se rassit paisiblement. A deux ou

IV

DEUX OU TROIS FOIS UNAC TENTA DE METTRE
PIED A TERRE.

trois reprises, Unac tenta de se rapprocher de terre ; aussitôt le chien grondait menaçant. Au bout d'un quart d'heure, sentant ses bras se lasser, le pauvre Unac essaya de saisir un des poteaux qui soutenaient la porte, avec l'espoir d'atteindre un des palmiers. En étendant la main, il sentit une chaîne et la tira, voulant s'assurer qu'elle pouvait le porter. Aussitôt, à son grand effroi, une cloche se mit à tinter ; c'était celle qui, pourvue d'un double cordon, servait de jour à sonner les heures pour les travailleurs occupés dans les champs, et, la nuit venue, de signal pour réclamer l'ouverture de la poterne.

Ce bruit sonore, inconnu pour lui, terrifia Unac qui faillit se laisser choir, et d'autre part exaspéra Dents-d'Acier, lequel, comme la plupart de ses pareils, avait horreur du son des cloches. Le chien se mit à hurler d'une façon lugubre. Une minute après, Juan sortait en grommelant de son pavillon.

« Qui nous arrive si tard ? disait le vieux gardien. Holà ! Dents-d'Acier, vous tairez-vous, que je puisse interroger celui qui a sonné ? »

Célestin se montra.

« Est-ce la caravane qui nous arrive, Juan ? demanda l'ex-matelot.

— Par mon saint patron, les mules n'auraient pu marcher par cette nuit noire, puis le maître eût prévenu ; d'un autre côté tout le monde est rentré.

— Peut-être y a-t-il quelque événement au village ? Ouvrez vite le guichet.

— Faites taire le chien, alors, afin que je puisse parler et entendre ce que l'on me répondra.

— A la façon dont il aboie, Juan, je ne crois pas que nous ayons affaire à un ami. Ici, méchante bête!... Eh mais, une lumière ; vite, il y a quelqu'un là. »

Le vieux gardien disparut. Il rapporta bientôt une torche enflammée dont le rouge éclat montra le malheureux Unac cramponné à une poutre de la poterne et à bout de forces.

« Quoi! mon aimable pupille! s'écria Célestin avec stupéfaction. Parbleu, j'aurais dû prévoir cela. A bas, Dents-d'Acier, et silence! »

Le mâtin se tut, et Célestin aida Unac à regagner le sol.

« Vous avez voulu fuir, garçon, reprit l'ex-matelot ; voilà une mauvaise inspiration, et vous devez remercier le ciel de n'être pas, à l'heure qu'il est, à demi dévoré par Dents-d'Acier, qui n'entend guère les plaisanteries de ce genre. Regagnez votre lit, Juan, je vais clore ma porte assez solidement pour vous épargner toute nouvelle alerte. »

Célestin ramena Unac dans le pavillon et alluma une petite lampe.

« Pourquoi vous déjà levé ? demanda Pélican qui se dressa sur sa natte et regarda son ami avec surprise.

— Oui, il est bien temps de se frotter les yeux, répondit Célestin. Tu dors trop solidement, Pélican, je t'en préviens. Si ce n'est pas la paresse qui t'a tenu dans ton lit, si tu n'as entendu ni notre pupille ouvrir la porte, ni Dents-d'Acier aboyer, ni la cloche tinter, tu n'es plus digne de ta réputation, et, à notre première excursion dans les bois, tu seras croqué par quelque bête sauvage.

— Dans les bois, Pélican dormir d'un seul œil ; dans la maison, Pélican dormir sur ses deux oreilles.

— Voilà des choses dont je te défie, mon brave ami, attendu que les yeux se ferment et s'ouvrent de compagnie, et que tes oreilles sont placées de chaque côté de ta tête, comme celles du premier venu. Mais voici la porte bien assujettie, et tu peux maintenant dormir comme il te plaira. Couchez-vous, enfant, dit le matelot au jeune Indien, vous devez être convaincu que vous ne pouvez fuir. »

Unac, sans répondre, s'étendit sur sa natte ; accablé par la fatigue, il s'endormit bientôt profondément.

CHAPITRE V

Pélican et Célestin, selon leur habitude, se levèrent
avec le jour, c'est-à-dire vers cinq heures du matin. Unac
suivit leur exemple, fit deux ou trois fois le tour de la
chambre, puis revint s'asseoir sur la natte qui lui avait servi
de couche. Là il examina curieusement les deux amis procé-
dant à leur toilette, et parut très surpris de voir Pélican se
plonger les bras et le visage dans l'eau, sans que la belle
couleur noire de sa peau en fût altérée. La pièce dans laquelle
se trouvait le jeune Indien était vaste et recevait le jour par
une immense ouverture garnie de barreaux, mais sans
fenêtres ni vitres, le brûlant climat de la vallée rendant ce
luxe inutile. Tout à coup, des sons graves retentirent au
dehors ; de nombreuses voix chantaient en chœur. Unac,
surpris, se rapprocha de la baie qui servait de fenêtre et vit,
rassemblés dans la cour du château, les travailleurs auxquels le majordome venait d'indiquer la tâche à exécuter
dans la journée. Ces hommes défilaient en psalmodiant un

8

cantique, vieille coutume autrefois générale dans les habi-
tations des Amériques espagnoles, et pieusement observée
sur le domaine de don Pedro. Les chanteurs s'éloignèrent.
Peu à peu, leurs voix se perdirent dans vingt directions,
et Unac se mit à rôder dans la chambre, regardant avec
curiosité mille objets nouveaux pour lui. Soudain il poussa
une exclamation, il venait de voir son image se refléter dans
une petite glace pendue au mur. Après un moment d'hésitation, Unac passa sa main sur la glace, parut étonné de
rencontrer une résistance, et retourna le miroir. Pélican
et Célestin, qui l'observaient, se mirent à rire. Le jeune
Indien prit aussitôt un air d'indifférente gravité ; se rapprochant d'un râtelier garni de fusils, il en saisit un et le
mania de façon à montrer que, s'il ne connaissait pas les
miroirs, il savait en revanche se servir des armes à feu.

Unac, pour tout vêtement, portait une culotte en peau
de daim qui lui descendait aux genoux, et des sandales
maintenues à ses pieds par des courroies de cuir s'enrou-
lant autour de ses jambes. Ce costume primitif parut peu
convenable aux deux amis.

« Il est fâcheux que tu ne saches pas le métier de tail-
leur, Pélican, dit Célestin à son compagnon, car il nous
faut songer à vêtir ce garçon de façon qu'il puisse se
présenter dans le monde.

— Moi lui prêter un de mes habits, répondit le nègre
avec un grand sérieux.

— Le pauvre garçon y entrerait des pieds à la tête,
et cela pourrait le gêner pour marcher. Je suis moins grand
et moins gros que toi, Pélican ; apporte ici ma vieille veste
de matelot. »

Le vêtement apporté, Célestin engagea Unac à l'essayer. Les yeux du jeune Indien brillèrent de plaisir à la vue de la veste, ou plutôt des boutons de métal dont elle était garnie. Sans se faire prier et secondé par Pélican, il l'eut bientôt endossée. Mais la veste, posée sur un torse nu, produisait un si déplorable effet, que Célestin jugea nécessaire l'adjonction d'une chemise.

Peu à peu, et grâce à la satisfaction visible avec laquelle il se prêtait à tous les essais de ses valets de chambre, Unac se trouva empaqueté dans un pantalon, une chemise et une veste appartenant à Célestin. Sous cet accoutrement, Unac se croyait magnifique ; il se promenait en se redressant avec fierté. Enfin, la toilette terminée, Célestin se dirigea vers le château, emmenant avec lui son pupille, comme il continuait à l'appeler.

La caravane, restée la veille en arrière, venait d'entrer dans la cour du château, et l'on s'occupait de décharger les mules des caisses rapportées par don Pedro. Chacun avait sa part dans les achats faits à Mérida par le châtelain ; doña Gertrudis et Camille, mises en possession d'un ballot d'étoffes, étaient dans leurs chambres, plongées dans l'admiration de ce beau présent. Le docteur dévorait les lettres et les journaux d'Europe rapportés pour lui par son ami, qui, assis sur un fauteuil à bascule, procédait à la répartition des caisses à mesure qu'on les apportait.

« Holà, Célestin, cria don Pedro aussitôt qu'il aperçut l'ex-matelot ; approchez un peu, je vous prie, il y a ici différents objets à votre adresse : ce ballot d'abord, où vous trouverez un vêtement complet pour vous et un autre pour Pélican, puis plusieurs bagatelles que je vous prie d'accepter. »

Célestin remercia simplement son hôte et fit résonner le sifflet pendu à son cou. A cet appel, on vit bientôt accourir Pélican. Le nègre, instruit des attentions de don Pedro, balbutia un compliment.

« As-tu toujours envie de posséder une montre? lui demanda don Pedro au moment où il se retirait.

— Oh oui! señor, pour avoir soleil dans ma poche, comme massa Célestin.

— Eh bien! Pélican, j'ai trouvé celle-ci. Te convient-elle ? »

Le nègre ouvrit démesurément les yeux en voyant briller une montre d'argent, mais il n'osait avancer la main.

« N'en veux-tu pas ? » demanda don Pedro en souriant.

Cette fois, Pélican sauta sur le bijou, le saisit, le porta à son oreille; puis, comme un véritable enfant, courut le montrer à tous les habitants du château.

« Où est Unac ? demanda soudain don Pedro.

— Il est là, señor, répondit Célestin; cette nuit, il a failli se faire dévorer par Dents-d'Acier. »

Et le matelot raconta l'aventure de l'Indien.

« Pauvre petit ! s'écria don Pedro. Amenez-le-moi, Célestin. »

Le matelot fit sortir Unac de l'embrasure de la porte où il se tenait en quelque sorte caché.

« Qu'est-ce que cela, grand Dieu ? s'écria don Pedro.

— Je l'ai un peu habillé, señor, en attendant. »

En ce moment, Camille, enveloppée dans un joli peignoir de mousseline blanche, s'avança vers son grand-père.

A sa vue, Unac se pencha en avant, l'examina avec attention, puis promena ses regards autour de lui. Une profonde surprise se lisait sur les traits de l'Indien, évidemment intrigué de la ressemblance de la personne qu'il
avait sous les yeux avec le jeune garçon qu'il avait vu la
veille.

Il s'approcha de la jeune fille, qui, frappée du singulier
accoutrement dont Célestin avait affublé son pupille, partit
d'un franc éclat de rire. Unac, interdit, comprit que ses
habits causaient la gaieté de ceux qui l'entouraient. Il se
dépouilla brusquement de la veste qui d'abord l'avait séduit
et la jeta loin de lui. Célestin s'élança aussitôt, mais trop
tard; il ne put que suivre le jeune Indien qui s'enfuit dans
le jardin. Là, Unac s'assit au pied d'un magnolia, se couvrit le visage de ses mains et pleura.

Célestin, touché de la douleur du jeune Indien, essaya
de le consoler. Il fut rejoint par Pélican, qui vint déposer
aux pieds d'Unac des vêtements de toile et un équipement
de chasseur en peau de daim.

« Le maître, penser à vous, dit le nègre, et voici des
beaux habits. Il y en a encore d'autres que nous porter
dans notre chambre. Venez aider moi. »

Unac ne répondit pas. Le *padre*, qui survint, s'approcha de lui.

« Qu'avez-vous, mon enfant? demanda affectueusement
le chapelain.

— Je voudrais retourner dans mon pays.

— Vous songez à votre père, à votre mère? »

Le jeune garçon secoua tristement la tête.

« Mon père, dit-il, chasse depuis longtemps dans les

plaines du soleil ; à la dernière floraison des palmiers, il a appelé ma mère, elle est allée le rejoindre.

— La terre des Toltèques est loin, reprit le *padre* en posant sa main sur la tête de l'orphelin, et vos pieds seraient las, bien las, avant que vous pussiez l'atteindre. Demeurez ici, montrez-vous docile, reconnaissant. On ne vous veut que du bien ; l'heure venue, quand vous serez un homme, vous retournerez dans votre pays si vous le voulez encore. »

Le bon prêtre causa longtemps avec le jeune sauvage ; il fut surpris de son intelligence, de la vivacité de sa compréhension, de la droiture de son esprit. A n'en pas douter, Unac était le fils d'un chef célèbre de sa tribu, car il craignait par-dessus tout de se voir assujetti à des travaux indignes de lui. Don Pedro, instruit des craintes du jeune homme, le fit appeler.

« Écoute, enfant, lui dit-il avec bonté. Aussitôt que tu seras assez instruit pour comprendre nos lois, pour juger qu'elles valent mieux que celles de tes compatriotes, tu seras libre. En attendant, je n'exige de toi que le respect dû à ceux qui sont tes aînés. Apprends à te faire aimer ; chacun ici t'en donnera l'exemple. »

Unac s'inclina, et don Pedro décida que, jusqu'au moment où le jeune Indien saurait se conformer aux exigences de la vie civilisée, il resterait sous la tutelle de Célestin et de Pélican, chargés de lui enseigner l'usage du savon, des mouchoirs, des fourchettes et de mille petits détails auxquels il était étranger. Cette éducation première terminée, don Pedro voulait que son futur filleul vînt prendre place à sa table et loger dans le château.

Ces résolutions furent longuement expliquées à Unac par le *padre* qui, dès le lendemain, se mit en devoir d'enseigner à son élève les premières notions de la lecture. Chacun promit son concours pour l'éducation du jeune Indien ; il n'y avait pas de temps à perdre, car, d'une série de questions que lui posa le chapelain, il résulta que Unac qui, dans son pays, vivait sous la tutelle d'un de ses oncles, venait d'atteindre sa quatorzième année.

De cet oncle, nommé Ahuisoc, Unac ne parlait qu'avec une amertume que le *padre* remarqua bientôt. Peu à peu, en dépit de la réserve du jeune Indien, le chapelain crut comprendre que cet Ahuisoc, nommé chef de la tribu pendant la minorité de son neveu, avait contribué à le faire tomber prisonnier. Par la suite, ce doute se transforma en certitude ; l'orphelin avait été sacrifié par un ambitieux.

Bien que leur couvert fût toujours mis à la table des serviteurs du château, Célestin et Pélican préféraient manger chez eux, comme ils disaient. Ni l'un ni l'autre n'appréciait la cuisine yucatèque, et ils étaient leurs propres cuisiniers. Pénétrés de l'importance des fonctions qui venaient de leur être confiées, ils s'appliquèrent à justifier la confiance de don Pedro, et n'épargnèrent aucun soin pour former Unac aux belles manières.

Leur petit ménage fut très strictement tenu, et leur table couverte d'une nappe, de salières, de verres, de ces nombreux objets dont les deux amis, d'ordinaire, se passaient volontiers. A force de supplications, Célestin réussit à faire endosser à Unac un des vêtements rapportés pour lui par don Pedro, vêtement qui consistait en une chemise de fine toile, une veste de coutil, et un pantalon de même étoffe, le tout complété par une paire de brodequins lacés. Ainsi vêtu d'habits à sa taille, Unac, bien que chacun de ses mouvements fût encore empreint de gaucherie, ne perdit rien de sa bonne mine. Ses tuteurs improvisés le lui répétèrent à l'envi, et il vit bien qu'ils parlaient sérieusement.

Célestin et Pélican étaient de braves cœurs, aussi se prirent-ils d'amitié pour le pauvre orphelin. L'ex-matelot, fort de la supériorité que lui donnait la couleur de sa peau, s'érigea sérieusement en professeur et se montra prodigue de bons conseils.

« Donnez-vous la peine de vous asseoir, dit-il un jour à Unac au moment de se mettre à table, et continuez à ouvrir l'oreille, mon garçon. Vos progrès sont réels, parole d'honneur, et bientôt on ne vous reconnaîtra plus. Vous avez de l'amour-propre et j'en suis ravi, car on ne se mouche pas du pied quand on a de l'amour-propre ; seulement il ne faut pas pousser les choses trop loin, attendu que, comme dit la chanson, « l'excès en tout est un défaut ». Si Pélican et moi nous vous sermonnons sans cesse, c'est que nous voulons vous apprendre les belles manières, pas autre chose. Mais n'oubliez jamais que Pélican aime à rire ; si je l'imite parfois en voyant vos balourdises de jeune sauvage, ne vous fâchez pas, le rire est souvent involontaire, et personne ne veut vous humilier. Vous êtes destiné à vivre avec les blancs ; bons ou mauvais, vous devez adopter les usages des blancs.

— Pélican, répondit le jeune Indien en regardant son voisin de table, n'est pas un blanc.

— Faut pas se fier aux apparences, reprit Célestin avec

gravité ; elles sont souvent trompeuses. Vu en dehors, Pélican n'est pas d'un blanc irréprochable, bien qu'il ait la faiblesse de n'en pas convenir ; vu par dedans, c'est une autre histoire : il est alors plus blanc que la neige, car son âme est honnête et son cœur bon ; vous avez déjà pu vous en convaincre.

— Oui, répondit Unac, qui posa sa main sur le bras du nègre, Pélican ne peut me voir triste sans chercher à me consoler.

— Regardez-nous donc et imitez-nous, ajouta Célestin en débourrant sa pipe à l'aide de son petit doigt avant de la placer dans sa poche, et cela ira comme sur des roulettes. Surtout ne vous fâchez plus, ainsi que vous l'avez fait le lendemain de votre arrivée. Déchirer ses habits n'est pas comme il faut. »

Unac s'assit docilement, et, pour la vingtième fois, examina avec curiosité les cuillers, les fourchettes et la façon dont ses compagnons se servaient de ces instruments. Il était sans cesse tenté de porter ses aliments à sa bouche avec ses doigts ; rappelé au bon ton par Célestin, il rougissait et s'empressait de mettre en pratique les avis qu'on lui donnait.

Unac comprenait très bien l'espagnol ; frappé dès les premiers jours de l'accent étranger de Célestin et de Pélican, il les interrogea sur cette particularité. Les deux commensaux lui firent, l'un de la Martinique et l'autre de Paris, une description à laquelle le pauvre Unac ne comprit absolument rien, attendu que pour lui il n'y avait qu'une seule terre au monde, le Yucatan.

Tantôt en compagnie de Célestin, tantôt en compagnie

9

de Pélican, Unac rôdait sans cesse dans le château. La chapelle où le *padre* disait la messe surprit l'Indien par sa richesse, et il contempla longtemps le grand Christ suspendu au-dessus de l'autel. Lorsque Pélican lui déclara que c'était là l'image du fils de Dieu, l'enfant secoua la tête, ramena le nègre vers la porte et dit en désignant le soleil :

« Celui-là seul est Dieu. »

Quand Unac visita la vaste pièce où le docteur gardait ses collections, il fut littéralement ravi. Il nomma les oiseaux, les mammifères dans sa langue, précieux renseignement pour le naturaliste, qui s'empressa de prendre des notes. Les insectes et les plantes étonnèrent l'Indien ; mais les oiseaux que le docteur avait empaillés l'émerveillèrent surtout par leur apparence de vie.

Durant plusieurs semaines, Unac erra sans relâche dans le château ; puis, peu à peu, il devint triste et se tint de préférence dans le jardin.

« Dans quelle direction se trouve mon pays ? demandait-il souvent au chapelain.

— De ce côté, lui répondait le *padre* en montrant l'Orient.

— Et combien de jours faut-il marcher pour l'atteindre ?

— Vingt, environ. »

Ces questions, Unac les adressait également à Célestin et au docteur, et il écoutait leurs réponses avec attention.

Le docteur, sans en avoir l'air, s'occupait beaucoup du petit sauvage. Le voyait-il absorbé, il s'approchait de lui, tournait à demi sa perruque et lui disait :

QUAND UNAC VISITA LA VASTE PIÈCE...

« Patience, petit, travaille ; je me charge, tôt ou tard, de te reconduire dans ton pays. Il me faut l'*Amslé;* nous irons de compagnie chercher cette plante merveilleuse dont tu m'affirmes avoir entendu parler.

— Vrai ? s'écriait Unac dont les regards devenaient brillants.

— Vrai, répondait le docteur ; seulement tâche d'avoir un peu de patience. »

Unac montait souvent au sommet de la tourelle qui servait de poste d'observation, et passait là de longues heures en plein soleil à regarder les montagnes qui bleuissaient au loin. Souvent aussi il allait s'établir en face de Camille alors qu'elle cousait, lisait ou brodait, assise près de doña Gertrudis ; là, il demeurait dans une muette contemplation, attentif à tout ce que disait ou faisait la jeune fille. Il assistait parfois au repas du soir dans le château ; il surveillait alors tous les gestes de Camille, puis cherchait à les imiter lorsqu'il se retrouvait avec Célestin et Pélican.

Il ne répondait guère que par monosyllabes à tout autre qu'à la jeune fille ; avec elle sa langue se déliait, et il ne craignait pas de s'aventurer dans de longues phrases, surtout lorsqu'elle se chargea de lui apprendre à lire.

Il se prit aussi d'amitié pour doña Gertrudis dont il admirait, presque autant que le brave Pélican, les toilettes aux couleurs voyantes. La bonne dame, de son côté, cessa d'avoir peur du sauvage, comme elle appelait Unac, et cela à dater d'un jour où ayant revêtu une robe de couleur bleu tendre, le jeune garçon, saisi d'admiration, lui répéta par trois fois qu'elle était belle.

Il y avait deux mois qu'Unac habitait le château ; mais

on ne lui en laissait jamais franchir les murs. Une fois, ayant accompagné Célestin et Pélican au village, il s'élança brusquement vers les bois, et ses tuteurs durent presque employer la force pour le ramener au château. Là, au lieu d'expliquer qu'il ne voulait que revoir de près les arbres, les oiseaux et les fleurs, il se renferma dans un mutisme absolu. On crut à des projets de fuite, et la porte qui s'ouvrait sur la campagne fut tenue soigneusement fermée, dans la crainte que le jeune Indien n'allât se perdre dans les bois en croyant pouvoir rejoindre sa tribu.

Un matin, en sortant du pavillon où il venait de voir Célestin et Pélican s'équiper d'une façon inaccoutumée, Unac trouva Camille vêtue de ses habits de garçon, caracolant entre son grand-père et le docteur. On allait en chasse. L'Indien regarda autour de lui avec inquiétude.

« N'y a-t-il point de cheval pour Unac ? demanda-t-il à Camille.

— Savez-vous donc vous tenir en selle ? lui dit la jeune fille en guise de réponse.

— Je suis le fils d'un chef, » répondit-il.

Camille, piquant sa monture, se rapprocha de don Pedro.

« Grand-père, n'emmenons-nous pas Unac ? Il sait se tenir à cheval.

— Je n'en doute pas, petite ; seulement, te charges-tu de courir après lui s'il s'élance au galop vers les montagnes ?

— Croyez-vous qu'il songe à nous quitter ?

— Qui sait ? En tout cas, il est peut-être trop tôt pour

risquer l'aventure, et certainement trop tard pour la risquer aujourd'hui.

— Mais s'il promet de ne pas fuir ?

— Je ne crois pas, mignonne, qu'il sache encore la valeur d'une parole donnée. En route ! il y a longtemps que nous n'avons chassé, et j'ai hâte de voir si je sais encore tirer. »

Camille poussa son cheval vers Unac.

« Consolez-vous, lui dit-elle ; à la première chasse vous nous accompagnerez. Grand-père y consentira. »

Unac ne répondit pas. Il regarda tristement défiler les chasseurs et la grande porte se refermer sur eux. Alors il s'élança vers le sommet de la tourelle, s'accouda sur le parapet, vit les cavaliers traverser la vallée, puis s'enfoncer dans la forêt. Ils étaient depuis longtemps invisibles que l'Indien regardait encore. Enfin, se redressant, il se tourna vers l'Orient pour étudier les collines qui, de ce côté, bornaient l'horizon. Trois kilomètres environ séparaient le château du pied de ces collines, encore couvertes de forêts primitives, et au delà desquelles s'étendaient une suite de vallées inexplorées.

« Mon pays est là, murmura-t-il : les blancs disent qu'il faut que le soleil se lève et se couche vingt fois avant qu'un homme puisse l'atteindre en marchant ; mais les sages de ma tribu m'ont appris que les blancs savent mentir. »

Durant toute cette journée, Unac se promena dans la cour intérieure du château, jouant avec Dents-d'Acier auquel il était chargé de donner sa nourriture, précaution prise par Célestin pour familiariser le mâtin avec le nouveau venu. Le jeune Indien regarda Juan ouvrir plusieurs fois la poterne, et revint s'asseoir près de doña Gertrudis, à la place qu'occupait ordinairement Camille. Le soir, au moment où le soleil atteignait l'horizon, les chasseurs rentrèrent fatigués, mais joyeux ; ils rapportaient deux cerfs. Ils trouvèrent le chapelain et doña Gertrudis en émoi. Unac avait disparu depuis une heure, et nul ne savait ce qu'il était devenu.

CHAPITRE VI

Célestin et Pélican, consternés de la nouvelle qu'ils
venaient d'apprendre, se mirent aussitôt à la recherche
d'Unac. Se souvenant du dépit manifesté par l'Indien au
moment de leur départ, ils le crurent d'abord caché par
bouderie dans quelque coin du château. Juan, dix fois
interrogé, protestait que nul n'avait franchi la poterne sans
qu'il l'eût ouverte lui-même ; d'ailleurs il semblait peu
probable qu'Unac, s'il avait réellement fui, se fût aventuré
dans des champs toujours couverts de travailleurs.

. Un bouvier, venu pour rendre compte du bétail confié
à sa garde, raconta que, vers cinq heures de l'après-midi,
il avait aperçu, de trop loin pour distinguer les traits du
marcheur, un jeune garçon se dirigeant vers le bois situé
au sud du château. Célestin courut aussitôt au village, et
il apprit qu'Unac, traversant la prairie baignée par le ruisseau, avait en effet gagné le bois. Il marchait avec len-

teur, suivi de Dents-d'Acier, et ne semblait nullement chercher à se cacher.

« Le gaillard n'est point un sot, murmura Célestin ; cependant il a eu tort d'emmener le chien, qui nous reviendra certainement. »

Deux minutes plus tard, comme pour donner raison à son maître, le mâtin arrivait en courant. Il haletait, preuve qu'il venait de fournir une longue course, et son poil fauve était souillé de débris de feuilles.

« Bravo, garçon, cria Célestin en le caressant, vous revenez de la forêt ; cela est visible, et vous n'avez pas voulu découcher. Oui, oui, vos grognements, vos mouvements de queue, nous disent à votre manière où vous avez laissé mon pupille ; il n'y a qu'un malheur, c'est que vos avis manquent de précision. »

Tout en parlant, Célestin regagnait le château. Il pénétrait à peine dans la cour que Pélican vint lui annoncer qu'Unac avait passé par-dessus la porte donnant sur le village, que les traces de cette escalade étaient encore visibles. Une fois hors du château, l'Indien avait rencontré Dents-d'Acier et, avec ou sans invitation, le chien avait suivi le fugitif, devenu son ami.

Ces nouvelles affligèrent beaucoup don Pedro.

« N'aurai-je racheté ce pauvre enfant de la servitude que pour être cause de sa mort ? s'écria-t-il. Le malheureux va certainement périr de faim, de soif ou de fatigue dans ces bois inhospitaliers.

— Il faut envoyer sans retard à sa poursuite, grand-père, dit Camille.

— Il fait nuit, mignonne, tu oublies cela.

— Peu importe, señor, dit Célestin, je vais partir avec Pélican et Dents-d'Acier. »

Le docteur, qui depuis un instant faisait pirouetter sa perruque sur sa tête, l'enleva brusquement.

· « Je ne vois pas la nécessité, dit-il, de courir les bois à pareille heure, à la recherche d'un mauvais drôle ; demain, dès l'aurore, il sera temps ; le fugitif n'a pas de bottes de sept lieues et, d'ailleurs, on le retrouvera toujours trop tôt...

— Vilain Croquemitaine ! s'écria Camille avec indignation... Mais, non, tu es aussi inquiet que nous. Voyons, que comptes-tu faire ?

— Je compte, dit le docteur, souper d'abord, puis aller me coucher. En ce moment il est nuit pour tout le monde, et quelle que soit son envie de s'éloigner, Unac a dû s'arrêter aussitôt la disparition du soleil. Demain, à l'aurore, il aura juste la même avance qu'il a présentement ; ne nous exposons donc pas, par une hâte intempestive, à nous égarer sans utilité, faute de pouvoir nous assurer que nous suivons bien sa piste.

— Faut-il le laisser périr ? s'écria Camille.

— Il ne périra pas, petite, pour une nuit passée dans les bois ; il connaît les dangers qui peuvent le menacer, et saura se mettre à l'abri. Soyez équipés demain à quatre heures, ajouta le docteur en se tournant vers Célestin et Pélican ; nous irons voir, par curiosité, ce que ce petit bonhomme est devenu.

— C'est à quatre heures que je dois être prête ? demanda Camille.

— Prête ? s'écria don Pedro. Songes-tu donc à te mettre en chasse avec le docteur ?

10

— Mais oui, grand-père, si tu y consens.

— Tu oublies que cette excursion peut durer plusieurs jours?

— Sera-ce la première fois que je dormirai dans les bois?

— Il faudra plus d'une marche forcée.

— Est-ce mon habitude de rester en arrière?

— Mais...

— Plaide pour moi, Croquemitaine, s'écria Camille en saisissant les mains du docteur. Quoi, je t'aurai cent fois suivi dans les bois pour recueillir des plantes, des oiseaux ou des insectes, et je resterais ici lorsqu'il s'agit de porter secours à quelqu'un! Dis oui, grand-père, dis oui! »

Don Pedro garda un instant le silence et le docteur, par déférence, attendit les objections de son hôte afin de les combattre, car son intrépide petite compagne n'était jamais un embarras dans les bois.

« Si mam'zelle fatiguée, moi porter elle sur mon dos, dit Pélican.

— Eh bien, Pélican, au besoin, tu me porteras moi-même, s'écria le châtelain, car je vous accompagnerai aussi, tant je désire être rassuré sur le sort du pauvre Unac. »

Doña Gertrudis risqua quelques timides observations; mais Camille eut raison des craintes de sa gouvernante, et elle s'occupa aussitôt de mettre ses vêtements et ses armes en état.

Le lendemain, au moment où le soleil se montra au-dessus des collines, don Pedro, le docteur, Camille, Cé-lestin et Pélican pénétraient dans les fourrés, précédés par Dents-d'Acier qui, paraissant deviner quels services on attendait de lui, trottait d'un pas délibéré. Célestin et Pélican, outre les havresacs dont ils chargeaient d'ordinaire leurs épaules, portaient une petite tente destinée à abriter Camille durant la nuit. La jeune fille, toute joyeuse, suivait de près Dents-d'Acier ; puis venaient Célestin, don Pedro, Pélican et le docteur, car il fallait marcher à la file sur ce terrain où n'existait aucun sentier.

Les voyageurs, après avoir traversé un bois de ricins égayé par les chants harmonieux de mille oiseaux saluant l'aurore, tombèrent au milieu d'une colonie de perroquets dont les voix criardes étouffèrent tout autre bruit.

« Vous marchez trop vite, mademoiselle, dit Célestin à Camille qui faisait de longues enjambées pour se tenir près de Dents-d'Acier. Unac, selon toute probabilité, nous fera naviguer plus d'un jour, et il est urgent de ménager nos voiles.

— Pauvre Unac, quelle nuit il a dû passer ! Ah ! il a glissé ici, nous sommes bien sur sa piste.

— Oui, oui, reprit Célestin, et, jusqu'à nouvel ordre, nous pouvons nous fier à maître Dents-d'Acier ; son nez vaut une boussole. »

Pendant deux heures, les voyageurs cheminèrent sur un terrain plat, à travers des arbres dont les larges feuilles interceptaient la lumière. Plus un chant d'oiseau, plus d'herbe, rien qu'un sol humide, d'où s'élevait, uniforme et triste, une noire colonnade de troncs de palmiers. Chacun se taisait, l'esprit influencé par la rumeur mélancolique que produisait la brise en agitant les feuilles sèches. On atteignit le pied d'une colline, et Dents-d'Acier se mit à gravir la pente. Arrivé au sommet, le mâtin, au lieu de redescendre, suivit une crête étroite et s'arrêta près d'une roche. Camille, arrivée la première, vit sur la mousse l'empreinte du corps d'Unac. Surpris en cet endroit par la nuit, le jeune Indien avait borné là son étape, et Dents-d'Acier, ne voyant aucun apprêt de souper, avait alors rebroussé chemin. Lorsque le terrain eut été étudié, ces conjectures de Célestin devinrent des certitudes. Les traces du chien furent retrouvées. L'animal, comme pour l'engager à le suivre, avait longtemps tourné autour de son jeune compagnon avant de l'abandonner. Camille s'étant aventurée au sommet de la roche, appela aussitôt son grand-père ; de la pointe sur laquelle elle se tenait debout, la jeune fille, dominant les bois de palmiers que l'on venait de traverser, apercevait le château dont la tourelle, vue à cette distance, ressemblait au tronc gigantesque d'un arbre découronné.

On procéda aux préparatifs du déjeuner qui, grâce aux provisions emportées, fut assez copieux. Seulement, sur l'ordre de don Pedro, chaque convive ne but que la quantité d'eau strictement nécessaire pour apaiser sa soif. Il fallait ménager ce précieux liquide, toujours rare dans les solitudes du Yucatan. Le repas terminé, Camille s'équipa pour se remettre en route. Quelle ne fut pas son indignation en voyant son grand-père allumer tranquillement son cigare, tandis que Célestin et Pélican bourraient leurs pipes !

« Allez-vous aussi dormir la sieste? demanda la jeune fille aux deux amis.

— Mais oui, mademoiselle, répondit l'ex-matelot, si toutefois don Pedro nous y autorise.

— Plaisantes-tu, Célestin ?

— Pas le moins du monde, ma chère maîtresse ; il faut ménager nos forces, si nous voulons aller loin.

— Crois-tu qu'Unac perde son temps à fumer ou à dormir ?

— Non ; mais ses jambes, comme les nôtres, sont de chair et d'os ; or, plus le pauvre petit se surmènera, plus vite il sera fatigué. Il a marché tant qu'il a pu, et il ne s'arrêtera aujourd'hui qu'au coucher du soleil, cela est probable. Demain, altéré, affamé, brisé, il aura quelque peine à mettre un pied devant l'autre, et n'avancera plus que pas à pas. Nous gagnerons alors du terrain sur lui, et en quarante-huit heures nous l'aurons rejoint. »

La justesse de ce raisonnement ne convainquit point Camille, qui, se rapprochant de son grand-père, essaya de le décider à donner l'ordre du départ.

« Tu n'es pas seule impatiente, mignonne, répondit le châtelain ; mais Célestin a parlé avec sagesse, tu en seras bientôt convaincue. Si Unac avançait avec la même prudence que nous, il nous serait difficile de le joindre. Par bonheur il a ton âge ; de même que toi, il voudra marcher tant que ses forces le lui permettront, et cette hâte irréfléchie nous le livrera. »

Son grand-père, Célestin et Pélican s'étant mis à sommeiller, Camille, qui ne pouvait tenir en place, rejoignit le docteur. Celui-ci, à l'aide de sa houlette de botaniste, sorte de petite bêche sans laquelle il ne s'aventurait jamais dans les bois, s'occupait à fouiller la terre.

« Toi aussi, Croquemitaine, dit la jeune fille en poussant un gros soupir, tu songes à tout autre chose qu'au pauvre Unac.

— Peuh ! fit le docteur, un Indien de moins dans le monde n'empêchera pas la terre de tourner.

— Ne dis donc pas de méchancetés, alors que nous savons tous que tu es bon, et viens avec moi chercher la piste.

— Non, j'ai trop à faire ici.

— As-tu découvert un trésor ?

— Oui, un véritable trésor ; pour notre souper, s'entend.

— Quelle est cette plante dont tu arraches les racines ?

— Ne reconnais-tu pas le *dahlia,* qui, transporté à Madrid en 1790, n'apparut en France qu'en 1802. Les fleurs jaunes du dahlia, sous l'influence de la culture, se sont teintes de vingt nuances, et l'on ne compte pas moins aujourd'hui de deux mille variétés. Le dahlia, petite, doit son nom au botaniste Dahl, et possède des tubercules qui, au besoin, remplacent la pomme de terre ; ce sont ces tubercules que je suis en train de récolter. »

Camille, pour tromper son impatience, aida son compagnon à compléter sa provision, puis elle l'entraîna sur la piste d'Unac. L'Indien, après avoir suivi durant quelques minutes la crête de la colline, cherchant sans doute un endroit où l'herbe ne pût révéler le lieu de son passage, s'était engagé dans les fourrés. Le docteur dut contenir Camille qui s'élançait déjà sur cette trace, et la ramena vers le bivouac. Par bonheur, don Pedro donnait le signal du départ. Camille, toujours intrépide, voulut prendre la tête de la colonne, suivie cette fois par son grand-père. On déboucha dans une savane. Un sillon, ouvert dans les hautes herbes, révélait clairement le pas-

VI

LA JEUNE FILLE DOMINA LA SAVANE.

sage du fugitif. Du reste, il n'avait pris aucune précaution pour dissimuler ses traces, ne supposant pas sans
doute que l'on songeât à le poursuivre si loin.

« Ne nous y fions pas trop, répondit Célestin à cette
observation de son maître : l'herbe est si haute ici que
toute précaution pour cacher un sillage eût été inutile ;
mon pupille l'a compris. Ce pas franchi, nous verrons
s'il navigue véritablement à l'étourdie. »

Pendant près de deux heures, les voyageurs avancèrent silencieux, fatigués qu'ils étaient par l'ardeur du
soleil. Bien que la route eût été tracée, leurs pieds s'en-
chevêtraient souvent dans les hautes herbes, ce qui rendait
leur marche très fatigante. Camille, perdue parmi les tiges
gigantesques des graminées sauvages, ne pouvait voir
l'horizon et se dépitait.

« Que distingues-tu ? demanda-t-elle à Pélican.

— Moi distinguer vous d'abord, mam'zelle, puis le
dos de massa Célestin.

— Mais à l'horizon ?

— A l'horizon ? Moi voir grandes montagnes avec
palmiers dessus.

— Loin ou près ?

— Loin, très loin.

— Ce n'est pas possible.

— Si vous grimpez sur mon épaule, vous voir que
moi pas mentir. »

Pélican se baissa, Camille s'assit sans façon sur son
épaule, et, aussitôt que le nègre se fut relevé, la jeune
fille domina la savane. Elle vit son grand-père, dont la
tête seule dépassait les herbes, avancer suivi de près par

le docteur. Quant à Célestin, on devinait l'endroit où il se trouvait par l'agitation des tiges ; de même que Camille, il cheminait sans horizon.

Après avoir mesuré du regard l'espace franchi et celui qui restait à parcourir pour atteindre les bois, Camille se disposait à descendre de son observatoire, lorsque, dégageant son fusil, elle se hâta de l'armer.

« Tiens-moi bien, cria-t-elle à Pélican.

— Quoi vous apercevoir, mam'zelle ?

— Un daim, mon bon Pélican. Grand-père, docteur, garde à vous ! »

A la voix de Camille, don Pedro et le docteur se retournèrent et restèrent ébahis en l'apercevant si haut perchée ; dirigeant aussitôt leurs regards du côté que leur indiquait la jeune fille, ils virent un daim paraître et disparaître en exécutant des bonds prodigieux.

« Attention ! cria don Pedro d'une voix forte, l'animal est poursuivi par un tigre. »

Don Pedro, le docteur et Camille épaulèrent à la fois. Célestin, qui ne pouvait rien voir, se mit à tempêter.

— Ai-je l'air assez sot, perdu parmi ce gazon ? criait-il. Pas une liane, pas une taupinière pour grimper dessus. Qui voudra me croire à Paris, lorsque je raconterai que j'ai cheminé au milieu d'une pelouse dont les marguerites s'épanouissaient au-dessus de ma tête ? Cela n'a pas le sens commun. Que se passe-t-il, Pélican ? Ne pourrais-tu, au lieu de rester la bouche ouverte, remplir l'office de sœur Anne et me renseigner ?

— Daim courir et grand tigre sauter derrière lui, massa Célestin.

— Dans quelle direction, s'il te plaît ?

— Eux venir de notre côté.

— Vont-ils me passer sur la tête ? s'écria l'ex-matelot exaspéré.

— Moi t'aviser à temps pour que toi puisses te coucher.

— C'est fait, dit Célestin en se jetant sur le sol avec dépit ; mais souviens-toi de ceci, Pélican, je ne mettrai désormais à la voile dans de pareilles prairies que muni d'une paire d'échasses.

— Le daim nous a aperçus, s'écria Camille, et il change de direction. Le tigre hésite ; ah ! il a retrouvé la piste, et les voilà déjà loin. Baisse-toi que je descende, mon bon Pélican, et merci. »

Quelques mots furent échangés entre don Pedro et le docteur, puis ils reprirent leur marche. Un rugissement lointain, auquel Dents-d'Acier répondit par des aboiements furieux, apprit bientôt aux voyageurs que le tigre avait atteint sa proie. Pélican et Camille allaient se mettre en route ; quant à Célestin, toujours dépité, il s'obstinait à rester assis.

« Pas faute à toi, si toi être petit, dit le nègre à son ami.

— Non, seulement j'aurais pu songer plus tôt à me servir d'échasses ; tu aurais même pu y songer pour moi, Pélican.

— Toi pas pouvoir marcher avec échasses dans les grandes herbes.

— Et pourquoi cela ?

— Parce que toi pas pouvoir.

11

— Prenez la peine de vous expliquer, Pélican, dit Célestin d'un ton piqué.

— Et pendant ce temps-là, grand-père sera hors de la savane ! s'écria Camille. Allons, debout, Célestin, tu me dépasses encore de toute la tête, cela doit te consoler. »

L'ex-matelot se décida enfin à se lever. Au bout d'un quart de lieue, il avait recouvré toute sa bonne humeur. Peu à peu, les herbes devinrent moins hautes, et les voyageurs atteignirent de nouveau la lisière d'un bois. Là, Unac s'était reposé, puis, se remettant en route au travers de buissons reliés ensemble par des lianes, il s'était ouvert un passage en tranchant les branches, ce qui apprit aux voyageurs que le jeune Indien possédait un macheté. Bien qu'elle ressentît une légère fatigue, le désappointement de Camille fut grand lorsqu'elle entendit le docteur déclarer que l'on camperait en cet endroit.

« Maître avoir raison, dit Pélican ; Unac pas marcher demain aussi vite qu'aujourd'hui, et nous gagner alors du chemin sur lui. »

Camille secoua la tête d'un air de doute ; elle dut cependant se résigner. Tandis que Pélican allumait un feu et que Célestin dressait la tente destinée à la jeune fille, celle-ci s'assit sur la mousse, s'adossa contre le tronc d'un styrax et s'endormit. A l'heure du repas, elle fut réveillée par son grand-père. Un beau feu brillait, et sur les charbons ardents rôtissait un dindon sauvage que Pélican venait de tuer. Plus lasse qu'elle ne se l'avouait à elle-même, Camille, aussitôt qu'elle eut mangé, se réfugia sous sa tente. Une heure plus tard, tous les voyageurs dormaient profondément, à l'exception de Dents-d'Acier qui, assis devant le feu, clignotait des yeux en se chauffant.

Juste à l'heure où le soleil parut à l'horizon, la marche en avant fut reprise. On s'engagea dans des fourrés jonchés de rameaux tranchés par Unac, et, en moins d'une heure, les voyageurs se trouvèrent près du gîte choisi par l'Indien pour passer la nuit. Don Pedro ne s'arrêta pas, et vers midi il donna le signal du repos. On déjeuna des restes de la dinde, puis, après une courte sieste, on se remit en route. Vers quatre heures, Célestin, qui tenait la tête de la colonne, siffla pour appeler ses compagnons ; il venait de découvrir le troisième bivouac d'Unac.

« Eh bien, mignonne, dit le châtelain, comprends-tu que nous avons eu raison de ménager nos forces?

— Oui, répondit la jeune fille, et je comprends aussi que le pauvre fugitif doit être bien las.

— Le malheureux doit surtout avoir faim et soif, dit le docteur.

— Lui avoir bu, massa.

— Comment le sais-tu, Pélican? »

Le nègre, s'étant baissé, ramassa deux touffes de la plante nommée par les Indiens fleur de Pâques. Cette plante, de la famille des broméliacées, aux feuilles serrées contre la tige, ne perd aucune des gouttes de rosée qui la mouillent. En la coupant avec soin près de sa racine et en la retournant, on peut recueillir presque un demi-verre d'une eau cristalline.

On atteignit une nouvelle clairière. Là, au pied d'un palmier mort, ce fut Pélican qui découvrit un amas de feuilles sèches et de menues branches. Unac, sans y réussir, avait tenté d'allumer un feu. Près de ce bûcher gisaient des coquilles d'œufs de perroquet et nombre de plumes qui, soumises à l'examen du docteur, furent reconnues pour appartenir à l'espèce de *marail* nommé par les savants *Pénélope pipile,* gallinacée qui, tôt ou tard, enrichira nos basses-cours.

Le marail, qui se loge d'ordinaire au sommet des grands arbres, d'où son cri triste, plaintif, monotone, salue le soleil à son lever et à son coucher, est méfiant et très difficile à surprendre. Comment Unac, sans arme de jet, avait-il pu s'emparer de celui dont les plumes couvraient le sol ? Telle fut la question posée par le docteur.

« Il l'aura tué à coups de pierres, répondit Célestin.

— Ou pris pendant son sommeil, dit don Pedro ; il m'est arrivé plus d'une fois, lorsque j'étais enfant, de surprendre les oiseaux dans leur nid. »

Pélican, qui rôdait autour du foyer préparé par le jeune Indien, se mit soudain à rire bruyamment.

« Eh bien, Pélican, que signifie cet accès de gaieté ? lui demanda Célestin. Ris-tu de mon aventure dans la savane ?

— Oh ! non, massa Célestin ; moi seulement deviner comment petit Unac tuer marail.

— Oui-da ! et comment l'a-t-il tué, je te prie ?

— Lui fabriquer un arc et des flèches. »

Et d'un tas de copeaux, le nègre retira une baguette brisée, empennée à l'une de ses extrémités.

« Lui pas avoir de feu et lui pas manger viande crue, reprit Pélican, mais lui être fatigué, très fatigué.

— Qui te fait croire cela ? » demanda don Pedro.

Pélican, avançant de quelques pas, montra près de

chacune des traces laissées par le fugitif un petit trou rond
dans la terre.

« Et depuis quand des trous dans le sol prouvent-ils
que l'on est fatigué? demanda Célestin.

— Toi pas deviner?

— Non, dit le matelot en se grattant le front.

— Et vous, mam'zelle Camille?

— Moi non plus, mon bon Pélican.

— Unac marcher avec bâton parce que pieds à lui être
enflés.

— Pélican, monsieur, dit Célestin à son maître, eût
trouvé le jugement de Salomon, si ledit Salomon ne s'était
donné la peine de le trouver lui-même. En vérité, Pélican,
tu as cent fois raison, et je suis fier d'être ton ami. Mais
n'est-il pas temps de reprendre notre marche?

— En route! » s'écria don Pedro qui prit les devants.

A deux lieues environ du premier, on retrouva un nouveau campement d'Unac; là encore l'Indien avait amoncelé
des branches et n'avait pu les enflammer. On se trouvait
au pied d'une colline; le châtelain proposa de pousser la
marche jusqu'au sommet. Il venait à peine de l'atteindre
qu'il appela ses compagnons; Camille fut la première à
son côté. Du sommet, les regards plongeaient sur un bois
de palmiers large d'une demi-lieue environ, et au delà duquel s'étendait une vaste nappe d'eau, qui, éclairée par les
rayons du soleil couchant, semblait un lac d'or en fusion.

CHAPITRE VII

La chachalaca. — Aigles et singes. — Un troupeau de caïmans. — Célestin
tremble pour Pélican. — L'arbre de la mort. — Construction d'un radeau.
— Déception de Camille.

La vue du beau lac émerveilla les explorateurs, et,
bien qu'ils eussent déjà presque doublé leur étape, tous
furent d'avis de gagner le bord de l'eau. On descendit
pendant un quart d'heure, puis don Pedro jeta sa carnassière sur le sol.

« Nous blâmons Unac, dit-il, et nous l'imitons, oubliant
que nous avons encore notre dîner à conquérir. Vite un
feu, Pélican, nous camperons ici. »

Camille, sans essayer de lutter contre la décision de
son grand-père, poussa un soupir de regret.

« Repose-toi, mignonne, lui dit celui-ci, le docteur et
moi nous nous chargeons de pourvoir au souper.

— Chut ! » murmura Pélican, qui, un doigt sur ses
lèvres, penchait sa tête pour mieux écouter.

Au bout d'un instant, une sorte de gloussement se fit
entendre vers la droite ; c'était le cri bien connu de la cha-

chalaca (*ortalida poliocephala* des savants), proche parente du marail et du dindon. Don Pedro disparut aussitôt dans le bois. Camille, se rapprochant d'un citronnier sauvage, aperçut le lac par une échappée, et, tandis que Célestin dressait sa tente et que Pélican préparait un foyer, elle se perdit dans une muette contemplation.

Au-dessus de la cime des arbres qu'elle dominait, la jeune fille vit planer des aigles dont elle suivit le vol avec intérêt. Parfois les puissants rapaces décrivaient de grandes courbes et s'élevaient vers le ciel, parfois ils redescendaient rapides et comme menaçants. Une ou deux fois, ils semblèrent vouloir se poser, et reprirent soudain leur vol pour revenir bientôt.

« Que se passe-t-il là-bas, se demandait Camille, et à qui en veulent ces deux terribles chasseurs ? »

Elle s'aventura sur la pente ; elle avait à peine marché deux ou trois cents pas lorsqu'une clameur confuse vint frapper son oreille. Elle saisit le sifflet d'argent suspendu à son cou, en tira un son aigu et remonta vers le point qu'elle venait d'abandonner. Là, Célestin et Pélican la rejoignirent.

« Qu'y a-t-il ? » demandèrent à la fois les deux amis.

Camille, revenue près de l'échappée d'où elle dominait la cime des arbres, fit signe à ses compagnons d'écouter, et chercha du regard les deux aigles. Elle allait parler lorsqu'un des rapaces reparut; il lui semblait tenir entre ses serres quelque chose que l'on pouvait prendre pour un enfant. Camille poussa un cri ; presque aussitôt le second aigle émergea à son tour du sommet des arbres et partit dans la direction suivie par son compagnon, c'est-à-dire vers les montagnes. Au même instant un vacarme effrayant de cris et de branches brisées remplit la forêt.

« Grand aigle prendre petit singe pour son dîner, s'écria Pélican, et moi prendre un aussi. »

Une double détonation retentit.

« Arrête, Pélican, cria Célestin, don Pedro vient de décharger les deux canons de son fusil, et tu sais qu'il ne tire jamais en vain.

— Nous manger du singe, si toi laisser moi tirer aussi.

— Non pas ; notre dîner est conquis, te dis-je, et le docteur ne te pardonnerait pas de mettre inutilement à mort un simple vermisseau. »

Pélican désarma son fusil, et Camille regagna le bivouac avec ses deux compagnons, regrettant de n'avoir pas effrayé les aigles afin de sauver la vie du singe qu'elle avait vu emporter.

« Pourquoi vous plaindre petit singe, mam'zelle ? demanda Pélican. Aigle avoir aussi besoin de dîner.

— C'est vrai, répondit la jeune fille, mais il y a entre le singe et nous une ressemblance qui me fait prendre son parti.

— Une ressemblance ! s'écria Pélican indigné ; vous pas semblable à un singe, mam'zelle Camille, ni moi, ni massa Célestin non plus. Si moi pas être homme, moi aimer mieux avoir des ailes que faire vilaines grimaces. »

Célestin se dispensa de répondre au compliment de son ami ; il lui fallait s'occuper de mettre à la broche deux belles poules sauvages que venait de lui remettre don Pedro. Ces volatiles et les tubercules de dahlia récoltés le matin par le docteur devaient suffire aux voyageurs.

12

La nuit vint, nuit sereine, chaude, étoilée, comme elles le sont d'ordinaire au Yucatan. Don Pedro, le docteur et Camille s'endormirent ; Pélican et Célestin restèrent à deviser, à fumer près du foyer. Soudain Dents-d'Acier, étendu près de la tente de sa jeune maîtresse, se redressa et se mit à grogner.

« Une visite à cette heure, voilà qui est singulier, dit Célestin ; attends-tu donc quelqu'un, Pélican ? » ajouta le matelot avec un grand sérieux.

Pélican roula la prunelle de ses yeux avec vivacité ; il ne comprenait pas toujours sur l'heure les plaisanteries de son ami.

« Moi attendre personne, massa Célestin, bien vrai.

— Je te crois, Pélican. Attention alors ; on rampe dans les broussailles à notre gauche. Place-toi en arrière du feu, il faut voir qui vient. Retiens Dents-d'Acier, par exemple, où il va mettre notre visiteur en fuite. »

Ces paroles étaient prononcées à voix basse ; Pélican venait à peine de saisir le mâtin par son collier, lorsqu'un jeune caïman, sortant de derrière un tronc d'arbre, apparut en pleine lumière. Le reptile, comme fasciné par le feu, s'arrêta brusquement, puis avança par soubresauts. Arrivé à trois mètres environ du foyer, il ouvrit sa large gueule et montra une rangée de dents formidables.

« Ce monsieur a-t-il l'intention de manger notre feu ? murmura tout bas Célestin ; voilà un hardi compère ! Comment se trouve-t-il en plein bois ?

— Lui fuir le lac pour être pas croqué par son papa, répondit Pélican.

— Oui, il paraît que les sentiments de famille font

VII

LES CAÏMANS SE RANGEAIENT AUTOUR DU FEU.

défaut à ces monstres que notre maître considère comme
les derniers représentants du monde avant le Déluge, dit
Célestin, ce qui prouve que notre temps vaut mieux que
celui-là, puisque aujourd'hui les loups ne se mangent pas
entre eux. »

Les grognements de Dents-d'Acier devinrent si bruyants
en face du reptile, que don Pedro et le docteur se réveillèrent.

« Que se passe-t-il donc, Célestin ? demanda ce dernier.

— Un visiteur pour vous, monsieur, répondit le matelot en montrant le caïman ; faut-il lui faire donner la chasse
par Dents-d'Acier ou lui envoyer une balle ?

— Prends un tison enflammé et marche vers lui, je
suis curieux de voir ce qu'il fera. »

Le matelot obéit, s'attendant à voir fuir l'animal ; le
caïman resta immobile.

« Quelle étrange fascination le feu exerce sur tous les
animaux, murmura le docteur, et qui pourra expliquer ce
phénomène ? Ah ! il se décide à battre en retraite. »

Le jeune caïman venait en effet de fermer sa gueule et
de s'enfoncer sous les arbres, du côté opposé à celui par
lequel il était venu. A la place qu'il occupait apparut bientôt un nouveau monstre, celui-là long d'au moins quatre
mètres. Bientôt le mâtin se démena furieux, cinq nouveaux
caïmans de taille gigantesque venaient d'apparaître à la
file, et, comme obéissant à un mot d'ordre, se rangeaient
en cercle autour du feu.

Camille, en dépit de sa bravoure, sentit son cœur
battre un peu plus fort que de coutume, et se rapprocha
de son grand-père. La jeune fille se trouvait pour la pre-

mière fois en présence d'une escadre de caïmans, comme
le dit Célestin qui aimait toujours à employer les mots de
son ancienne profession, et un pareil spectacle est bien
fait pour intimider même un brave. Par bonheur, le foyer
se trouvait près d'un arbre dont l'énorme tronc garantis-
sait les voyageurs de toute attaque en arrière. De nouveaux alligators survinrent, et, sans prêter la moindre
attention aux aboiements de Dents-d'Acier, ils se placèrent
près de leurs compagnons, empestant l'air de l'odeur mus-
quée que leur corps exhale.

« C'est un siège en règle, dit Célestin. Ces messieurs
vont-ils nous obliger à monter la garde toute la nuit?

— Sur mon honneur, s'écria don Pedro, je n'ai jamais
vu pareille impudence chez ces monstres. Sont-ils sourds
et aveugles?

— Eux peut-être apprivoisés, » dit Pélican.

Le docteur, pour qui les allures des caïmans semblaient
un sujet d'étude, les examinait et réfléchissait.

« Non, ils ne sont pas apprivoisés, répondit-il enfin ;
mais ils voient pour la première fois des êtres humains,
du feu, et leur curiosité met leur méfiance en défaut.
Prends un tison, Pélican, et lance-le au milieu de la
bande. »

Le docteur achevait à peine de parler, qu'un tison
enflammé, traversant l'air, s'engouffrait dans la gueule
ouverte d'un des reptiles. La hideuse bête fit entendre un
soufflement sourd, et se précipita sur son voisin. Alors
une lutte formidable s'engagea, et les deux antagonistes,
faisant claquer leurs énormes mâchoires, essayèrent de se
saisir les pattes. Toute la bande s'enfuit, à l'exception des

deux combattants, qui, se poussant, se mordant, ne se connaissant plus, vinrent rouler sur le foyer. Ils n'y restèrent pas longtemps, chacun d'eux poussa un soufflement assez semblable au bruit que produit un soufflet de forge, et disparut.

En dépit de leur expérience des.mille incidents de la vie des forêts, les voyageurs, impressionnés par le combat qui venait de se livrer sous leurs yeux, demeurèrent quelque temps immobiles, prêtant l'oreille à toutes les rumeurs. Le bois reprit vite son calme, et, dans la crainte d'une nouvelle visite, Célestin et Pélican se hâtèrent de disposer le foyer en demi-cercle. Don Pedro et le docteur discutèrent sur la cause probable de la confiance des caïmans, et le naturaliste persista dans sa première idée : accoutumés à régner en maîtres dans cette solitude, les caïmans avaient bravé un danger qu'ils ignoraient. Néanmoins, un point restait inexpliqué, c'était la soudaine irruption des reptiles à une distance de plus d'une demi-lieue du lac, alors qu'ils s'écartent si rarement de l'élément liquide qui leur fournit leur nourriture ordinaire. Chacun se perdit en conjectures; Célestin pensait que la présence du chien avait attiré les monstres, cependant aucune démonstration hostile de leur part ne justifiait cette supposition.

Au bout d'une heure, rien de nouveau n'étant venu troubler le silence du bois, Camille regagna sa tente, tandis que don Pedro et le docteur reprenaient leur sommeil interrompu. Néanmoins, il fut convenu que l'on veillerait à tour de rôle afin d'éviter toute surprise. Aux heures de faction, chaque sentinelle eut de sinistres pressenti-

ments sur le sort du pauvre Unac qui ne possédait pour
se défendre ni armes, ni feu.

Le soleil levant trouva le docteur en faction ; mais il
jugea bon de laisser dormir ses compagnons. S'aventurant
dans la direction suivie par les caïmans, aussi bien à leur
arrivée que dans leur retraite, le docteur arriva sur le
bord d'un talus au bas duquel, sur un sol dénudé, près
d'une eau couverte d'herbes marines, reposaient les terribles monstres dont la visite avait troublé le petit camp.
Sans s'en douter, les voyageurs avaient établi leur bivouac
à cent mètres à peine d'une baie remplie par les eaux du
lac. La visite des caïmans se trouvait ainsi naturellement
expliquée, et il fallait se féliciter de leur mansuétude, car
c'étaient par centaines qu'ils remplissaient le ravin.

Retournant en arrière, le docteur se hâta de réveiller
ses compagnons et les amena près de la berge. Camille
recula à la vue d'une véritable fourmilière de caïmans,
elle en compta près de cent cinquante. Demeurer en ce
lieu eût été une imprudence gratuite ; aussi résolut-on de
gagner les bords du lac où l'on s'occuperait de déjeuner.
Dents-d'Acier fut conduit en laisse par Célestin, qui, non
sans raison, craignait que le brave animal n'allât se faire
dévorer.

La petite caravane ne mit pas moins d'une heure pour
atteindre les bords du lac, et elle déboucha sur une plage
bordée de palmiers. On marchait vite, étudiant les traces
d'Unac, car chacun avait hâte de découvrir le dernier gîte
de l'Indien. Dents-d'Acier, rendu à la liberté, dépassa les
derniers palmiers, courut droit à l'eau, baissa la tête et la
redressa au lieu de se désaltérer. Le lac, comme presque

tous ceux du Yucatan, était rempli d'une eau saumâtre.

Don Pedro, marchant toujours sur la trace d'Unac, arriva près du mâtin et promena autour de lui des regards intrigués.

« Ne foulez pas le sol dans cette direction, cria-t-il à ses compagnons ; ou plutôt arrêtez, et que Pélican avance seul. »

Le nègre, sans perdre de vue les traces du jeune Indien, rejoignit don Pedro, et, de même que lui, s'arrêta surpris.

« Que penses-tu de cela, Pélican ? demanda le châtelain.

— Petit Unac entrer dans le lac.

— Sans s'arrêter, sans reprendre haleine ; voilà une action bien étrange ?

— Lui sans doute suivi par des caïmans.

— Il se fût livré sans défense à leur férocité en pénétrant dans l'eau ; et, tout jeune qu'il est, Unac ne doit pas ignorer cela.

— Lui pourtant entrer dans le lac. »

Le docteur, Célestin et Camille se rapprochèrent à leur tour et partagèrent bientôt les appréhensions que don Pedro n'osait exprimer tout haut. Les regards errèrent sur la belle nappe d'eau, et des larmes vinrent perler dans les yeux de Camille qui se couvrit le visage de ses mains. Le docteur tourmenta sa perruque.

« Toi et moi, Pélican, dit Célestin d'une voix dont il essayait en vain de dissimuler l'émotion, nous eussions dû marcher nuit et jour..... »

Le matelot, dont l'écorce seule était rude, sentit sa

gorge se serrer et se tut. Don Pedro et le docteur paraissaient consternés. Pélican rebroussa chemin jusqu'aux palmiers, se pencha sur le sol et suivit de nouveau la piste en se parlant à lui-même .

« Lui sortir du bois ici, bon. Lui s'avancer là en boitant, puis regarder. Lui marcher encore, et pas pressé du tout, car pas courir ni sauter. Lui se baisser pour boire, puis entrer dans l'eau. »

Tout en parlant, Pélican pénétrait à son tour dans le lac, cherchant une trace à travers l'eau transparente.

« Où vas-tu? cria Célestin à son ami. Veux-tu offrir une nouvelle proie aux caïmans?

— Petit Unac, continua le nègre sans interrompre son raisonnement, passer ici, et pied à lui déplacer ce caillou; lui croire que lac pouvoir être traversé sans nager.

— Pélican! cria Célestin d'une voix impérieuse. »

Pélican, tout à son étude, marchait sans se retourner; mais l'eau devenait si profonde qu'il dut s'arrêter. Au même instant, il fit un soubresaut en se sentant saisi par la ceinture.

« Es-tu devenu sourd? lui cria Célestin qui venait de le rejoindre et le tirait avec force vers la rive; oublies-tu que ce lac est peuplé d'animaux friands de chair fraîche?

— Caïmans pas croquer Pélican, massa Célestin.

— Voilà ce dont je ne suis pas sûr; en tous cas, ils ne te mangeront pas seul. »

Pélican, comprenant enfin l'inquiétude et le dévouement de son ami, fut pris d'un fou rire selon son habitude.

« Toi gentil, massa Célestin, toi aimer trop pauvre Pélican.

— Moi vous aimer! répliqua Célestin. Rayez cela de votre livre de bord, marin d'eau douce que vous êtes! Allons, regagnez le rivage s'il vous plaît; là, je me dédommagerai de la peur que vous venez de me causer, en caressant vos épaules avec une trique dont vous me donnerez de bonnes nouvelles. »

Pélican fit deux ou trois pas vers la rive. Tout à coup, ses regards s'étant tournés vers la droite, il aperçut Dents-d'Acier qui, ayant traversé le promontoire, flairait le sol en agitant la queue. Le nègre partit en courant dans cette direction, bientôt suivi de Célestin. Don Pedro, le docteur et Camille, surpris de cette manœuvre, se regardaient avec étonnement, lorsque les sifflets des deux amis résonnèrent à coups pressés.

Camille, toujours aventureuse, partit en avant, traversa les buissons qui garnissaient le promontoire, et arriva haletante près de Célestin.

« Je te gardais un coup de poing en réserve, Pélican, disait le matelot, oui, je te gardais un coup de poing. Mais j'avoue que, si le capitaine de la *Jeune-Amélie* eût eu la moitié de ta cervelle, nous serions encore à son bord au lieu d'avoir été semés sur le sable avec les débris de notre pauvre navire.

— Dents-d'Acier trouver la bonne piste avant moi, massa Célestin, lui avoir meilleur nez que nous tous. Voyez ici, mam'zelle Camille, petit Unac être pas mangé. Lui entrer dans le lac, voir eau profonde, et venir ici. Lui abattre palmier, couper morceaux, faire radeau, et prout... »

Les débris dont le sol était jonché parlaient plus claire-

13

ment encore que Pélican. Unac, à n'en pas douter, avait traversé le lac.

« Songeons au déjeuner, s'écria don Pedro joyeux ; l'enfant vit et mon cœur est soulagé d'un grand poids.

— Cependant, dit le docteur, ce mauvais garnement méritait une leçon. »

Célestin, s'étant avancé parmi les palmiers, appela ses compagnons qui, près d'un feu mal éteint, virent une écaille de tortue.

« Le malin garçon a réussi à faire du feu, dit l'ex-matelot.

— Oui, massa Célestin ; lui trouver ici champignon sec et battre briquet avec macheté. »

Le foyer fut vite ranimé ; au moment où don Pedro se disposait à faire feu sur une bande de jolis oiseaux au plumage de pourpre, et pour cette raison nommés cardinaux, Pélican vint triomphalement poser sur les braises une belle tortue.

« Où as-tu pêché cette bête ? demanda le châtelain.

— Moi ramasser elle sous racine du grand arbre qui pousse là, dans l'eau.

— Lequel arbre est tout simplement un mancenillier, dit le docteur.

— Un mancenillier ! s'écria Célestin, n'est-ce pas lui que les Indiens nomment l'arbre de la Mort ?

— Précisément ; toutefois, s'il est vrai que le suc âcre et laiteux qui découle des incisions pratiquées à son tronc ou à ses branches soit un poison actif, on peut cependant dormir à l'ombre du mancenillier sans être frappé de mort. Les jolis fruits roses qui pendent au bout de tous ces rameaux, Camille, ressemblent à un fruit d'Europe nommé pomme, et c'est au mot *manzanilla*, petite pomme, que le mancenillier doit son nom.

— Est-il vrai que les sauvages trempent leurs flèches dans le suc de cet arbre ?

— Cela n'est que trop vrai, dit don Pedro, et j'ai autrefois vu périr plus d'un de mes braves compagnons des suites d'une simple égratignure causée par un de ces dards empoisonnés.

— Tu entends, Pélican ? s'écria Célestin.

— Oui, massa Célestin ; mais, si toi jamais blessé par flèche empoisonnée, toi mâcher tout de suite grains de ricin, et être guéri.

— Es-tu sûr de ce que tu avances, Pélican ? demanda le docteur.

— Oui, maître, et moi montrer à vous tout de suite... »

Le nègre se dirigea vers le mancenillier.

« Que vas-tu faire ? lui cria Célestin.

— Piquer moi et manger ricin après.

— Voilà une expérience qui serait par trop bête, Pélican ; et si tu bouges, je te paye, avec les intérêts, la volée de coups de trique à laquelle tu as échappé tout à l'heure. »

Le docteur s'interposa et l'on s'occupa de déjeuner.

Le lac, large d'une lieue environ, semblait long de deux ou trois ; une magnifique ceinture de palmiers entourait ses eaux blanchâtres, que l'éclat du ciel si pur du Yucatan rendait étincelantes. De hautes collines se voyaient dans tous les sens et rappelaient au châtelain d'Eden la

délicieuse vallée au milieu de laquelle se dressait son
habitation, similitude qu'il fit remarquer au docteur. On
oublia bientôt la beauté pittoresque des lieux pour songer
à Unac et aux moyens de l'atteindre. Côtoyer le lac pour
gagner la rive opposée eût exigé au moins deux jours de
marche.

Il fut résolu que l'on construirait un radeau semblable
à celui qu'avait dû fabriquer l'Indien, que Célestin et Pélican s'embarqueraient sur cet esquif pour continuer à
suivre le fugitif. Cette résolution prise, on se mit à l'œuvre ;
en moins de trois heures, quatre troncs de palmiers, reliés ensemble à l'aide de lianes, formèrent un de ces
esquifs que les Indiens nomment *balza*, simple embar-
cation qui leur sert à descendre le courant des grands
fleuves.

Célestin et Pélican, avant de partir, aidèrent leurs
maîtres à tailler une trentaine de pieux destinés à enclore
un abri pour la nuit. Puis, pourvus de longues perches,
ils montèrent sur le radeau.

Jusqu'à la dernière heure, Camille avait compté les
accompagner, et l'aventureuse jeune fille eut un moment
de dépit lorsqu'elle s'entendit condamner à rester sur la
rive. Elle offrit en vain de prendre la place de Dents-
d'Acier, don Pedro fut sourd à ses supplications. Célestin
et Pélican réussirent à la convaincre qu'elle serait pour
eux un embarras.

Elle alla s'installer sur le promontoire et les regarda
tristement s'éloigner. Les deux marins ne mirent pas
moins d'une heure à gagner la terre vers laquelle ils se
dirigeaient. De la hauteur qu'elle occupait, Camille pou-

vait suivre leurs manœuvres. Elle les vit longer la rive,
s'enfoncer dans la baie, reparaître, étudier le terrain,
cherchant évidemment l'endroit où Unac avait débarqué.
Enfin les aboiements confus de Dents-d'Acier parvinrent
à son oreille, Célestin et Pélican disparurent de nouveau,
pour ne plus se montrer cette fois.

CHAPITRE VIII

Pendant une heure environ, Camille demeura pensive
en face du lac, regardant les vautours planer au-dessus
des collines, ou de gigantesques martins-pêcheurs raser,
comme des flèches d'azur, la surface immobile de l'eau.
De temps à autre une tête de caïman surgissait de l'onde,
et des hérons en faction le long des rives poussaient des
cris mélancoliques que répétait vaguement l'écho.

A la fin, s'arrachant à cette contemplation, Camille
retourna vers don Pedro, qui, secondé par le docteur,
fichait en terre les pieux façonnés pendant la matinée.

« Pourquoi ne nous aides-tu pas, mignonne? cria
le châtelain à sa petite-fille; cela te consolerait d'être
forcée de me tenir compagnie.

— Je suis toujours heureuse d'être près de toi, grand-
père, répliqua la jeune fille avec vivacité, et tu le sais bien;
ce que je regrette, c'est qu'au lieu de prendre la peine de
planter en terre ces morceaux de bois, tu n'aies pas con-

senti à la construction d'une seconde *balza*, ce qui nous eût permis de suivre Célestin.

— Et de perdre un jour, alors que les heures sont comptées. »

Camille ne répondit pas.

« Dans quel but, demanda-t-elle au bout d'un instant, enfermez-vous ce gros arbre dans une cage ?

— As-tu oublié la visite nocturne des caïmans ? A n'en pas douter, ces messieurs reviendront cette nuit rôder autour de notre foyer, et il est bon de nous mettre à l'abri de leurs dents. »

Bientôt, sur les indications de son grand-père, Camille s'occupa de couper des branches souples de mimosa, branches destinées à être enlacées entre les pieux. Il ne fallut pas moins de deux heures d'un travail assidu pour mettre la petite forteresse en état de braver les ennemis que l'on redoutait. Cette tâche terminée, la tente fut dressée ; le foyer, disposé à trois mètres environ de la palissade, éclaira bientôt les buissons de ses lueurs rouges.

Les restes de la tortue pêchée le matin par Pélican servirent au souper. Alors, fatigués de leur journée et la porte de l'enceinte qu'ils avaient construite ayant été bien close, don Pedro et le docteur s'endormirent. Camille, accoudée sur la muraille de verdure qui lui venait à mi-corps, cherchait à découvrir les bords opposés du lac.

Peu à peu, elle vit de longues formes noires sortir de l'eau, ramper silencieuses et se ranger autour du foyer : c'étaient des caïmans. Mais la jeune fille se savait en sûreté, elle gagna sa tente et s'endormit à son tour.

Le lendemain matin, le docteur ouvrit le premier les

yeux. Une légère brume couvrait le lac, et le soleil se
montrait sans rayons, présage d'une journée brûlante. Le
naturaliste, regardant par-dessus la palissade, ne s'étonna
pas trop de voir une vingtaine de caïmans étendus sur le
rivage, immobiles comme s'ils étaient pétrifiés. Cinq ou six
tortues rôdaient autour des monstres et semblaient vivre
en bonne intelligence avec eux. Une d'elles, qui sait dans
quel dessein? essayait, sans y réussir, de se hisser sur le
dos d'un jeune caïman. Celui-ci ayant fait un mouvement
brusque, dame tortue retomba soudain sur le dos, et ren-
tra toutes ses extrémités dans sa carapace, sans doute pour
mieux réfléchir à l'accident qui venait de lui arriver.

Un bel ibis rouge, après avoir plané un instant, poussa
un cri rauque et vint s'abattre près des caïmans.

« Oh! oh! murmura le docteur, serait-il donc vrai
que l'ibis, ainsi que l'affirment les Indiens, se charge de
nettoyer la gueule des alligators des sangsues qui s'atta-
chent à leurs gencives? »

Le naturaliste se garda de bouger, dans la crainte
d'effrayer l'échassier qui, se rapprochant de lui, se mit en
quête de vermisseaux. La voix de don Pedro, résonnant à
l'improviste, effraya le bel oiseau aux plumes couleur de
feu; il prit son vol, et les caïmans, avec une lenteur majes-
tueuse, rampèrent vers le lac, suivis par les tortues. La
malheureuse tombée sus le dos se débattit alors avec
vigueur; vains efforts. Elle fut transportée dans l'intérieur
de la palissade, pour le cas où la chasse ne serait pas
fructueuse.

Camille, tout en se frottant les yeux, explorait du
regard la rive qui lui faisait face; rien ne lui révéla la pré-

14

sence de Célestin ou de Pélican. Sur l'invitation de son
grand-père, la jeune fille se hâta de s'équiper. Les gourdes
étaient presque vides, il fallait s'occuper de les remplir, ce
qui exigeait une course dans la forêt.

Nommé guide par le châtelain, le docteur remonta
vers le sommet de la colline, afin de sortir de la bordure
de palmiers. A mi-côte, on rencontra un *hematoxylon cam-
pechianum,* arbre de la famille des légumineuses, une des
richesses du Yucatan. L'hematoxylon, — arbre de sang,
comme le nomment les Indiens, — produit ce fameux bois
de Campêche dont l'usage, pour teindre en rouge et en
violet, est si répandu en Europe. Bientôt ce fut sous
l'ombre épaisse de ces colosses séculaires que les explorateurs durent cheminer. Que de richesses perdues dans
ce coin du monde !

De joyeux gazouillements s'étaient fait entendre vers
la gauche ; le docteur se dirigea de ce côté, et s'arrêta
bientôt devant un mince filet d'eau qui, sans bruit, s'échap-
pait du flanc de la colline. Avec quelle joie on but cette
onde fraîche, qui sembla d'autant plus savoureuse qu'on
ne comptait guère que sur l'eau tiède des fleurs de Pâques !
A vingt pas au-dessous de la source, Camille découvrit un
petit bassin et se hâta de se rafraîchir le visage ; son exemple fut suivi par ses compagnons. Certains d'avoir à
déjeuner, grâce à la tortue prisonnière, les voyageurs se
reposèrent longtemps près de ce ruisseau, autour duquel
les oiseaux, un moment effrayés, revinrent bientôt voltiger
et gazouiller. Un léger bruit ayant frappé l'oreille de Camille, elle releva la tête et montra aussitôt au docteur un
animal au pelage d'un brun fauve, qui, cramponné par

une patte à une branche d'arbre, paraissait prêt à se laisser choir. La pauvre bête, aux membres d'une longueur disproportionnée, aux yeux noirs et doux, poussa un cri plaintif.

« Un kouri ! s'écria le docteur.

— Faut-il l'abattre ? demanda don Pedro qui venait d'armer son fusil.

— Non ; ce serait perdre inutilement une charge de poudre ; le kouri appartient à cette singulière espèce d'animaux que les savants nomment paresseux, il ne fuira pas.

— Je connais l'unau et l'aï, reprit le châtelain, mais je vois pour la première fois la bête que nous avons sous les yeux. Quelle force dans ce bras, ou plutôt dans les deux ongles qui le terminent ! Je suis curieux de savoir combien de temps cet animal restera ainsi suspendu. »

Camille, son grand-père et le docteur se tinrent pendant près d'une heure en observation, le kouri ne bougea pas. De la taille d'un gros lièvre, il ouvrait ou fermait les yeux, et, de temps à autre, un léger mouvement laissait croire qu'il allait sauter à terre ou grimper de nouveau. Ses muscles détendus, il reprenait son immobilité.

« Voilà une bête bien nommée, s'écria Camille impatientée ; ne bouge-t-elle qu'une fois par jour ?

— Tu pourrais dire une fois par semaine, sans exagérer, Camille, répondit le docteur, car le kouri vit et meurt en quelque sorte là où il est né.

— Est-il carnivore ?

— Pas le moins du monde ; il passe même pour un ruminant, bien qu'il ne possède qu'un estomac.

— Les tigres, les pumas, les chacals, les aigles doivent le dévorer par douzaines.

— Aussi son espèce est-elle à la veille de disparaître, son indolence lui enlevant toute idée de défense. »

Camille se rapprocha du kouri pour le mieux examiner; aussitôt il se laissa choir aux pieds de la jeune fille et se roula en boule, tandis qu'elle reculait surprise.

« Ne crains rien, dit le docteur à sa compagne, cette habitude de se laisser choir quand il est à bout de forces, plutôt que de descendre en se cramponnant au tronc de l'arbre qu'il a escaladé, a fait croire que le kouri mesure sa chute pour tomber sur la proie qu'il convoite; c'est là une erreur, puisque l'animal ne se nourrit que de feuilles ou de fruits. Sa chair, blanche et grasse, est un manger délicieux; néanmoins, si don Pedro le permet, nous nous contenterons de notre tortue, et j'essayerai d'emporter ce malheureux, afin d'étudier ses habitudes. »

Le naturaliste, à l'aide d'une mince liane, lia aussitôt les quatre pattes du kouri, qui se prêta de la meilleure grâce du monde à cette opération. Don Pedro, ravi de la fraîcheur du lieu où naissait la source, proposa d'y transporter le bivouac. De cette façon on serait d'abord à l'abri des caïmans, puis assez rapproché du lac pour surveiller le retour de Célestin et de Pélican. Cette proposition approuvée, on rebroussa chemin pour aller chercher la tortue qui devait servir au déjeuner, et rapporter en même temps les carnassières et le reste de l'équipement, déménagement qui ne demanda pas moins d'une heure. De retour près de la source, Camille s'occupait de ramasser des branches mortes pour le foyer lorsqu'elle s'écria :

« Et le kouri, Croquemitaine, où l'as-tu donc placé?

— Près de l'arbre duquel il est tombé.

— Il n'est plus là. »

Le docteur se rapprocha, et fut tout surpris de voir sur le sol les lianes à l'aide desquelles il avait garrotté le prisonnier.

« Oh! oh! s'écria-t-il, le kouri aurait-il été calomnié?

— Peut-être ne sommes-nous pas seuls ici, » dit don Pedro en saisissant son fusil.

Le docteur leva machinalement la tête et poussa un cri de surprise. Le kouri, ses longues pattes étendues sur la branche de laquelle il s'était laissé choir, semblait sommeiller doucement.

« Est-ce un rêve? s'écria le naturaliste, je suis sûr d'avoir lié les quatre membres de ce gaillard, et j'ai mis les lianes en double, de crainte qu'il ne les rompît dans un effort.

— Elles ont été rongées, dit Camille.

— C'est vrai; alors le kouri sait donc remuer à ses heures et démentir son nom de paresseux. »

Une sorte de ricanement attira l'attention des trois interlocuteurs vers les branches où le kouri, toujours immobile, continuait son somme apparent; il ne bougea pas. Comme il n'y avait rien à redouter de sa présence, le docteur résolut d'abord de ne point le troubler. Mais, se ravisant, tandis que Camille et son grand-père s'occupaient de rôtir la tortue, le naturaliste s'empara du kouri, le garrotta de nouveau et le replaça sur le gazon.

« Ce qu'il a fait une fois avec succès, il le recommencera sans aucun doute, se disait le savant, et j'aurai alors l'explication d'une action que je ne puis comprendre. »

Durant le déjeuner, il ne fut guère question que d'Unac. D'après les derniers indices recueillis, sa marche était celle d'un être las, boiteux, à bout de force ; don Pedro croyait fermement que Célestin et Pélican l'atteindraient dans la journée, et il comptait voir reparaître les explorateurs le lendemain au plus tard, ce qui semblait encore bien long à l'inquiète Camille.

Le repas terminé, le docteur entraîna ses compagnons à une cinquantaine de pas du bivouac, et don Pedro, selon la vieille coutume yucatèque, s'étendit sans façon sur la mousse pour dormir sa sieste. Le docteur et Camille demeurèrent en observation. Tout à coup le ricanement entendu une première fois résonna de nouveau ; il semblait cette fois partir du sommet des arbres. Le naturaliste pria sa compagne de ne point bouger et redoubla d'attention. Un quart d'heure s'écoula, puis peu à peu les feuillages s'écartèrent, et cinq ou six têtes de singes à queues prenantes — *Atelles Belzebuth* — apparurent dans les branches. Le docteur et Camille retinrent leur haleine ; les singes se rapprochèrent du sol, puis entourèrent le kouri. En un instant, les liens du prisonnier furent rongés. Alors, le saisissant, qui par les pattes, qui par les jambes, qui par la tête, les singes, avec mille grimaces, hissèrent l'animal sur la branche d'où l'avait délogé le docteur. L'indolent mammifère, durant cette ascension, ne seconda pas même ses libérateurs, et son incroyable paresse ne se démentit pas un instant. Leur tâche accomplie, les singes firent claquer leurs lèvres à grand bruit, puis disparurent avec un ensemble étonnant.

« En vérité, s'écria le docteur, voilà un fait que je

traiterais de fable s'il ne venait de se passer sous mes yeux.

— La sagacité des êtres que nous nommons inférieurs est souvent merveilleuse, dit don Pedro que sa petite-fille avait réveillé, et les vieux chasseurs de mon espèce pourraient raconter vingt actions aussi curieuses que celle qui vous surprend.

— Les daims, les pécaris, les dindons, se concertent pour dérouter ceux qui les poursuivent, dit à son tour Camille; mais le chacal n'aide pas le tigre, ni le fourmilier le tatou : qu'ont à voir les singes avec les kouris?

— Rien, répondit le docteur; le kouri, ou petit *unau*, est un bradype; il appartient à l'ordre des édentés, à la famille des tardigrades, et il a pour parent le grand *aï*.

— Cela ne m'apprend pas pourquoi les singes sont venus délivrer le prisonnier. »

Le docteur secoua la tête d'un air pensif.

« Est-ce pour nous faire une niche, est-ce pour rendre un service à un pauvre diable dans l'embarras? En un mot, est-ce par malice, par bonté, ou simplement pour employer leur activité, que ces grimaciers sont venus en aide à mon prisonnier? Je cherche en vain à me l'expliquer. Aussi, cette fois comme bien d'autres, Camille, je répondrai à ta question par ces mots qui coûtent tant à l'amour-propre de notre espèce : Je ne sais pas. »

Le kouri fut laissé sur sa branche, et Camille proposa une excursion sur le sommet de la colline. Don Pedro, chargé de pourvoir au dîner, prit la tête de la petite colonne et s'enfonça dans les broussailles. Une demi-heure de marche amena les explorateurs sur un plateau dénudé d'où ils pouvaient apercevoir le lac par-dessus le bois qu'ils venaient de traverser. Camille, une fois de plus, examina la rive où elle désirait tant aborder ; mais la quiétude des hérons posés sur ce bord lui prouva qu'aucun être humain ne se trouvait en ce moment de ce côté.

La jeune fille, ayant rejoint son grand-père, le vit arrêté devant une pyramide composée de blocs de granit.

« Par le ciel, mignonne, s'écria le châtelain, voilà un de ces monuments toltèques que le père Estevan aime tant à étudier, et il regrettera de ne pas nous avoir accompagnés. »

Le docteur fit le tour de la pyramide, dont chacune des faces mesurait trois mètres environ. Sur celle de ces faces tournée vers l'orient, le naturaliste découvrit un bas-relief à moitié caché par les pariétaires, les géraniums et ces menues plantes qui, plus encore sous les tropiques que sous nos climats, couvrent les murs d'un manteau de verdure. Lorsque les trois explorateurs, se servant de leurs machetés, eurent mis le côté du monument qu'ils voulaient examiner à découvert, ils reculèrent pour voir l'effet de leur déblaiement.

Le bas-relief, d'un travail très soigné, représentait un guerrier qui, le pied posé sur la poitrine d'un adversaire expirant, lui arrachait des mains une fleur de lotus. Le docteur se mit aussitôt en devoir de copier cette scène, tandis que Camille, sur ses indications, dessinait l'ensemble du monument. La fleur ravie de la main fléchie du guerrier renversé, c'était l'emblème de la vie tranchée avant l'heure par un chef redouté, car une triple couronne ceignait le front du victorieux.

« Étrange destinée de la bête humaine! dit le docteur. Qui nous apprendra si cette pyramide a été élevée à la mémoire du vaincu, ou pour la glorification du vainqueur?

— C'est une histoire que raconte probablement cette inscription hiéroglyphique, répondit don Pedro en nettoyant la base de la pyramide.

— Ainsi, reprit le naturaliste en promenant ses regards autour de lui, ces lieux ont été habités, des êtres humains les ont ensanglantés de leurs haines. Puis, un beau jour, les hommes ont disparu, et la vallée, un moment pleine de bruit, est retombée dans le silence. Les arbres alors se sont mis à pousser avec une vigueur nouvelle sur ce terrain arrosé de sang, effaçant les traces de ceux qui avaient passé.

— Tout n'est que vanité, dit don Pedro avec gravité, le sage des sages l'a dit il y a longtemps. »

La découverte de la pyramide ayant éveillé la curiosité des explorateurs, ils suivirent la crête de la colline, cherchant à droite et à gauche de nouvelles ruines. Une immense pierre plate enterrée dans le sol leur barra tout à coup le chemin. Camille sauta sur l'obstacle.

« Vois donc, grand-père, s'écria-t-elle aussitôt, ne dirait-on pas que la mousse suit ici des lignes tracées à dessein? Je ne me trompe pas, voici un nez, une bouche, un menton...

— Voici des bras, des jambes et un corps, ajouta le docteur. Sur ma foi, Camille, tu viens de découvrir un monument encore plus ancien que la pyramide de tout à l'heure! Nous avons sous les yeux une de ces pierres

15

sur lesquelles les premiers Toltèques ont marqué les incidents de leur migration. Recule un peu, que nous puissions bien voir ces lignes.

— Elles sont creusées dans la pierre, la terre a rempli les rigoles, et la mousse a posé dessus ses broderies.

— Bien dit, Camille ; mais remarque combien ce dessin est primitif, comparé aux bas-reliefs de la pyramide.

— Prendrons-nous copie de ce guerrier dont l'arc tendu menace un vautour, et qui semble suivi d'une meute de lièvres ?

— Ces lièvres marquent les siècles employés par les Toltèques pour venir de leur pays jusqu'ici. Il y en a six, et chacun d'eux comprend une période de cinquante ans. De Tollan, leur pays, situé dans le nord de l'Amérique, les Toltèques employèrent donc trois cents ans pour atteindre le point où nous nous trouvons, et où leur civilisation se déroula pendant un espace de quatre cents ans, c'est-à-dire jusqu'à la mort de leur dernier roi, Topiltzin, qui arriva vers l'an 1000. »

Une nouvelle marche en avant amena bientôt les explorateurs sur un plateau spacieux couvert de murs à demi écroulés ; là avait existé une ville toltèque. Le docteur passa de longues heures parmi ces ruines enfouies au fond d'une forêt aux arbres séculaires ; mais le temps et la végétation avaient tout dégradé. Il eût fallu pouvoir creuser le sol. Une fois de plus, le savant songea à la lumière que jetteraient sur l'histoire des peuples d'Amérique des fouilles intelligentes pratiquées sur cette terre du Yucatan, couverte des débris d'un passé inconnu.

Don Pedro dut rappeler vingt fois à son ami que l'heure

du dîner approchait, avant de réussir à l'arracher aux murailles parmi lesquelles il errait avec l'espoir toujours nouveau d'une découverte inattendue. Camille elle-même faisait la sourde oreille ; elle eût voulu rapporter un croquis
de tout ce qu'elle voyait au chapelain d'Eden. Don Pedro
réussit enfin à ramener ses deux compagnons vers le lac.
Là, il comptait trouver une chasse plus abondante que dans
la forêt. Il ne se trompait pas, car il tomba au milieu d'une
bande de canards qui fournit les provisions nécessaires.

Aussitôt après le dîner, tandis que le docteur et le
châtelain causaient et fumaient, Camille, sans cesse préoc-
cupée du sort d'Unac, se posta de façon à ne point perdre
de vue la rive sur laquelle elle espérait voir reparaître Pélican et Célestin. Peu à peu, le soleil parut descendre vers
la crête des montagnes, les cigales firent résonner leur bruis-
sement aigre, et les oiseaux entonnèrent leur chant du soir.

Les aigles, les milans, les vautours, les perroquets, les
aras au plumage teint des couleurs de l'arc-en-ciel traversèrent l'air pour regagner leurs asiles de nuit, et, à
mesure que venait le crépuscule, la forêt s'emplissait de
rumeurs, de gazouillements, de cris sauvages, de rugissements. Pendant une demi-heure, mille clameurs inexpli-
cables et inexpliquées frappèrent les oreilles des voyageurs,
puis le soleil disparut. Alors un silence profond succéda
comme par enchantement au vacarme, et la quiétude ne
fut plus troublée que de loin en loin par la chute d'un
arbre s'écroulant de vieillesse dans les profondeurs de la
forêt.

Après avoir résolu de passer la nuit près du ruisseau,
don Pedro se ravisa soudain.

« Bien que les caïmans se risquent rarement aussi loin des eaux, dit-il, il y aurait témérité à tenter l'aventure. Retournons à notre palissade, il vaut mieux pécher par excès de prudence que par excès de confiance. »

Camille qui, des palissades, pouvait mieux examiner l'horizon, fut la première à se mettre en route ; la nuit était déjà noire lorsqu'elle pénétra dans l'enceinte construite par son grand-père et par le docteur. Un grand foyer fut allumé, et bientôt le sommeil engourdit les trois compagnons.

Ils se réveillèrent en sursaut, il faisait encore nuit sombre.

« Il m'a semblé, dit don Pedro, entendre le bruit d'une détonation. Ai-je rêvé ?

— Un feu ! cria Camille, en étendant la main vers le couchant. »

Don Pedro et le docteur se tournèrent vers le point indiqué par Camille ; ils virent une grande flamme briller au sommet de la colline. Presque au même instant une détonation retentit, longuement répétée par l'écho.

Camille, saisissant aussitôt son fusil, pressa la détente et répondit au signal de ses amis. Une heure plus tard, une faible teinte rose couvrit le ciel, annonçant l'approche du jour.

Sans s'inquiéter des caïmans étendus sur la plage, Camille s'élança hors de la palissade, chassant en quelque sorte devant elle le troupeau de monstres antédiluviens. Arrivée sur le bord de l'eau, elle poussa un cri de joie ; la *balza*, conduite par Célestin, se détachait de la rive et glissait sur les flots ; un aboiement sonore de Dents-d'Acier retentit.

VIII

ILS REVIENNENT SEULS!

« Que voyez-vous, grand-père ? demanda la jeune fille avec appréhension.

— Ce que tu vois probablement toi-même, mignonne, Pélican assis, Célestin maniant la perche.

— Puis ?

— Puis Dents-d'Acier qui va d'un bord à l'autre de la *balza*.

— Ils reviennent seuls ? »

Don Pedro ne répondit pas sur l'heure ; de même que le docteur, il examina avec soin le radeau. Au bout d'un instant, il répéta avec tristesse les paroles de sa petite fille :

« Ils reviennent seuls ! »

CHAPITRE IX

Pélican blessé. — Le docteur à l'œuvre. — Récit. — Unac et Pélican. — La litière improvisée. — Départ pour Eden. — Un écolier indocile.

En dépit de l'ardeur intense des rayons du soleil, don Pedro, Camille et le docteur demeurèrent à découvert sur la plage, suivant du regard les oscillations du radeau que continuait à diriger Célestin. Chaque fois que la longue perche du matelot atteignait le fond du lac, le lourd esquif, obéissant à une vigoureuse impulsion, avançait assez rapidement ; mais bientôt le radeau semblait demeurer immobile et tournoyait au milieu des eaux. Peu à peu, il parcourut la moitié de la distance qu'il avait à franchir.

« Ohé ! ohé ! cria don Pedro en approchant ses deux mains de sa bouche afin que sa voix portât plus loin.

— Ohé ! ohé ! » répondit Pélican.

Au même instant, on vit se dresser sur la *balza* la tête d'Unac. Un cri de soulagement s'échappa de la poitrine de don Pedro.

« Béni soit Dieu ! s'écria-t-il. Ils ramènent le pauvre enfant ; est-il donc blessé pour se tenir ainsi couché ? »

Pendant une demi-heure au moins, don Pedro et ses compagnons en furent réduits aux conjectures. Enfin le radeau vogua sur des bas-fonds et sa marche s'accéléra. Bientôt Dents-d'Acier, qui aboyait avec fureur, se jeta à la nage et vint couvrir Camille de caresses et d'eau. Tandis que la jeune fille se débarrassait avec peine des témoignages d'amitié du brave mâtin, la *balza* abordait le rivage. Unac, pâle, maigre, l'œil fiévreux, les pieds enveloppés de linges, se tenait couché sur un lit de mousse. A la vue de l'état pitoyable du jeune Indien, une larme mouilla les yeux de Camille.

« Est-ce simplement la fatigue qui a mis ce pauvre garçon dans un tel état? demanda don Pedro à Célestin.

— La fatigue, la faim et la soif, répondit le matelot. Lorsque Dents-d'Acier l'a découvert, le pauvre Unac grelottait et délirait.

— Et il a consenti à vous suivre ?

— C'est-à-dire que nous l'avons porté à tour de rôle.

— Vous êtes de braves gens ! s'écria don Pedro.

— Nous pas pouvoir laisser enfant dans l'herbe, au soleil, dit Pélican du ton dont il se serait justifié d'une mauvaise action.

— Bon, bon, reprit le châtelain ; mais que signifie ce linge ensanglanté qui entoure ton bras ?

— Oh ! petite égratignure, rien du tout.

— Un rien du tout qui a traversé les chairs, dit Célestin. Quand ce bambin s'est réveillé de sa fièvre, qu'il s'est vu prisonnier, il a saisi une des flèches qu'il a fabriquées et l'a lancée à Pélican.

— Flèche petite, dit le brave nègre.

— Oui, reprit Célestin, mais ornée d'un caillou tranchant à son extrémité. »

Durant cette conversation, le docteur, débarquant le prisonnier, le porta d'une traite près du ruisseau et l'assit au pied d'un ébénier. Unac, encore sous l'influence d'un accès de fièvre, demandait sans cesse à boire et regardait d'un air égaré ceux qui l'entouraient. Son corps, à demi nu, se montrait couvert d'égratignures produites par les plantes épineuses des fourrés, et ses pieds gonflés, crevassés, ne lui permettaient plus de se tenir debout.

Le docteur lui tâtait le pouls, essayait de voir sa langue. Il colla son oreille contre la poitrine du petit malade, puis écouta sa respiration haletante. Soudain il le prit de nouveau dans ses bras, le plongea brusquement dans l'onde fraîche du ruisseau et le frictionna ensuite sans mot dire. Peu à peu, l'enfant s'endormit sur le lit de feuilles préparé la veille pour Camille.

« Eh bien? demanda don Pedro à son ami.

— Hum! fit le docteur en retirant sa perruque, il y a là des symptômes qui ne me plaisent guère.

— O mon bon Croquemitaine, s'écria Camille dont deux larmes mouillèrent les joues un peu pâlies, je t'en prie, ne laisse pas mourir Unac. »

Le docteur embrassa la petite fille.

« Il faut aller camper un peu plus loin et le laisser dormir, dit-il, nous verrons ce soir. »

Et il s'assit près du petit malade, tandis que don Pedro entraînait Camille, Célestin et Pélican en amont du ruisseau.

« Ouf! dit le matelot en s'adressant au châtelain, je vous préviens, señor, que Pélican n'a ni bu ni mangé depuis hier, et son estomac doit crier famine aussi fort au moins que le mien. »

Par bonheur, quelques provisions restaient de la veille, et Camille s'empressa de les étaler devant les deux amis.

« N'avez-vous donc rencontré aucun gibier? leur demanda-t-elle en les voyant manger avec avidité.

— Pas le moindre oiseau, mademoiselle, répondit Célestin ; derrière cette belle colline que vous voyez là-bas, il n'y a qu'une savane qui, au dire de Pélican, doit s'étendre jusqu'à l'océan Pacifique. C'est parmi ses herbes que nous avons retrouvé notre pupille, et nous n'avons plus songé qu'à vous rejoindre.

— Vous devez tomber de sommeil alors.

— Aussi vais-je vous demander la permission de commencer ma nuit. Quoi! Pélican, tu vas fumer? Bon appétit, mon garçon... Quant à moi, je n'ai même pas le courage de bourrer... Bonsoir. »

Et le matelot, se renversant en arrière, s'endormit profondément.

Le docteur ne voulut pas quitter Pélican sans avoir pansé son bras. Cela fait, il l'engagea à dormir à son tour, mais le brave nègre ne lui obéit qu'après avoir répondu aux mille et une questions dont Camille l'accabla.

Le docteur était retourné près d'Unac. Assis l'un près de l'autre, Camille et son grand-père l'observaient. Ils connaissaient assez les allures du docteur pour comprendre que son mutisme cachait de sérieuses inquiétudes. Vers le soir, Unac se réveilla.

« Voyons, petit homme, où souffres-tu? lui demanda aussitôt le docteur.

— Là et là, » répondit l'enfant en touchant sa tête et ses pieds.

Il demanda à boire, avala sans trop de répugnance une potion que le docteur, qui ne voyageait jamais sans une petite pharmacie de poche, avait préparée, puis il se rendormit.

La nuit vint, le souper fut triste. Le docteur n'abandonna son malade que le temps nécessaire pour croquer une galette de maïs, puis chacun se coucha, sans cependant songer à dormir. Un grand feu avait été allumé et, à sa lueur rouge, on voyait le médecin se promener, tourmenter sa perruque, se rapprocher du malade, l'aider à changer de position, lui parler doucement, maternellement, lui tâter le pouls. A la fin, vaincus par la fatigue, les voyageurs s'endormirent. La voix du docteur les réveilla brusquement, le jour naissait.

« Debout, debout! criait-il ; personne ne songe-t-il au déjeuner ?

— Unac? dit Camille en se levant.

— Le mauvais garnement, répondit le docteur dont la perruque était dans un parfait équilibre, n'a pas ce qu'il mérite.

— Il est sauvé! s'écria Camille avec joie.

— Oui, c'est possible, car le troisième accès de sa fièvre vient d'avorter. A sa place, un honnête garçon... »

Il ne put achever, Camille le serrait trop fort dans ses bras. La petite fille comprenait qu'Unac devait être hors de danger pour que le docteur reprît ses déclamations habituelles. Don Pedro, Célestin, Pélican le comprirent aussi et s'approchèrent de la couche d'Unac. A la vue de tous les habitants d'Eden, surtout de Camille et de don Pedro, l'Indien dit d'une voix faible :

« Vous aussi vous êtes venus !

— Fallait-il vous laisser périr, méchant garçon que vous êtes ? répondit le docteur de son ton bourru. Voyons, votre main. Bon. L'accès de fièvre est décidément passé. Cela va bien. »

Unac fit un effort pour se lever. A peine debout, il chancela et serait tombé si Camille ne l'eût soutenu.

« Unac va mourir, dit-il.

— Non, Unac, tu ne mourras pas, répliqua le docteur avec vivacité.

— Mes jambes ne peuvent plus me porter.

— C'est la faute de la fièvre, enfant, rien de plus. »

Don Pedro et Camille amoncelèrent des feuilles près du foyer, tandis que le docteur délayait une dose de quinine dans un peu de cognac, breuvage qu'il fit avaler au jeune garçon. L'Indien saisit la main de don Pedro et la baisa.

« Grand-père est bon, dit-il en appelant don Pedro du nom que lui donnait Camille.

— Pourquoi fuir mon toit, enfant ? dit le châtelain. Si tu ne peux vivre loin de ton pays, eh bien, je t'y ferai conduire, je te le promets. »

Le docteur pansa de nouveau les pieds du petit malade qui, redoutant de mauvais traitements, recevait les soins qu'on lui prodiguait avec une surprise visible. Ses yeux noirs, agrandis par la fièvre, regardaient avec reconnaissance ceux qui l'entouraient. Il raconta sa fuite, ses marches forcées, ses terreurs en se voyant sans armes dans les bois.

« Je croyais, dit-il naïvement, trouver la terre des Toltèques derrière les montagnes; elle est bien petite, puisque j'ai marché trois jours sans pouvoir l'atteindre.

— N'as-tu mis que trois jours, Unac, pour te rendre de ton village à Mérida? demanda don Pedro.

— Non; j'ai dû marcher pendant huit jours; pour m'amener dans votre cabane de pierres, vous m'avez fait marcher huit jours encore. »

Don Pedro essaya d'expliquer à l'Indien la forme de la péninsule, leur patrie commune; il n'y réussit qu'à demi.

Unac, sur l'instance du docteur, consentit à manger quelques grillades; puis il se recoucha et s'endormit. Tout en dînant, les explorateurs tinrent conseil, et il fut résolu que l'on se remettrait en route pour le château dès que l'aurore paraîtrait. Grâce à la hache qu'il portait toujours à sa ceinture, Pélican eut vite façonné une sorte de litière sur laquelle le malade devait se coucher, car, dans l'état où se trouvaient ses pieds, on ne pouvait songer à le laisser marcher.

Le lendemain matin, Unac, étendu sur son lit de feuilles, regardait d'un air inquiet les préparatifs du départ. Lorsqu'il vit chacun équipé, et don Pedro jeter un dernier coup d'œil sur l'emplacement du bivouac pour s'assurer que l'on n'oubliait rien, il essaya en vain de se lever et se cacha le visage dans ses mains.

« Sommes-nous prêts? cria tout à coup Célestin à son ami.

— Oui, répondit Pélican en apportant la litière qu'il avait fabriquée la veille.

— En route, alors. Eh bien, Unac, pourquoi vous cachez-vous le visage? Aidez-vous, petit. »

L'enfant, se sentant soulevé, abaissa ses mains. Lorsqu'il se vit placer sur la litière, et qu'il comprit que Célestin et Pélican allaient le porter, il saisit le bras du nègre.

« Pardon, cria-t-il, pardon !

— Pardon ! Pourquoi vous crier pardon ? » demanda Pélican.

Unac posa son doigt sur le bras qu'il avait blessé la veille ; des larmes inondèrent ses joues.

« Ça égratignure, rien du tout, Unac. C'est pour ça vous pleurer ?

— Oui, répondit l'Indien ; je vous ai blessé, et vous êtes bon pour moi.

— Chrétien devoir être comme ça. Vous devenir bon aussi ; bon comme don Pedro, comme mam'zelle Camille, comme le docteur, comme massa Célestin, comme Dents-d'Acier... »

Le mâtin, pour justifier cet éloge, vint lécher la main d'Unac.

« En route ! » répéta Célestin en donnant une taloche affectueuse à son grand Pélican.

La litière fut enlevée par les deux robustes amis.

Camille se tourna une dernière fois vers le lac, puis elle courut à l'avant-garde seconder son grand-père et le docteur qui, le macheté à la main, ouvraient un passage à la litière improvisée.

La marche fut laborieuse ; mais, quelles que fussent les instances du docteur et même de don Pedro pour seconder Célestin et Pélican, ceux-ci refusèrent avec obstination de céder leur fardeau. Les montées et les descentes les fatiguaient beaucoup. D'autre part, si la marche était rela-

IX

LA LITIÈRE FUT ENLEVÉE PAR LES DEUX
ROBUSTES AMIS.

tivement facile parmi les grands arbres, elle devenait lente
et pénible dans les taillis. Les voyageurs n'employèrent pas
moins de six jours pour regagner Eden, où ils arrivèrent
exténués, ayant doublé la dernière étape.

Unac, dont la fièvre se montrait rebelle, fut établi dans
une des chambres du château. Nuit et jour il eut successivement près de lui Célestin, Pélican, doña Gertrudis, le
père Estevan ou don Pedro. Camille venait le voir souvent, surtout lorsqu'il entra en convalescence, c'est-à-dire
quinze jours après le retour à Eden.

Les soins incessants dont il se voyait l'objet, la douceur, les bonnes paroles de ceux qui le soignaient, frappèrent vivement le jeune Indien, car, de temps à autre, il
exprimait sa gratitude par des mots attendris. A l'exemple de
Camille, il ne nomma bientôt plus don Pedro que grand-
père, et don Pedro approuva cette appellation. Quant à
Pélican, il devint le favori du jeune Toltèque; du reste, de
qui Pélican, si bon, si serviable, si naïf, n'était-il pas le
favori?

Ce fut une grande joie pour Unac lorsque le docteur,
un matin, lui permit enfin de sortir. Il fit deux fois le tour
du jardin, appuyé sur le bras de Célestin, puis s'assit près
d'un oranger. Là, il se tourna vers l'orient où le soleil, dont
il croyait descendre, apparaissait chaque matin, et rêva
longuement.

Quinze jours plus tard, transformé en écolier, Unac
s'appliquait avec ardeur à l'étude. Sa mémoire était heureuse, ses progrès furent donc rapides. A toute heure du
jour, portant le livre que don Pedro lui avait donné, il allait
réclamer les conseils du docteur, de doña Gertrudis et sur-

tout de Camille. Parfois, cependant, il était pris d'impatience et même de découragement. Un beau jour, n'ayant pu comprendre la leçon que lui expliquait le *padre,* il jeta le volume à terre et refusa d'écouter son professeur. S'élançant dans la cour du château, il alla se loger au faîte d'un des palmiers placés à la porte d'entrée.

Célestin, témoin de cette escapade, et craignant que l'enfant ne se laissât choir, l'engagea à quitter le poste périlleux qu'il occupait. Unac, perdu dans le feuillage, fit la sourde oreille. Camille et doña Gertrudis ne furent pas plus heureuses dans leurs supplications.

« Moi chercher lui, » dit soudain Pélican en se dirigeant vers le tronc du palmier qu'il embrassa.

A cette vue, Unac, avec une témérité sans pareille, se plaça debout sur la nervure d'une des larges feuilles de l'arbre et s'avança vers l'extrémité qui, se courbant, semblait devoir le précipiter dans l'espace. En ce moment don Pedro rentrait.

« Arrête, cria le châtelain à Pélican. Puis, s'adressant à Unac : Viens ici, enfant, dit-il d'une voix forte, je te l'ordonne. »

Unac hésita ; puis, avec la même agilité qu'il avait mise dans son escalade, il se laissa glisser le long de l'arbre et vint se placer devant le châtelain, en disant :

« Me voici.

— Bien, répondit don Pedro touché de cette prompte obéissance ; mais que me raconte-t-on, tu ne veux plus apprendre à lire ?

— Si, répondit Unac, je le veux. »

Marchant alors vers le père Estevan, il lui dit :

« Où est le livre ? »

Le chapelain, posant la main sur la tête de son élève, l'emmena en lui parlant dans sa langue, et, à dater de ce jour, n'eut plus jamais à le réprimander.

Unac, en dehors des heures qu'il devait consacrer à l'étude, parcourait librement le domaine. Don Pedro lui avait fait don d'un petit cheval à la robe noire, à peu près de même taille que celui que montait ordinairement Camille. Souvent, dans l'après-midi, les deux enfants accompagnaient le châtelain dans ses tournées de surveillance, galopant autour de lui. Unac, en s'amusant, fabriqua des arcs et des flèches, puis il apprit à sa petite compagne à se servir de ces armes qu'il maniait lui-même avec une rare dextérité.

En somme, le jeune sauvage se civilisa plus rapidement qu'on ne l'avait espéré, et il se fit promptement aimer des habitants de la vallée. Unac possédait une dignité native ; ses amis les plus chers, Célestin et Pélican, bien que le traitant avec familiarité, lui accordaient les mêmes respects qu'à Camille.

Le docteur continuait ses études ; chaque semaine, il s'absentait deux ou trois jours pour aller explorer les bois, toujours avec l'espoir de découvrir l'*amslé*. Au retour, alors qu'il classait les plantes, les insectes, les animaux rapportés de ses expéditions, il avait presque toujours pour aide Unac, anxieux de voir, de savoir. De temps à autre, Camille partait pour vingt-quatre heures avec ses amis. Unac, alors, se postait sur la tourelle, suivant du regard les explorateurs, ou errait triste dans la vaste cour du château.

17

Un soir, il aidait la jeune fille à préparer ses armes. Il se rapprocha soudain de don Pedro qui, assis sur un fauteuil à bascule, se balançait en fumant.

« Grand-père, dit-il, pourquoi ne puis-je accompagner mes amis ?

— Tu le peux certainement, Unac, si le docteur consent à t'emmener.

— Il m'a refusé une fois.

— Il craignait de te voir fuir, et ne voulait pas être responsable de ta mort.

— Je ne veux plus fuir, père, je veux vivre près de vous.

— Tu nous aimes donc un peu ? demanda le châtelain.

— Pas un peu, répliqua Unac avec émotion, mais beaucoup. Sans vous, que serais-je devenu ? Ce que vous avez fait pour moi, le *padre* me l'a expliqué et je l'ai compris. Je suis votre fils d'adoption comme je suis le frère de Camille, je ne veux plus être autre chose.

— Tu es libre, Unac ; donc, si le docteur consent à t'emmener, tu as mon autorisation.

— Il consentira, s'écria Camille ravie, c'est moi qui vais l'en prier. »

Le lendemain, au point du jour, don Pedro se dirigeait, au pas de sa monture, vers la forêt, précédé de Dents-d'Acier qui aboyait à tue-tête. Près de lui marchaient Camille et Unac, tous deux vêtus de costumes de chasse et armés de légers fusils. Derrière eux cheminait le docteur, portant tout un monde de boîtes, de pinces, de filets ; puis enfin Célestin et Pélican, chargés de provisions. Parvenu à la lisière du bois, don Pedro s'arrêta. Camille, mettant le pied sur son étrier, monta jusqu'à lui pour l'embrasser, et Unac lui baisa la main. Le châtelain se découvrit pour dire adieu au docteur, puis il demeura immobile, regardant la petite caravane s'enfoncer sous les feuillages. Unac et Camille se retournèrent une dernière fois pour lui envoyer un salut; ils avaient disparu depuis longtemps que don Pedro regardait encore de leur côté.

Enfin, piquant son cheval, le châtelain s'élança au-devant des travailleurs, auxquels il devait désigner leur tâche de la journée, et qui saluèrent son approche de bruyantes acclamations.

CHAPITRE X

A peine Unac se vit-il dans les bois que, partant comme un trait, il se mit à sauter, à gambader, à pousser des cris joyeux. Au bout de quelques minutes, il revint essoufflé près de Camille.

« Vous pas aller loin, massa Unac, lui dit Pélican, si vous courir autour de nous comme Dents-d'Acier.

— C'est si beau les bois, répondit le jeune Indien en dilatant ses narines pour respirer avec plus de force les senteurs parfumées, qu'il faut me pardonner ma gaieté ; merci, señorita, ajouta-t-il en se tournant vers Camille, je vous dois cette heure de liberté.

— Vous n'avez jamais été prisonnier, Unac, ne l'avez-vous pas encore compris ?

— On craint pourtant de me voir partir, puisque les portes du château se ferment toujours devant moi.

— Nous redoutons, Unac, de vous voir vous égarer, ainsi que cela vous est déjà arrivé.

— Alors j'étais triste, je voulais regagner mon pays.

— Êtes-vous convaincu, maintenant, que votre pays est si éloigné d'ici qu'abandonné à vos seules forces vous péririez avant de pouvoir l'atteindre ?

— Ne parlons pas de cela, s'écria l'Indien, je n'y veux plus songer... Voyez donc le docteur ! A-t-il l'intention de soulever toutes les pierres qu'il rencontrera sur son chemin ?

— Oui, certes, répondit Célestin, c'est ainsi que l'on fait la chasse aux insectes et aux reptiles, et nous allons aider notre maître. Holà ! Pélican, cria l'ex-matelot, l'arbre renversé, près duquel vous passez le nez en l'air, ne vous dit donc rien ?

— Lui cacher serpent, massa Célestin ; non, lui pas cacher serpent, mais petite bête à quatre pattes.

— Un insecte à quatre pattes ! répliqua Célestin ; ces gaillards-là en possèdent six en moyenne, ce qui me paraît bien humiliant pour notre race.

— Bête cachée là être un *mimifère,* pas un insecte, dit Pélican avec gravité.

— Je persiste à croire, Pélican, s'écria Célestin, qu'il faut dire un *momifère.*

— Le docteur prononce *mammifère,* dit gaiement Camille, et ce nom s'applique aux animaux qui allaitent leurs petits.

— Je vous crois, mademoiselle, répondit Célestin avec déférence ; cependant, si vous aviez visité l'Égypte, vous sauriez qu'on nomme momie tout animal empaillé, que cet animal soit un homme, un oiseau, un crocodile ou un chat.

— Un chat ! s'écria Pélican d'un ton de triomphe ; c'est pour ça eux s'appeler *mimifères.* »

Un éclat de rire de Camille mit fin à la controverse des deux matelots, qui, après s'être regardés avec surprise, s'avancèrent pour aider Unac à faire rouler le tronc d'arbre sur lui-même. Le tronc à peine en mouvement, on vit s'enfuir un petit quadrupède, au museau rose au pelage d'un beau gris perle, à la queue en forme de panache, qui, laissant à découvert un joli nid de mousse où se débattaient cinq ou six jeunes, disparut aussitôt. Bientôt l'amour maternel l'emporta sur la frayeur, et l'animal effaré revint se poser sur son nid.

« Bon, voilà madame qui rentre. Faut-il la prendre ? demanda Célestin à son maître qui venait de s'approcher.

— Non, dit le docteur avec vivacité ; bien qu'elle manque à ma collection, je ne puis consentir à séparer cette brave mère de ses petits qui périraient. Reconnais-tu la famille à laquelle appartient ce rongeur, Camille ?

— Lui avoir l'air d'un rat, dit Pélican.

— C'est un rat, en effet, reprit le docteur, un rat de la famille des chinchilla. Nous en découvrirons sans doute plus d'un dans les environs, car ces animaux vivent en troupes. Le chinchilla du Pérou et du Chili, dont la fourrure est si estimée en Europe, sert de type à cette famille. Si nous transportions cette bête sur les hauteurs, là où le froid se fait sentir, son pelage deviendrait peu à peu laineux, et ne le céderait en rien par sa beauté à celui du vrai chinchilla. Mais éloignons-nous et laissons respirer cette pauvre petite maman. »

La partie du bois qu'ils traversaient avait été si souvent fouillée par les explorateurs que le docteur ordonna de pousser en avant. L'excursion devait durer trois jours, et il importait, pour la rendre fructueuse, d'atteindre un point non encore visité. Jusqu'à midi on marcha parmi de grands arbres, cécropias, dragonniers ou mimosas, puis on s'enfonça dans une gorge étroite. Unac, bien que sans cesse en mouvement, revenait près de Camille lorsqu'un obstacle, — trou, rocher, liane ou tronc renversé, — venait à barrer la route. Enfin, vers une heure, le docteur donna le signal du repos, et un feu fut allumé.

Les explorateurs s'étaient engagés dans une gorge dont la largeur moyenne ne dépassait guère sept à huit mètres. A droite et à gauche se dressaient des talus presque perpendiculaires couverts d'arbres dont les racines, mises à nu par les pluies, s'enroulaient autour des roches comme de gigantesques serpents. Les térébenthinées et les légumineuses : césalpiniées, swartziées et papilionacées, formaient la végétation principale de ce lieu humide. Du sommet de ces arbres, descendaient en guirlandes épaisses mille lianes surprenantes par leurs dimensions, leurs fleurs ou leurs fruits.

Dans les excursions dont il était un des auxiliaires obligés, Dents-d'Acier recueillait bien quelques miettes du festin de ses maîtres ; mais, doué d'un formidable appétit, il devait pourvoir lui-même à le satisfaire. On entendit tout à coup aboyer, puis gronder au loin. Les explorateurs avancèrent avec précaution, et aperçurent le terrible mâtin qui, la gueule ouverte, le poil hérissé, tournait autour d'un animal acculé contre un rocher.

— Un chien ! s'écria Célestin.

— Ce n'est qu'un simple renard, dit le docteur, le renard du Brésil ou chien des bois. Oui, son poil est gris

X

UN CHIEN! S'ÉCRIA CÉLESTIN.

sur le dos, jaunâtre sur le ventre, et voilà la bande noire qui, partant de sa nuque, se prolonge jusqu'à l'extrémité de sa queue. Tu dois le reconnaître, Pélican, tu as failli te faire dévorer la main par un de ses frères que tu voulais domestiquer.

— Quoi! dit Célestin en riant, cet animal est le frère de celui dont Pélican avait si bien adouci le caractère, qu'il étrangla cinq poules le jour où il le mit en liberté? Cependant le soi-disant chien de Pélican avait le ventre blanc.

— Comme celui-ci l'a eu dans sa jeunesse, dit le docteur. Avec quelle bravoure cet animal tient tête à Dents-d'Acier! il est effrayant à voir. »

Le mâtin, selon sa tactique ordinaire dans les batailles qu'il livrait, se jeta soudain sur l'oreille du renard, manqua son coup et reçut un formidable coup de gueule. Rendu furieux par son insuccès, Dents-d'Acier saisit son adversaire par la nuque et l'eut vite terrassé. Unac, qui venait de s'avancer, assomma le renard d'un coup de la crosse de son fusil.

« A quoi bon le faire souffrir? dit-il. Puisqu'il doit mourir, qu'il meure vite. Le chien des bois ne marche jamais seul, ajouta l'Indien en regardant autour de lui avec méfiance.

— Tu as raison, Unac, répliqua le docteur, le chien des bois aime assez la compagnie; néanmoins, s'il tient tête aux dogues, il fuit devant l'homme. Emmène Dents-d'Acier, Pélican; ne le laisse pas, comme un lâche, s'acharner contre le corps de son ennemi. »

Une heure plus tard, ayant repris leur marche, les voyageurs débouchèrent dans une petite vallée, au milieu

18

de fougères arborescentes du plus pittoresque effet. On gagna la colline que l'on avait en face de soi, et le docteur établit le bivouac sous l'ombre d'un magnifique liquidambar. Célestin et Pélican, secondés par Camille et Unac, se hâtèrent d'amasser des branches mortes pour l'entretien du foyer, puis des mousses destinées à servir de matelas. La tente de Camille fut dressée ; Unac étudia avec curiosité la façon dont on la disposait, déclarant vouloir désormais se charger de ce soin.

L'excursion, plus laborieuse que longue, avait fatigué les voyageurs ; aussi, leurs préparatifs pour la nuit terminés, se bornèrent-ils à chasser aux insectes et aux plantes dans les alentours du petit campement. Au moindre bruit on se tenait immobile, car le docteur se plaisait à étudier les libres allures des animaux qu'il rencontrait.

« Chut ! dit tout à coup Unac.

— Qu'avez-vous entendu ? demanda Célestin.

— Le sifflement d'un Ynambu.

— Un Ynambu ! Quelle espèce de bête est-ce là, s'il vous plaît ?

— Un oiseau qui vit dans les plaines, là où il y a des taureaux. Écoutez. »

On se tut, et un sifflement doux, tremblant, triste, se fit entendre. Unac s'élança vers le sommet de la colline, suivi de Pélican et de Camille. Au bas du versant opposé à celui où se dressait le bivouac, s'étendait une prairie où paissaient des bestiaux appartenant à don Pedro.

Unac s'engagea résolument sur la pente, bien qu'il n'eût en ce moment d'autre arme que son arc et ses flèches. Il s'arrêta soudain et fit signe à ses compagnons de garder le silence. Au bout d'un quart d'heure le sifflement recommença, aussitôt répété sur trois ou quatre points différents. Unac, l'œil ardent, courbé, se glissait sans bruit dans les broussailles.

« Sur mon âme, Pélican, dit Célestin à son ami, regarde notre pupille, n'est-ce pas un véritable chasseur ? Comme il rampe, léger, rapide, silencieux ! Ah ! il ajuste ; croit-il donc avoir raison du gibier avec son joujou à corde ? Il se baisse pour viser, que signifie cela ? »

Les trois flèches que possédait Unac furent rapidement décochées l'une après l'autre ; puis, poussant un cri de triomphe, l'Indien s'élança en avant. Bientôt il ramassait un oiseau de la grosseur d'un pigeon, à la tête noire, à la gorge blanche, au ventre roux, et l'élevait au-dessus de sa tête.

« Prenez garde, señorita, dit-il à Camille qui venait de le rejoindre, le nid est à vos pieds. »

Camille, se baissant aussitôt, vit six œufs d'un beau violet clair, et présentant cette singularité d'être de même grosseur à leurs deux extrémités.

Unac ramassa bientôt deux autres oiseaux ; chacune de ses flèches avait porté.

« Eh bien, Pélican, s'écria Célestin avec admiration, que penses-tu de cela ?

— Petit Unac meilleur chasseur que nous, massa Célestin ; fusil à lui être muet, et pas faire peur aux bêtes comme ceux à nous ; du reste, moi savoir depuis longtemps que lui bien tirer, ajouta-t-il en se frottant le bras. »

Unac avait déjà dégagé ses flèches. Célestin, jugeant la provision plus que suffisante pour le souper, ramena ses compagnons près du docteur. Dans les oiseaux qu'on lui présenta, le naturaliste reconnut une espèce de perdrix assez commune dans les prairies du Brésil, et baptisée par les savants du singulier nom de tinamou. Peu farouche, le tinamou, ainsi que l'avait dit Unac, se plaît sur les bords des plaines fréquentées par les bestiaux; il vit en troupes, et quand vient le soir, pousse une sorte de sifflement. Les Indiens chassent souvent le tinamou à coups de bâton, car cet oiseau, dont le vol est lourd, ne quitte la terre qu'avec difficulté.

Pendant que Pélican et Célestin s'occupaient du repas, Camille s'exerçait à manier l'arme de son jeune compagnon.

« Oui, oui, dit Célestin, ce joujou, excellent, j'en conviens, pour chasser aux oiseaux, serait d'un faible secours en face d'un taureau, d'un jaguar, ou d'un simple chien des bois.

— Les flèches tuent les taureaux et les tigres, répondit Unac. La poudre est rare chez les Toltèques; on la garde pour la guerre, et les chasseurs ne tuent les animaux qu'à l'aide des flèches.

— Ce harpon percerait une peau de taureau?

— Oui, à la condition de le lancer de près.

— Et si l'on fait une fausse manœuvre?

— On risque de perdre la vie; mais un Toltèque, Célestin, ne manque jamais le but qu'il vise.

— Je vous crois, Unac; cependant, si notre mauvaise fortune nous place sur le sillage d'une bête fauve, servez-vous de votre fusil, croyez-moi. »

La nuit vint, les foyers furent disposés, et les voya-

geurs, après s'être régalés des tinamous, ne tardèrent pas
à s'endormir sous la garde de Dents-d'Acier, vigilante
sentinelle à laquelle on pouvait se fier. Quand les premiers
rayons du jour réveillèrent les dormeurs, Pélican, déjà
debout, leur présenta une calebasse pleine de café. Une
heure plus tard, chacun explorait la vallée sur les pas du
docteur, soulevant les mousses, les écorces et les pierres.
En passant près d'un arbuste aux feuilles d'un vert pâle,
au tronc noueux comme une tige de bambou, Unac s'écria :

« L'arbre à lait !

— Voilà une jolie plaisanterie, dit Célestin ; voulez-vous
nous faire accroire, mon garçon, que cet arbre donne du
lait ?

— Oui, dit l'Indien, et qui plus est, du lait sucré.

— As-tu jamais entendu parler, Pélican, demanda
l'ex-matelot en se retournant vers son ami, d'un arbre de
cette force-là ?

— Jamais, massa Célestin ; à Martinique, lait donné
par vaches ou chèvres.

— Exactement comme en France, Pélican. »

Unac, dégainant son macheté, pratiqua une légère
entaille au bas de l'arbuste et plaça au-dessous la calebasse qui lui servait de verre.

« Nous reviendrons dans une heure, dit-il, et vous
verrez. »

En effet, lorsque, après avoir exploré la partie sud de
la vallée, les voyageurs revinrent près du bivouac, Unac
leur présenta la calebasse pleine d'un liquide blanc, cré-
meux, en tout semblable au lait comme apparence, et dont
la saveur sucrée plut beaucoup à Pélican.

« En vérité, monsieur, dit Célestin à son maître, voilà une buvette précieuse pour l'avenir. Que de fois nous avons eu soif dans les forêts, alors qu'un tas de végétaux pareils à celui-ci devaient nous crever les fanaux !

— Cet arbre, Célestin, appartient à la famille des arto-carpées ; il est parent de celui que, dans les îles de la Sonde, on nomme l'arbre à pain.

— Avec votre permission, je nommerai dorénavant celui-ci arbre-vache.

— ' C'est précisément le nom qu'on lui a donné, et encore celui de *galactodendron*. Mais que veut Pélican ? a-t-il l'intention d'escalader ce tronc ? »

Après s'être débarrassé de son attirail de chasse, à l'exception de sa carnassière, Pélican venait en effet de se hisser sur les premières branches d'un arbre au feuillage touffu.

« Que vas-tu chercher là-haut ? lui cria aussitôt son ami.

— Moi rapporter bon nanan pour déjeuner, massa Célestin. »

Bientôt Pélican redescendit et étala devant le foyer une douzaine de magnifiques *sapotés*. Ces fruits, de la grosseur d'un fort concombre, renferment sous leur coque brune une chair onctueuse, rouge, sucrée, rafraîchissante, dont la saveur rappelle celle de la nèfle prise à sa juste maturité. Les sapotacées forment une nombreuse famille d'arbres dans les forêts du Yucatan, arbres remarquables par leur port majestueux et leur feuillage sombre. Des incisions pratiquées à leurs branches découle un suc laiteux, âcre, qui, en se desséchant, acquiert une certaine élasticité. Ce suc passe pour être vermifuge, et, bien qu'il soit un poison plus ou moins violent, suivant la taille de l'arbre sur lequel il a été recueilli, les Indiens l'administrent comme purgatif à leurs enfants.

La fin du déjeuner fut troublée par les aboiements de Dents-d'Acier qui s'était enfoncé dans le bois. Camille et Unac s'élancèrent les premiers, et trouvèrent le mâtin aux prises avec un opossum ou sarigue. De moitié moins gros que son adversaire, l'opossum se défendait pourtant avec vigueur. Comment cet animal si leste, si habile à grimper dans les arbres où sa queue prenante lui est d'un si grand secours, s'était-il laissé surprendre ? Un cri poussé au-dessus des combattants révéla ce secret. Sur une branche peu élevée, une sarigue, ses petits cramponnés autour de son corps, regardait le combat d'un air furieux, grognant, se penchant, comme tentée de porter secours à son compagnon. Unac et Camille réussirent à contenir le chien ; le pauvre opossum, étourdi, demeura un instant immobile ; mais, reprenant bientôt contenance, il s'élança sur l'arbre et disparut avec sa famille parmi les plus hautes branches, ce qui ne satisfit guère Dents-d'Acier.

Le reste de la journée se passa à chasser aux insectes sans qu'aucun incident vînt troubler la quiétude des chercheurs. Le soir, le docteur se montra joyeux ; la journée avait été bonne pour ses collections. Le lendemain, vers six heures, on reprit le chemin du château.

Au lieu de regagner la gorge par laquelle ils avaient pénétré jusqu'au lieu où ils se trouvaient, les explorateurs résolurent de gravir la montagne qui se dressait devant eux et de redescendre ensuite dans la vallée des Palmiers. Il fallait, pour réaliser ce programme, marcher à l'aventure, franchir taillis et fourrés, ce qui fit sauter de joie Camille, toujours ravie de ces marches souvent fécondes en découvertes imprévues.

La jeune fille voulut prendre la tête de la colonne et s'engagea bientôt sur une montée rapide semée de roches couvertes d'empreintes fossiles.

Ces empreintes parurent vivement intriguer Unac.

« Vous êtes sûre, señorita, dit-il à sa compagne qui venait de lui en expliquer la formation, que la mer a autrefois couvert ces montagnes ?

— Notre religion nous l'apprend, et la science confirme l'histoire de ces grands bouleversements, Unac ; le docteur vous le répétera comme moi.

— Les vieillards de mon pays, reprit le jeune Indien, racontent, en effet, qu'un matin, irrité contre les hommes, le Soleil cacha sa face. Tout devint ténèbres sur la terre, et les eaux la couvrirent.

— Ce fut Dieu, Unac, qui cacha la face du soleil.

— Les vieillards de mon pays racontent encore, reprit le jeune garçon, que tous ceux qui habitaient sur la terre furent noyés, à l'exception d'un homme et d'une femme qui se sauvèrent dans une pirogue.

— Cette pirogue était une arche, c'est-à-dire un immense bateau, et l'homme se nommait Noé. Sur l'ordre de Dieu, il avait enfermé dans cette arche un couple de tous les animaux.

— Oui, le *padre* me l'a dit. »

La montée devint si rapide, si glissante, que les deux

jeunes gens eurent besoin de toute leur attention pour ne
pas perdre pied. Enfin, après une heure d'ascension, ils
atteignirent un large plateau.

Les palmiers, parmi lesquels ils avaient cheminé au
départ, avaient fait place aux liquidambars, aux cécropias,
aux césalpinées ; puis, à ceux-ci se mêlèrent bientôt de
gigantesques pins, sur lesquels couraient, alertes et joyeux,
des centaines d'écureuils noirs.

Assis côte à côte, en attendant l'arrivée du docteur,
Camille et Unac gardaient le silence. Ils se divertissaient à
voir grimper le long des troncs, ou s'élancer d'une branche
à l'autre avec une hardiesse sans pareille, les gracieux
rongeurs qui, peu accoutumés à voir troubler leur solitude, semblaient ne point prendre garde à leurs visiteurs.
Cependant le bruit produit par Célestin et Pélican parut
les inquiéter. Les courses, les sauts, les poursuites furent
suspendus ; chacun se tint immobile, penchant la tête avec
une profonde attention. Une branche craqua, et, comme
par enchantement, les jolis animaux disparurent.

Le docteur, Célestin et Pélican ayant repris haleine à
leur tour, on traversa le plateau. Mais il fallait songer au
déjeuner, dont les écureuils firent les frais.

Après le repas, on traversa un plateau émaillé de
mousses rouges, jaunes, vertes, aux couleurs si bien assor-
ties, si bien nuancées, qu'on eût dit un tapis tissé par une
main savante. Bientôt, par une pente douce, on descendit
jusqu'au fond d'une gorge sombre, au milieu de laquelle
s'étendait une eau dormante couverte d'herbes marines.
Un énorme oiseau, à la tête chauve, au plumage d'un blanc
sale, se tenait immobile sur une patte au milieu de cette

19

mare. Camille reconnut le Tantale d'Amérique, un proche parent des cygnes.

Les voyageurs respectèrent le mélancolique pêcheur qui les salua d'un cri, et se hâtèrent de sortir de la gorge. Ils atteignirent un second plateau, et, par une pente presque insensible, se dirigèrent vers la vallée des Palmiers. Camille et Unac marchaient toujours en avant ; ils s'engagèrent parmi des roches, et se trouvèrent à l'improviste devant une large ouverture à peine assez haute pour les laisser passer. Dents-d'Acier pénétra comme un trait dans la grotte, et reparut bientôt tenant dans sa gueule le corps d'un jeune *puma* ou lion d'Amérique, qu'il venait d'étrangler net.

Unac et Camille reculèrent instinctivement ; un rugissement terrible résonna à leur gauche, ils virent la mère de la victime sortir du bois et accourir vers eux. L'animal, d'un beau jaune fauve, sans crinière, arrivait par sauts prodigieux. La fuite eût été dangereuse ; les deux enfants le comprirent, et, aussi hardis l'un que l'autre, ils armèrent leurs fusils et attendirent. Lorsque le puma fut à vingt pas, ils tirèrent à la fois. L'animal tomba sur ses genoux, ses deux pattes de devant étaient brisées ; en dépit de la douleur, il avança en se traînant, l'œil sanglant, la gueule ouverte. Unac se plaça devant Camille et dégaina son macheté, tandis que Dents-d'Acier, le poil hérissé, la tête appuyée sur le sol, guettait le moment de se jeter sur le terrible ennemi dont il venait d'étrangler le petit.

Le puma, après d'héroïques efforts, se mit à ramper sur ses pattes blessées, se rapprochant de plus en plus de la grotte qui lui servait de tanière. Il se ramassa sur lui-même pour tenter un bond suprême ; alors Unac, poussant sa compagne dans la grotte, se plaça résolument à l'entrée. Camille, pleine de sang-froid, se hâta de recharger son fusil. Avant qu'elle fût prête à tirer, la lionne avait bondi et retombait de tout son poids sur Unac qui, bien que préparé au choc et son macheté à la main, disparut sous le corps de son formidable adversaire.

DENTS-D'ACIER DÉGAGEA UNAC.

CHAPITRE XI

Le lion d'Amérique. — De l'inconvénient de grandir. — La vie à Eden. —
Projet de départ du docteur. — Un compagnon inattendu. — Le mal du
pays. — En route.

Camille poussa un cri d'épouvante. N'osant tirer dans la crainte de blesser celui qu'elle eût voulu défendre, elle porta à ses lèvres le sifflet d'argent dont le timbre était bien connu de ses amis, et fit retentir l'air de sons aigus. Par bonheur, Dents-d'Acier était là ; saisissant la lionne à la nuque, il la secoua et dégagea Unac qui, couvert de sang, gisait immobile sur le sol. Le docteur et ses deux serviteurs apparurent presque en même temps.

« Êtes-vous blessée, Camille ? demandèrent-ils à la fois à la jeune fille qui, pâle et tremblante, s'appuyait contre les rochers.

— Non, répondit-elle d'une voix étranglée, mais Unac... »

Elle fondit en larmes sans pouvoir achever.

A la façon inerte dont le puma se laissait secouer par Dents-d'Acier, le docteur comprit vite que l'animal devait être mort, et s'occupa de dégager le jeune Indien.

« Le gaillard vit encore, s'écria-t-il de son ton bourru.

— Et il a éventré le puma, » dit Célestin en retirant du corps de la fauve le macheté d'Unac.

Pélican, sur l'ordre de son maître, aspergea de l'eau de sa gourde le visage du jeune Indien qui ouvrit soudain les yeux.

« Camille ? dit-il en se redressant et en regardant autour de lui avec angoisse.

— Me voici, Unac, répondit aussitôt la jeune fille, me voici saine et sauve, grâce à vous. »

Unac sourit, puis referma les yeux.

Le docteur, écartant alors avec soin les habits du jeune garçon, chercha sur sa poitrine l'empreinte des griffes du terrible ennemi qu'il venait de combattre et contre lequel s'acharnait Dents-d'Acier.

« Je ne suis pas blessé, dit Unac en se relevant, je suis seulement meurtri. J'ai été renversé par le choc du puma, et, dans ma chute, ma tête a heurté contre la roche, ce qui m'a étourdi. Il est mort, n'est-ce pas ? ajouta-t-il en se penchant vers le corps de l'animal.

— Et bien mort, s'écria Célestin ; peste, ami Unac, continua l'ex-matelot, vous avez le grappin solide sans que cela paraisse ; cette pauvre bête a le ventre ouvert du haut en bas. Que penses-tu de cet accroc, Pélican ? »

Tranquillisé, le docteur interrogea Camille, qui, encore tout émue du danger couru par son compagnon, raconta la façon dont il s'était comporté.

« Les Toltèques sont des hommes, dit Unac.

— Soit, dit Célestin ; mais si vous êtes un Toltèque de naissance, vous n'avez encore ni l'âge ni la taille d'un homme.

— Il fallait bien défendre la señorita.

— Votre fusil a deux canons ; pourquoi n'avez-vous tiré qu'un coup ?

— Le second est chargé de petit plomb qui se serait aplati sur le corps du puma.

— Bravo ! voilà qui prouve que vous ne perdez pas la boussole à l'heure du danger. Garder son sang-froid en face d'un pareil animal, ajouta l'ex-matelot, c'est l'action d'un homme, j'en conviens. »

Le puma, couguar ou lion d'Amérique est le *felis discolor* des savants. Plus élancé, plus vif, plus agile que le jaguar, il le dépasse aussi en cruauté et en hardiesse. De couleur fauve, le dessous de la gorge blanchâtre, il n'a ni crinière, ni mouchetures, et cependant sa peau est très estimée des Yucatèques qui aiment à garnir la selle de leurs chevaux de sa dépouille.

Pélican, qui s'amusait à lisser le poil de l'animal, se tourna tout à coup vers son maître qui allait et venait en regardant le sol. Le bon docteur cherchait sa perruque tombée dans la bagarre. L'ayant retrouvée, il la plaça sur son crâne avec gravité, et, comme s'il eût deviné la question que le nègre allait lui adresser, il dit :

« Le puma est un tigre, et c'est uniquement à la couleur de son pelage qu'il doit son nom de lion d'Amérique. En réalité, l'Amérique, en fait d'animaux, ne possède que des diminutifs de ceux de l'ancien continent. Ainsi le Nouveau-Monde ne peut opposer aucun animal comparable pour la taille à l'éléphant, au rhinocéros, à l'hippopotame, à la girafe, au chameau, etc. Il est même à remarquer que les animaux transportés d'Europe sur le nouveau continent, tels que le taureau, le cheval, le chien, y sont devenus plus petits et moins robustes.

— Moi fils du Nouveau-Monde, dit Pélican, et moi plus grand que massa Célestin.

— C'est possible, répliqua le docteur, mais qu'est-ce que cela prouve ? Tu es un homme, non une bête. »

Pélican se rengorgea, et les voyageurs se remirent en route. Camille et Unac reçurent l'ordre de se tenir entre Célestin et son ami, tandis que le docteur ouvrait la marche. Vers cinq heures, sans autre aventure que la rencontre de quelques oiseaux, on découvrit Eden. La nuit était venue depuis longtemps lorsque Camille se suspendit à la cloche de la poterne. A peine entrée, elle courut vers son grand-père, assis en ce moment sous la galerie extérieure, et lui raconta le dévouement d'Unac.

« L'enfant est de bonne race, dit le châtelain, et son courage ne saurait m'étonner ; je n'oublierai jamais, mignonne, que je lui dois ta vie. »

Les heures s'écoulèrent à raconter les péripéties du voyage, et doña Gertrudis, toujours consternée de voir son élève errer dans les bois, conjura don Pedro de mettre un terme à ces dangereuses excursions.

« Elle vit comme un garçon, señor, dit la femme de charge, et ne prend plaisir qu'à manier des armes, à courir les bois ou à monter à cheval.

— Elle a treize ans, doña Gertrudis, et la jeunesse aime l'activité.

— Ne suis-je donc pas active, moi ?

— Si, ma brave amie, je vous rends justice ; seulement

vous n'avez plus treize ans, et vos plaisirs ne sont plus ceux de Camille.

— Quand j'avais treize ans, señor, je cousais, je brodais, j'allais à l'église, je ne portais pas des vêtements d'homme. Il est sans doute dans vos intentions de marier un jour notre chère enfant; or, j'en appelle à votre sagesse, pensez-vous que les jeunes gens de Mérida choisissent jamais pour conduire leur maison une fille qui manie mieux le fusil que l'aiguille et qui, de vos chevaux, n'aime à monter que les plus fougueux?

— Elle changera de goûts en grandissant, doña Gertrudis; néanmoins, merci de vos conseils. Au fond, je sens que vous avez raison. »

Cette fois, ce qui influa le plus sur l'esprit de don Pedro, ce fut le danger couru par sa petite-fille; le docteur lui en avait raconté les détails. Ce danger, il est vrai, n'était qu'un de ces mille accidents auxquels expose la vie du désert, et le châtelain penchait plutôt à l'atténuer qu'à l'exagérer. Cependant, ainsi qu'il aimait à le répéter, il ne faut pas tenter le sort. Aussi, à dater de ce jour, et sans trop en avoir l'air, don Pedro essaya de détourner Camille d'accompagner le docteur dans les bois, du moins lorsqu'il s'agissait d'une longue expédition. La jeune fille se montra d'autant plus rebelle que la récompense d'Unac, lorsque ses professeurs étaient satisfaits de son travail, consistait à suivre le naturaliste au fond des forêts.

La première fois que Camille vit partir son petit camarade sans elle, ce fut en quelque sorte son premier chagrin, et ses pleurs émurent son grand-père. Il tint bon, et, pour la distraire, la fit monter à cheval et l'emmena visiter

20

les plantations. Camille revint brûlée par le soleil, et doña
Gertrudis trouva que le remède ne valait guère mieux que
le mal. Ce que voulait obtenir la sage gouvernante fut
l'effet du temps, ce grand régulateur de toutes choses.

Trois années s'écoulèrent; Camille grandit, son corps
se développa, sa raison se forma, et elle répugna d'elle-
même à endosser des habits d'homme, à coucher sur la
dure, à mener la vie vagabonde qui lui plaisait tant dans
sa première jeunesse. Elle tint plus souvent compagnie à
doña Gertrudis et la seconda dans la direction du château.
Elle comprit encore qu'elle se devait surtout à son grand-
père, et, chaque soir, vers quatre heures, alors que l'ardeur du soleil devenait moins intense, elle l'accompagnait
dans sa tournée à travers les champs. Unac, que chacun
continuait à désigner sous ce nom, bien qu'il eût été bap-
tisé sous celui d'Emmanuel et qu'il eût fait sa première
communion en même temps que Camille, renonça, de son
côté, à suivre le docteur, et s'appliqua avec ardeur aux
travaux agricoles. Don Pedro se montra ravi de l'ordre, de
l'activité, de l'énergie de son fils adoptif, dans lequel il
retrouvait bon nombre des qualités qui le distinguaient lui-
même.

Chaque matin, au point du jour, le châtelain et Unac
étaient levés, ordonnant le travail à exécuter dans la journée. Ils montaient ensuite à cheval et rentraient vers dix
heures. Ils trouvaient alors Camille tantôt près du *padre*,
tantôt près du docteur, toujours guettant leur retour. A
midi, le déjeuner réunissait tous les hôtes du château. Le
repas terminé, tandis que don Pedro dormait sa sieste,
Camille et Unac étudiaient ou s'exerçaient à tirer au fusil

ou à l'arc. Vers quatre heures, un domestique amenait les chevaux, et le châtelain, admirable cavalier, partait en compagnie de ses deux enfants, afin d'inspecter les travaux exécutés. Le soir, sous le corridor extérieur, les habitants d'Eden se réunissaient de nouveau pour souper et causer. A neuf heures tout le monde dormait. De temps à autre, une grande chasse au tigre, au taureau sauvage ou au daim mettait le château en émoi; souvent Camille et Unac devenaient les héros de ces dangereuses battues.

Un jour, dans une de ces chasses périlleuses, don Pedro fut assailli à la fois par deux taureaux, et son cheval, éventré, s'abattit sous lui. C'en était fait du châtelain si Unac, rapide comme la foudre, ne fût venu se placer entre son bienfaiteur et le second taureau. Renversé par le choc, le jeune homme, bien qu'ayant le bras gauche démis, avait pu dégainer son épée, et, comme les *toreadores*, frapper l'animal à mort. Cet acte de courage avait rendu le jeune Indien encore plus cher au châtelain et aux habitants de la vallée.

Trois années s'écoulèrent encore sans que rien vînt troubler la quiétude et les habitudes régulières du château d'Eden.

Unac, qui venait d'atteindre sa vingt et unième année, était alors un beau jeune homme aux formes vigoureuses et sveltes. Ses traits, réguliers et nobles, étaient empreints d'une douceur qui n'excluait pas l'énergie. Les leçons incessantes du docteur et du *padre* avaient orné son esprit de connaissances solides, et trempé son âme de principes plus solides encore. Intrépide cavalier et digne de son maître don Pedro, il le ravissait par ses hardiesses équestres.

D'un autre côté, grâce à son adresse naturelle et aux conseils de Célestin, Unac passait pour le plus habile tireur de la vallée. Peu à peu, il prit la haute direction du domaine et accompagna don Pedro dans ses voyages à Mérida. Là, le jeune Indien eut bientôt une réputation de savoir, et, de même que dans la vallée, on oubliait son origine pour ne voir en lui que le fils de don Pedro.

Camille, de son côté, venait d'atteindre sa dix-neuvième année, et la jeune fille tenait les promesses de son enfance. De taille moyenne, vive, gracieuse, elle ne se montrait hardie qu'à cheval ou en face d'un danger.

De même qu'Unac, elle avait les grands yeux noirs, les belles dents, les fines extrémités qui semblent l'apanage des Yucatèques des deux sexes. Toujours gaie, elle mettait le château en belle humeur, et il suffisait qu'elle se montrât pour qu'un sourire de contentement se dessinât sur toutes les lèvres. Rien de plus charmant, chaque après-midi, que de voir soudain apparaître, sous la grande galerie du château, don Pedro donnant le bras à sa petite-fille.

Le châtelain se distinguait par sa taille droite, sa martiale tournure, et, sous sa couronne de cheveux blancs, son beau front semblait plus noble encore que par le passé. Camille, le plus souvent vêtue d'une robe blanche, son fin chapeau de paille posé sur ses nattes épaisses, une cravache à la main, rappelait, par ses grâces suprêmes, une de ces châtelaines dont les peintres du moyen âge ont reproduit les formes élancées. Il fallait la voir en chasse pour comprendre ce que cette mignonne créature possédait de vigueur et d'énergie.

A l'apparition de don Pedro et de Camille, Unac, toujours vêtu d'habits de chasse en peau de daim, garnis de broderies d'argent, jetait un dernier coup d'œil sur l'équipement des chevaux. Il aidait don Pedro et Camille à se mettre en selle, puis, s'élançant à son tour sur un cheval ardent, les rejoignait en caracolant.

Pendant ce temps, le docteur, Célestin, Pélican et Dents-d'Acier continuaient à explorer les bois; les découvertes commençaient à devenir rares, et le naturaliste sentait que l'heure d'abandonner la vallée approchait. Il y avait bientôt huit ans qu'il était l'hôte de don Pedro, et ces années avaient passé si rapides, si heureuses, que le bon docteur ne cessait de s'en étonner. Chaque fois qu'il parlait de son départ, un nuage assombrissait le front du châtelain.

« Êtes-vous las d'être heureux? demandait celui-ci.

— Hum! l'homme n'a pas été jeté sur la terre pour être heureux, répondait le docteur en faisant pivoter sur son front la perruque neuve que son ami lui avait récemment rapportée de Mérida.

— J'en conviens, répliquait don Pedro; cependant la raison vous conseille de ne point quitter Eden. Où trouverez-vous des cœurs plus dévoués?

— Nulle part, assurément. Toutefois ma venue avait un but que j'ai trop oublié : l'*amslé* est encore à découvrir.

— Laissez cet honneur à un autre, docteur. Ne serait-ce pas mentir à vos principes, ajoutait malicieusement le châtelain, que de vous mettre en peine d'une plante qui peut être utile à l'humanité? »

Le docteur s'éloignait sans répondre, mais il persistait dans son idée. D'un autre côté, il ressentait ce besoin in-

stinctif de revoir la patrie, qui tourmente les Français à
l'étranger ; or, partir sans tenter de découvrir l'*amslé,*
qu'Unac affirmait exister dans le pays des Toltèques, lui
paraissait inadmissible. Depuis cinq ans les sauvages se
tenaient en repos dans leurs montagnes, et le moment
paraissait favorable, alors qu'ils ne semblaient songer à
aucun retour d'offensive, pour tenter de pénétrer dans leur
pays. Exécuter ce voyage, puis après, seulement après,
retourner en France, devint l'idée fixe du naturaliste ; or,
Célestin et Pélican, si heureux qu'ils se trouvassent à Eden,
étaient dans la force de l'âge et ne demandaient pas mieux
que de « voir du pays ».

Le lendemain d'un jour où le docteur avait parlé d'une
façon formelle de son départ, Unac se présenta devant lui.

« Songez-vous sérieusement, demanda-t-il à son ami,
à visiter le pays des Toltèques ?

— Plus que jamais, Unac.

— Et quand comptez-vous partir ?

— Le plus tôt que je pourrai ; mais il y a si longtemps
que je vis ici, que j'ai peine à m'arracher à cette vallée. On
n'abandonne pas sans regret des hommes comme don
Pedro.

— A force de vous entendre parler de votre départ, il
n'y croit plus.

— Son amitié a tort, Unac ; ma résolution est enfin
prise ; je pars dans trois jours.

— Docteur, dit le jeune Indien, puisque vous êtes
résolu, le moment est venu pour moi de vous demander
une grâce. Voulez-vous m'emmener ?

— T'emmener ? s'écria le docteur, en regardant le

jeune homme avec stupéfaction ; penserais-tu réellement à abandonner le château?... tes amis?

— Non, certes ! je ne veux rien abandonner, mais je voudrais revoir la terre où j'ai été élevé, où dorment mes aïeux. J'obéis en cela à un sentiment naturel, señor, car je vous entends souvent déclarer vous-même que vous voulez à tout prix revoir votre France.

— C'est vrai, Unac ; seulement la France n'est pas le désert.

— Vous ne faites que me donner une raison de plus, dit Unac, de partir avec vous. La France pourrait se passer de vous, docteur ; vous n'y serez, après tout, qu'un homme distingué de plus parmi beaucoup d'autres. Moi, une voix me crie que, plus qu'un autre, que seul entre tous même, je puis être utile à mes compatriotes, aux amis que je laisserai ici en vous accompagnant. Tout a l'air tranquille à cette heure, mais la tranquillité du désert n'est jamais sûre. Il suffit d'une mauvaise récolte, d'une querelle avec les tribus voisines pour faire pousser le cri de guerre à des gens qui souffrent, à un pays dont les conditions d'existence sont difficiles. Servir de lien entre les Toltèques et nos amis d'ici, faire comprendre à ceux que vous appelez des sauvages qu'ils auraient profit à cesser de l'être, c'est un but, docteur, qui vaut qu'on se dérange, une tâche qui me tente. Je payerai ainsi, tout à la fois, ma dette à mon pays de naissance et à mon pays d'adoption, au passé et au présent...

— Hum ! hum ! » fit d'abord le docteur pour toute réponse. Puis il ajouta : « Ce que tu dis là, Unac, a du vrai, du spécieux tout au moins.

— Si vous partez, reprit le jeune homme d'une voix grave, m'acceptez-vous comme guide, comme interprète?

— Certes, Unac, tu serais pour moi un précieux compagnon, et ta présence diminuerait de moitié les périls de mon voyage. Néanmoins, Dieu me garde de t'enlever à don Pedro. »

Le jeune homme répéta qu'il ne s'agissait après tout que d'un voyage, qu'il reviendrait très certainement, qu'il ne consentirait pour rien au monde à s'éloigner s'il ne devait pas revenir. Il écouta les objections qui lui furent faites, et réfléchit longuement. Sortant enfin d'un pas résolu de la chambre du docteur, il se rendit près de don Pedro. Le châtelain, selon sa coutume, fumait sous le corridor extérieur du château, doucement bercé dans son hamac.

« Père, lui dit Unac après lui avoir baisé la main, le docteur Pierre va partir pour une longue expédition, le savez-vous?

— Pour le pays des Toltèques, dit don Pedro en souriant; il y a longtemps que notre ami projette ce voyage; Dieu aidant, j'espère qu'il le projettera encore longtemps.

— Non, père; cette fois il est bien décidé.

— Tant pis, dit le châtelain dont le front se plissa : d'abord, parce que ce voyage peut n'être pas sans danger pour lui; puis le départ de cet homme de bien laissera un grand vide dans nos cœurs.

— Père, reprit Unac, le docteur ne sait pas la langue des Toltèques.

— Il la sait un peu, enfant, car je l'entends parfois causer avec toi et avec le *padre*.

— Il ne la sait pas assez pour voyager avec sécurité parmi eux. Les Toltèques ne sont pas cruels, père, ils sont ignorants, ils se croient encore au temps de la conquête espagnole. Bien souvent, en désignant les plaines et les forêts qui nous entourent, je vous ai entendu déplorer que tant de biens fussent perdus faute de bras pour les cultiver.

— Où en veux-tu venir ? demanda don Pedro avec anxiété. D'ordinaire, tu vas droit au but.

— Le docteur va partir ; c'est pour lui, vous en convenez, une entreprise hasardeuse ; voulez-vous me permettre de l'accompagner ? Il peut être utile pour lui, pour nousmêmes, que je ne le laisse pas exécuter seul un voyage dont ma présence amoindrira les dangers. »

Don Pedro ne répondit pas ; il regardait Unac et semblait ne pas avoir entendu sa demande.

« Tu veux me quitter ! s'écria-t-il enfin, abandonner Eden !

— Pour un mois, deux tout au plus, père. Je songe aux dangers que vont courir mes amis, je crois que ma présence peut être une sauvegarde pour eux, et je pense au bien que je puis faire là-bas.

— Tu veux me quitter ! » répéta douloureusement don Pedro.

Unac se tut ; il tomba aux pieds du châtelain, dans les yeux duquel une larme venait de briller.

« Je suis votre fils, s'écria le jeune homme, je jure de vivre et mourir ici, près de vous. Ne vous méprenez pas sur mon intention, je vous en prie. Oui, un désir, que je m'explique mal, m'attire vers les lieux où je suis né ; je veux

21

les revoir, mais pour revenir ensuite près de vous, n'en
doutez pas. Un rêve obsède mon esprit : mes compatriotes
considèrent cette vallée comme le berceau de leur race;
ils la regrettent, leur idée fixe est de la reconquérir; c'est
là un danger constant pour Eden, pour vous. Je voudrais
les décider à devenir vos amis, à se ranger sous votre juste
loi, à revenir habiter paisiblement, en travailleurs, cette
terre bénie, à rentrer enfin dans la grande famille des
hommes civilisés, dont ils se sont séparés pour retourner à
la barbarie.

— C'est là un rêve que j'ai longtemps caressé, enfant,
mais ce n'est qu'un rêve.

— Qui sait, père? On ne leur a jamais parlé comme
je puis le faire. J'ai été, je devrais être encore leur chef.
Pourquoi n'écouteraient-ils pas ma voix? »

Don Pedro, après s'être levé, se promena de long en
large, en proie à une agitation visible; il s'arrêta devant
Unac :

« Tu es libre, lui dit-il, je comprends d'autant mieux
le sentiment qui t'attire vers les lieux où tu es né, que c'est
ce même sentiment qui m'a ramené et cloué ici. Va donc,
et je maintiens plus que jamais les paroles que tu viens de
rappeler. Si les Toltèques, renonçant à la vie sauvage,
veulent venir vivre ici, je les accueillerai en frères, car il
y a plus de terres autour de la vallée qu'il n'en faut pour
nous nourrir tous.

— Je ne veux convaincre, père, que les guerriers de
ma tribu, ceux dont mes ancêtres ont été les chefs.

— Il en sera, mon enfant, ce que la volonté de Dieu
décidera; je ne lui demande que de te revoir. »

L'annonce du départ du docteur et de ses deux serviteurs contrista tous les habitants d'Eden; mais la surprise
fut à son comble lorsque l'on apprit qu'Unac devait les
accompagner. A la première nouvelle de ce départ, Camille
refusa d'abord d'y ajouter foi et crut à une plaisanterie
qui, pourtant, n'était guère dans les habitudes de son
grand-père. Lorsque celui-ci affirma qu'il parlait sérieusement, lorsqu'il exposa les raisons mises en avant par le
jeune homme, Camille pâlit, et, sans mot dire, courut s'enfermer dans sa chambre.

Doña Gertrudis jeta feu et flamme. A l'entendre, le docteur était un fou, Unac un ingrat, un vrai sauvage dont
les mauvais instincts, un instant dominés, reprenaient le
dessus.

« L'avenir le montrera, s'écria-t-elle.

— Plus un mot, dit don Pedro, il s'éloigne avec mon
consentement, et quoi que vous pensiez, doña Gertrudis, il
reviendra. »

Cinq jours plus tard, les quatre voyageurs se trouvaient sur la lisière de la forêt située vers l'orient d'Eden; ils
passaient une dernière inspection de leur équipement et de
leurs munitions. Ils étaient venus jusqu'à ce lieu à cheval,
accompagnés de Camille et de don Pedro. Le soleil apparaissait radieux au-dessus des collines, les oiseaux le
saluaient de chants harmonieux.

« Adieu, dit Camille en tendant la main à Unac.

— Non, répliqua vivement le jeune homme, au revoir! »

La jeune fille secoua la tête d'un air de doute; au grand
désappointement d'Unac, elle éperonna son cheval et
s'éloigna en répétant ce triste mot : « Adieu! »

« Père, bénissez-moi, dit Unac en mettant un genou en terre devant don Pedro.

— Que la Vierge et son Fils te protègent, enfant, et quoi qu'il arrive, n'oublie jamais leurs saints noms. »

Le vieillard étendit sa main.

« Père, ajouta Unac en se relevant, dites à Camille que je lui prouverai bientôt qu'elle a tort de douter de son frère d'adoption. »

Le docteur, très ému lui-même, brusqua les adieux. Il saisit le bras d'Unac, et, franchissant le point que don Pedro lui-même considérait comme la frontière qui séparait son domaine du pays des Toltèques, il s'enfonça dans le bois. Célestin et Pélican suivirent; Dents-d'Acier, regardant tour à tour du côté de Camille et de ses maîtres, hurla tristement, puis s'avança vers la forêt. Lorsque, après une heure de marche, parvenus au sommet d'une colline, les voyageurs se retournèrent, ils aperçurent encore au loin le château, et dans la plaine la vague silhouette de Camille près de son grand-père.

« Que Dieu les bénisse! » s'écria le docteur.

Et ses compagnons répétèrent, en saluant de la main ceux qui ne pouvaient plus les entendre.

« Que Dieu les bénisse! »

CHAPITRE XII

Les quatre voyageurs, marchant à la file, avancèrent pendant plus de deux heures, n'échangeant que de rares paroles ; chacun d'eux, perdu dans ses souvenirs, absorbé dans ses pensées, semblait vouloir respecter celles de son voisin. Souvent, comme mus par le même ressort, ils se retournaient vers Eden, devenu invisible. Dents-d'Acier seul se montrait joyeux ; le brave animal ignorait qu'il venait de quitter pour longtemps ses amis de la vallée. Célestin, qui formait l'arrière-garde, profita du moment où l'on traversait un bois de palmiers, dont les troncs espacés livraient facilement passage, pour se rapprocher de Pélican.

« As-tu laissé ta langue à Eden, Pélican, lui demanda-t-il, ou as-tu juré de garder le silence jusqu'au moment où nous aborderons le pays des Toltèques ? Je voudrais savoir à quoi m'en tenir.

— Moi rien oublier, massa Célestin, répondit le nègre en secouant la tête avec mélancolie ; mais moi penser à petite mam'zelle Camille, à don Pedro, à doña Gertrudis, et moi avoir mal au cœur.

— Tu veux dire que tu as du chagrin, Pélican, et je te comprends d'autant mieux que je n'ai pas moi-même envie de rire. D'où vient cela? Ce n'est pas la première fois que nous quittons le château, et nous avons toujours levé l'ancre en riant.

— Parce que nous savoir alors revenir bien vite; aujourd'hui nous aller loin, bien loin, chez sauvages.

— Crains-tu qu'ils ne te mangent, Pélican?

— Non, massa Célestin; seulement des jours d'un mois passer sans nous entendre rire petite mam'zelle Camille; si temps pas courir si vite, elle être aujourd'hui avec nous, comme autrefois.

— Tu parles d'or, Pélican, et ton idée m'est venue bien souvent; si je n'avais pas grandi, je serais resté à Paris, près de ceux qui m'ont élevé. C'est égal, ne nous plaignons pas trop, nous reviendrons à toutes voiles vers Eden avant un mois; nous avons donc tort d'être tristes.

— Bon docteur et massa Unac pas gais non plus, dit le nègre avec une grimace significative.

— Non, il s'en faut de beaucoup. Ne ferions-nous pas bien, Pélican, de leur rappeler que le soleil marque l'heure où il serait bon de goûter aux provisions qui rendent nos havresacs si lourds? Le docteur, je suppose, n'a pas l'intention d'aborder ce soir au pays des Toltèques; cependant il marche comme Unac, le jour où nous avons dû nous mettre à sa poursuite.

— Unac tout petit et sauvage alors, massa Célestin; lui pas savoir lire alors dans les livres.

— C'est qu'il y a de cela sept ans, dit Célestin en posant à terre la crosse de son fusil. Sept ans! cela semble un rêve! »

Replaçant bientôt son arme sur son épaule, Célestin et son ami se remirent en marche.

Le docteur, par une manœuvre pareille à celle qui avait rapproché les deux amis, venait de rejoindre Unac et de se ranger à sa gauche.

« Où voyage ton esprit, Unac? demanda soudain le naturaliste. Est-il en avant ou en arrière?

— En arrière, señor, répondit le jeune homme, près de don Pedro, près de Camille. Je songe que voici l'heure à laquelle on va amener les chevaux et que... »

Unac poussa un soupir et doubla le pas.

« Si nos calculs ne sont pas erronés, reprit le naturaliste, nous avons dix jours de marche avant d'atteindre ton pays, et la prudence nous ordonne de ne pas tant nous presser. A en juger par tes enjambées, on dirait que tu veux t'éloigner au plus vite de la frontière? »

Unac ralentit son allure.

« Bien au contraire, señor, depuis ce matin j'ai été vingt fois tenté de reprendre le chemin d'Eden.

— Je vois d'ici la joie que ton retour causerait au château, répondit le docteur; oui, je vois d'ici Camille, émue, te sourire, et don Pedro te tendre les bras. Mais après, le désir qui te tourmente de revoir ton pays serait-il apaisé? le projet que tu as conçu d'une réconciliation si souhaitable entre les Toltèques et les blancs, l'aurais-tu exécuté? Non... Ce qui est endormi au cœur de l'homme, vois-tu, s'y réveille tôt ou tard. Les reproches que tu aurais à t'adresser d'avoir oublié ce que tu considères comme un devoir, sais-tu à qui tu les adresserais un jour dans le secret de ton cœur ? à tout ce qui te rappelle en ce moment à Eden, à don Pedro, à Camille surtout.

— A Camille, s'écria Unac dont les yeux étincelèrent ; non, je ne reprocherais jamais quoi que ce soit à Camille. »

Il s'arrêta, comme interdit, d'avoir prononcé si vivement ce nom.

« Si, répliqua le docteur, et tu te reprocherais, en outre, d'avoir laissé ton vieux professeur s'aventurer sans toi au milieu des dangers que tu peux l'aider à combattre.

— Votre absence, docteur, reprit Unac après un nouveau silence, laisse dans la vallée un vide plus grand que la mienne.

— Si tu le crois, Unac, répliqua le docteur, tu te trompes, et tu feras bien de rebrousser chemin.

— Je dois à votre bonté d'être l'égal des hommes blancs, répondit le jeune homme ; je vous estime et je vous aime. Le voyage que vous entreprenez vous expose, cela est certain, à des périls que ma présence peut conjurer ou amoindrir. En vous accompagnant, señor, en essayant de protéger votre vie, je vous prouve, je l'espère, que vos leçons ne sont pas tombées sur un sol ingrat. Vous m'avez appris que le dévouement est une vertu, et, malgré mon chagrin de m'éloigner de... d'Eden, j'ai la satisfaction d'accomplir un double devoir.

— Serais-tu, par hasard, reconnaissant ? s'écria le docteur d'une voix dont il essayait de cacher l'émotion, et en plaçant sa perruque sous son bras. Quoi, c'est vraiment un peu pour moi aussi que... Il est vrai que tu es un sauvage... un ci-devant sauvage, mon pauvre Unac... Ne pensons pas à moi, mon enfant, toute la question se réduit à ceci : Est-il sage que tu joues avec ton bonheur ? Or ton bonheur est à Eden, ceci est clair. Du côté des Toltèques, je ne vois pour toi qu'un devoir un peu exagéré, que des projets dont la réalisation est si douteuse qu'on peut les considérer comme des chimères. Retourne à Eden. »

Unac se tut un instant ; une fois de plus, un combat secret se livrait dans son âme. Ce débat intérieur, dans un esprit aussi résolu, ne pouvait être long.

« Non, répondit-il avec fermeté, je souffre, je souffrirai, soit, mais je ne retournerai pas en arrière. Je me suis promis de vous accompagner au pays des Toltèques, de vous en ramener, je le ferai.

— Ce voyage est plein de périls, Unac, tu viens de le dire.

— Nous les braverons ensemble, señor. D'ailleurs, ajouta le jeune homme avec gaieté, ma qualité de ci-devant sauvage me protègera.

— Qui sait, dit le docteur, qui sait si, ne voyant en toi qu'un transfuge, tes compatriotes ne te seront pas plus hostiles qu'à moi-même ?... »

En ce moment, Célestin s'approcha de son maître.

« Monsieur, dit l'ex-matelot en soulevant son chapeau, Pélican demande si la manœuvre des repas est changée pour la présente traversée.

— Quelle heure est-il donc, Célestin ?

— Cinq heures de l'après-midi, monsieur, à la montre de Pélican qui, vous le savez, retarde toujours.

— Halte ! alors. C'est assez marcher pour aujourd'hui. »

22

Tandis que Célestin et Pélican disposaient le dîner, le docteur et Unac se promenaient à l'écart, causant avec animation. Il fallut les appeler par trois fois pour qu'ils revinssent près du bivouac.

« Non, non, répétait Unac au naturaliste, je ne vous laisserai pas seul à la merci des Toltèques ; d'ailleurs, je veux revoir mon pays. Ce n'est qu'après avoir tout tenté pour ramener mes compatriotes au sentiment de leurs vrais intérêts que, s'ils refusent de m'écouter, j'aurai le droit de me séparer d'eux pour toujours. Plus un mot sur ce point, docteur, ma résolution est inébranlable. »

Le repas fut morne ; à peine était-il terminé que la nuit vint ; il fallut songer à dormir. Le sommeil se montra rebelle dans le petit camp et, plus d'une fois, les voyageurs se relevèrent pour alimenter le foyer de branches.

Enfin ils s'endormirent et, la nature reprenant ses droits, ils ne se réveillèrent qu'aux cris nasillards d'une bande de perroquets logés au-dessus d'eux.

Les provisions emportées du château suffisaient amplement pour le déjeuner ; aussi ne fut-il pas nécessaire de se mettre en chasse. L'eau seule fut ménagée, car la soif était un des principaux périls du voyage, l'implacable ennemi contre lequel on pouvait avoir à lutter.

Pendant deux jours, les voyageurs marchèrent silencieux et recueillis à travers une forêt de palmiers. Rien de plus inhospitalier que ces arbres uniformes dont les larges feuilles, en interceptant les rayons du soleil, ne permettent guère à la végétation de se développer. En général, sous l'ombre des arbres monocotylédons, le sol semble stérile : pas d'herbes, pas de lianes, pas d'insectes, pas d'oiseaux ; un calme lugubre règne dans ces forêts, que paraissent fuir tous les êtres animés. Le matin du troisième jour, les provisions emportées du château étant épuisées, on tint conseil.

Fallait-il continuer d'avancer en droite ligne, ou incliner soit à droite, soit à gauche, pour sortir enfin de la forêt de palmiers ? Célestin prétendait qu'en se dirigeant vers la gauche on retrouverait les collines et, par conséquent, des bois à essences variées. Tandis que l'on discutait, Pélican, avisant un palmier dont la cime dépassait celle de ses voisins, se hissa jusqu'au faîte et redescendit bientôt :

« Massa Célestin avoir raison, dit le nègre ; en avant, en arrière, à droite, partout palmiers ; à gauche, petites montagnes et grands arbres. »

La marche fut aussitôt reprise dans cette direction. Au bout d'une heure, on vit les lianes paraître. Le terrain se releva et un plateau fut atteint. Sans hésiter, le docteur s'engagea sur le versant et, vers quatre heures de l'après-midi, le naturaliste s'arrêtait au fond d'une vallée, près d'une petite source, en face d'une forêt bordée d'ébéniers, de liquidambars et de sapotés.

Des cris de joie saluèrent ce joli site, et l'on résolut d'y passer la journée du lendemain. Unac, qui avait emporté son arc et ses flèches, fut bientôt maître d'un dindon sauvage.

Les voyageurs soupèrent joyeusement, libres de se désaltérer à satiété. Ils causèrent encore d'Eden, mais leurs cœurs étaient moins serrés. Tout au bien présent, il leur semblait que, désormais, ils ne devaient plus trouver que de riants bivouacs.

Les deux rives du ruisseau étaient bordées de beaux arbres au feuillage d'un vert d'émeraude.

Ne sont-ce pas là des cécropias? demanda Unac au docteur.

— Oui, répondit le naturaliste, et je serais bien surpris si, ce soir, nous n'entendions pas le cri du paresseux ou aï. Ce singulier animal se nourrit presque exclusivement des feuilles du *cecropia*, et je le considère comme le parasite de cet arbre. »

Comme pour donner raison au docteur, les sons aï, aï, qui ont valu son nom au paresseux, retentirent lugubrement.

« Moi trouver lui, s'écria Pélican, et nous savoir si lui être bon à manger. »

Le nègre venait à peine de disparaître qu'il appelait Célestin en poussant des cris de douleur. L'ex-matelot courut vers son ami et partit d'un éclat de rire. Un grand aï, suspendu à une branche, avait saisi Pélican par les cheveux et le tirait à lui.

« Fais vite lâcher lui, massa Célestin, cria Pélican, ou lui pas laisser à moi un seul cheveu. »

Ce ne fut pas chose facile que d'ouvrir la patte de l'aï, patte composée de trois doigts soudés ensemble jusqu'aux ongles. L'intervention d'Unac et du docteur devint même nécessaire pour débarrasser Pélican; mais l'aï paya sa hardiesse de sa vie.

« Le vilain singe! s'écria le nègre en se frottant le crâne; moi plus jamais avoir pitié de ses pareils.

— L'aï n'est pas un singe, Pélican, dit le docteur, bien qu'il s'en rapproche beaucoup par ses formes.

D'abord, il n'a pas de pouce et son estomac est construit comme celui des ruminants. L'aï, l'unau, le kouri sont des bradypes, mot qui signifie pieds lents, et ils sont rangés par les savants dans la famille des édentés ; ce sont des frères des fourmiliers et des tatous. »

L'animal dont on venait de se rendre maître mesurait environ soixante centimètres ; c'est à peu près la taille extrême de l'aï. Pélican se mit en devoir de le dépecer.

« M'expliqueras-tu, dit Célestin en le secondant, par quelle étourderie tu as confié ton toupet à la patte de ce *momifère ?*

— Moi rien confier, massa Célestin, lui prendre toupet tout seul.

— Veux-tu me faire croire, Pélican, que cette bête, qui a besoin d'un jour pour franchir un espace d'un mètre, a mis à la voile pour courir après toi. »

En somme, Pélican étant sorti sain et sauf de cette aventure, Célestin put en rire à son aise. Bientôt les deux amis revinrent près du foyer, laissant à Dents-d'Acier une abondante curée. Unac et le docteur avaient suivi le cours du ruisseau ; séduits par une herbe épaisse, ils s'étaient assis et causaient. En face d'eux se trouvait une berge assez rapide et l'entrée d'un terrier auquel ils n'avaient pas pris garde. De ce terrier sortit tout à coup un museau. Les deux causeurs se turent et, peu à peu, virent apparaître un *tatou géant*, le *dasypus gigas* des savants.

L'animal, une fois dehors, regarda avec méfiance autour de lui, puis se hasarda à faire cinq ou six pas. D'un brun noirâtre, la cuirasse du tatou géant est composée

de douzes bandes d'écailles mobiles, disposées comme les
tuiles d'un toit. Il se nourrit d'insectes et fouille les nids
de termites, à la morsure desquels il se montre insensible.

Après avoir humé l'air dans toutes les directions, le
tatou, qui mesurait près d'un mètre, se mit à marcher d'un
pas indolent. Le docteur se leva aussitôt et le suivit d'assez
loin pour ne pas lui donner l'éveil. De temps à autre le
tatou creusait la terre à l'aide de son museau, ou se dressait contre un tronc d'arbre pour happer de pauvres
insectes. Rien de plus étrange que de voir cette bête au
dos et à la croupe couverts de petites écailles, au ventre
garni de longs poils roux, flâner ainsi parmi les herbes et
les buissons.

Après chaque station, le tatou humait l'air et reprenait
sa marche. Le docteur, en dépit de ses précautions, agitait parfois un rameau. Aussitôt, rapide comme l'éclair, le
tatou se roulait en boule. Peu à peu, le silence le rassurait,
et, se replaçant sur ses quatre pattes, il continuait sa route
vers l'endroit où gisait le paresseux dont Dents-d'Acier
dévorait les débris.

« Oh! oh! murmura le docteur, ai-je eu tort de traiter
de fable l'assertion des Indiens qui prétendent que le tatou
géant est attiré par l'odeur des cadavres, qu'il se repaît à
l'occasion de leur chair? Mais non, les édentés sont des
herbivores, des insectivores et non des carnivores. »

Les allures du tatou devenaient à chaque pas plus
intéressantes pour le naturaliste, lorsque Dents-d'Acier,
assez coutumier du fait, vint déranger les calculs de son
maître. Le mâtin fondit à l'improviste sur le pauvre édenté
qui, surpris, eut recours à sa grande ressource et se roula

sur lui-même. Surpris de ne plus voir qu'une boule devant lui, le chien eut un moment d'hésitation et fut saisi par Célestin qui le contint. Le tatou se releva avec prestesse, regagna son terrier, et la question de savoir si ce singulier animal devient à l'occasion carnivore fut de nouveau ajournée.

Le docteur ne se tint pas pour battu; il découpa un morceau de la cuisse du paresseux et le déposa près de la demeure du tatou, se promettant de surveiller cet appât.

La chair du paresseux, blanche et délicate, fut assez du goût des quatres voyageurs. Néanmoins ils s'attaquèrent de préférence à celle du dindon, car l'homme éprouve toujours une certaine répugnance à manger pour la première fois un mets inconnu. Le grand paresseux et le kouri sont des animaux trop rares pour que les Indiens en fassent leur nourriture ordinaire; mais l'unau, commun sur les bords des grands cours d'eau, leur fournit un aliment dont ils se montrent friands.

Vers cinq heures du soir, des myriades d'oiseaux vinrent se poser sur les buissons qui bordaient le ruisseau, et ce fut bientôt un bruit assourdissant de notes tristes, gaies, sonores, plaintives, étranges. Le soleil disparut derrière les collines et les voix se turent comme par enchantement. Profitant des derniers rayons du jour, le docteur se dirigea vers le terrier du tatou. Approchant avec précaution, il vit un animal qui, assis sur son train de derrière, dévorait l'appât.

« Quelle est cette bête ? demanda Célestin à son maître qu'il avait suivi.

— Un kinkajou, répondit le naturaliste.

— Je n'en ai point encore vu.

— Il est en effet très rare... Chut ! Célestin, ne l'effrayons pas. »

Le kinkajou, *cecroleptus* des savants, est un animal dont la singulière structure déroute un peu les naturalistes. Les uns, comme Cuvier, le rangent parmi les ours, à cause de sa marche plantigrade ; cependant sa queue prenante le fait d'ordinaire ranger parmi les singes. Long d'un mètre environ, celui que le docteur examinait avait les poils d'un gris mêlé de roux vif ; sa tête, arrondie comme celle du singe, et ornée de deux grands yeux noirs, semblait très intelligente.

Une fois rassasiée, la jolie bête étira ses membres, poussa un grognement de satisfaction et s'élança d'un bond sur une branche autour de laquelle s'enroula aussitôt sa queue velue. Là, assise sur son train de derrière, elle se mit à lisser ses poils avec mille gracieuses mines. Un mouvement de Célestin ayant attiré son attention, le kinkajou se coucha le long de la branche, dans l'attitude d'un chat qui guette une proie.

« Faut-il l'abattre ? demanda Célestin.

— Non, répondit le docteur, je possède déjà la peau d'un de ses pareils. »

Au bruit de ces voix, le kinkajou répondit par un cri aigu ; grimpant aussitôt jusqu'au sommet de l'arbre, il disparut dans le feuillage. Une heure plus tard, les voyageurs, étendus au pied d'une roche et protégés par deux foyers, dormaient d'un profond sommeil. Dents-d'Acier, dont on redoutait les excursions nocturnes, était solidement attaché et répondait de temps à autre aux rugissements des fauves par un aboiement étouffé.

Le lendemain, ainsi qu'il avait été convenu, on passa la journée près du ruisseau. Le docteur déposa un nouvel appât près de la demeure du tatou, et perdit de longues heures à attendre l'apparition de l'animal. Célestin et Pélican s'occupèrent de fourbir les armes; Unac rôda autour du bivouac, recueillant machinalement des insectes et des plantes.

Le surlendemain, au point du jour, les voyageurs se mettaient en route.

« En avant! cria Unac en s'élançant sur la pente de la colline au pied de laquelle naissait le ruisseau; plus nous marcherons vite, plus vite nous reviendrons.

— En avant! » répétèrent ses compagnons.

Et la colline fut lestement escaladée. On gagna un plateau couvert de pins, d'où l'on apercevait une colline plus haute encore que celle que l'on venait de gravir. Il fallut descendre au fond d'une gorge, puis s'engager sur une pente presque à pic. Vers trois heures de l'après-midi, les voyageurs, harassés, n'avaient pas encore atteint le sommet sur lequel ils se proposaient de camper.

« Pousserons-nous plus loin, Unac? demanda le docteur au jeune homme qui marchait près de lui.

— Pélican et Célestin portent de plus lourds fardeaux que nous, répondit Unac; or, puisque vous me demandez mon avis, il me semble que l'étape a été longue et que ce lieu serait un bon bivouac.

— Halte! cria le docteur.

— Ouf! dit Célestin en se laissant tomber sur l'herbe.

— Où est Pélican? demanda le naturaliste en regardant autour de lui.

23

— Pélican, monsieur, répondit Célestin, au lieu de marcher comme nous en droite ligne, décrit des zigzags qui, dit-il, rendent les pentes moins pénibles à gravir. Il a emprunté cette manœuvre à Dents-d'Acier, qui louvoie sans cesse à droite et à gauche. Holà ! cria l'ex-matelot à son ami, arriveras-tu enfin, Pélican?

— Moi rester ici et vous venir, cria le nègre.

— Et pourquoi cela, s'il te plaît? As-tu par hasard découvert une hôtellerie ?

— Oui, répliqua Pélican, moi découvrir femme et maison.

— Une femme ! une maison ! » s'écria Célestin en s'avançant vers son ami.

Le docteur et Unac suivirent le matelot des yeux, le virent s'arrêter soudain, lever les bras d'un air stupéfait, et les appeler aussitôt. Ramassant leur équipement, ils se hâtèrent de se rapprocher, et se trouvèrent avec étonnement devant une statue colossale de femme posée à l'entrée d'une grotte dont elle semblait défendre l'accès.

XII

ILS SE TROUVÈRENT DEVANT UNE STATUE.

CHAPITRE XIII

La statue, grossièrement taillée dans un bloc de granit
rouge, mesurait environ trois mètres de haut. Ses pieds
nus reposaient sur le sol, et sa tête, assez expressive, sou-
riait d'une façon étrange. L'artiste avait voulu représenter
un corps de femme; mais son œuvre, raide, d'une venue,
semblait à peine ébauchée. Néanmoins, il y avait quelque
chose de saisissant à voir se dresser, dans la solitude où l'on
se trouvait, cette grande silhouette qui, la main droite levée
vers l'orient, désignait de la gauche l'entrée de la grotte.
Unac fit deux ou trois fois le tour de l'image de pierre.

« La dame possède des armes pareilles aux vôtres, dit
Célestin au jeune homme en lui montrant un carquois suspendu à l'épaule de la statue.

— Et les flèches qu'elle porte sont destinées aux
hommes, répondit Unac. Je reconnais maintenant la déesse
Mictancihualt, que les Astèques, après les Toltèques, ont
longtemps adorée.

— Mictanc... Mictanci... Mict... Que signifie ce nom ?
dit Célestin en renonçant à l'articuler.

— Ce nom est celui de la déesse des ténèbres, répondit
Unac. Dans la croyance des Toltèques, Mictancihualt, afin
de peupler les sombres régions qu'elle habite, est sans cesse
occupée à immoler les vivants. Nous sommes, ajouta le
jeune homme en montrant l'ouverture de la grotte, devant
l'entrée d'un de ses mystérieux palais.

— Palais que nous visiterons puisqu'elle semble nous y
inviter, dit le docteur. Ta déesse, Unac, me paraît sœur de
cette Proserpine de la mythologie grecque, dont je t'ai
appris l'histoire.

— Elle lui ressemble d'autant mieux, señor, qu'elle a
pour époux Mictanteuctli, roi des ténèbres, auquel les Astèques avaient élevé un temple à Mexico.

— Les Toltèques l'adorent-ils encore ?

— Oui, ils lui offrent souvent des sacrifices.

— Dans les grottes qui lui sont consacrées ?

— Non ; ils osent rarement pénétrer dans les cavernes.
Quant aux anciens Toltèques, ils enterraient dans ces lieux
obscurs ceux de leurs chefs qu'ils croyaient avoir été atteints
durant une bataille par les flèches meurtrières de la déesse. »

L'emplacement du bivouac choisi, les branches résineuses d'un liquidambar découvert par Célestin fournirent
aux quatre explorateurs plus de torches qu'il ne leur en
fallait. Ne gardant que leurs armes, ils pénétrèrent hardi-
ment sous la sombre voûte. Ils se trouvèrent bientôt dans
une galerie étroite, au fond de laquelle, sortant à demi d'un
monceau de terre rougeâtre, se montraient quelques ossements.

« Les victimes de la déesse, dit Unac.

— Non, par le ciel, s'écria le docteur, mais des débris fossiles d'une magnifique conservation. Éclaire-moi, Pélican, et toi, Célestin, aide-moi à dégager cette tête. Voici une précieuse trouvaille. »

Tout en parlant, le naturaliste écartait la terre à l'aide de son macheté, et retirait avec soin les os qu'il rencontrait.

« Est-il bien de troubler les restes des morts ? demanda Unac.

— Ces débris, s'empressa de répondre le docteur, sont ceux d'animaux antédiluviens. Si par hasard un fragment d'os humain se trouvait parmi eux, il appartiendrait à cet homme fossile que les savants cherchent depuis tant d'années. Doucement, Célestin, ces os sont friables et, vu leur âge, demandent à être maniés avec délicatesse. »

Ayant dégagé assez d'ossements pour en charger ses deux serviteurs, le docteur regagna l'entrée du souterrain et se mit aussitôt à l'étude.

— Oh, oh ! dit-il soudain, voici un fragment qui provient d'un ancêtre de tatou-géant, le fameux *glyptodon* de Cuvier.

— Lui être grand alors, dit Pélican.

— Sa taille était à peu près celle d'un bœuf.

— Un tatou de la taille d'un bœuf ! s'écria Célestin, n'est-ce pas là un conte, monsieur ?

— Non pas, Célestin, et en voici la preuve. Du reste, on a retrouvé plusieurs carapaces ayant appartenu à cet édenté, et ces carapaces mesuraient de trois à quatre mètres.

— Et lui creuser trous dans terre pour loger lui ? demanda Pélican.

— Je ne crois pas, répondit le docteur ; le *glyptodon,* selon toute probabilité, vivait de racines, de feuilles, et habitait au grand air.

— Que dirais-tu, Pélican, demanda Célestin à son ami, si, à l'heure où tu cherches des branches pour le foyer, tu voyais apparaître un tatou ayant la taille d'un bœuf ?

— Moi avoir très peur et m'en aller très vite, massa Célestin.

— Sans me flatter, répondit l'ex-matelot, j'exécuterais, je crois, la même manœuvre.

— Je n'oserais répondre, dit à son tour le docteur, que fuir ne fût aussi mon premier mouvement. Aide-moi à nettoyer ce fémur, Célestin, c'est celui du *megatherium* américain, animal dont la taille égalait celle de l'éléphant. Sa force devait être extraordinaire, à en juger par ses restes, et le savant Owen, qui le premier a découvert le squelette de cet habitant du monde primitif, croit qu'il renversait les arbres pour se nourrir de leurs feuilles.

— Alors le grand tatou n'était rien du tout à côté de lui ! s'écria Célestin. C'est égal, au risque de prendre mes jambes à mon cou, je donnerais bien une pipe de tabac. — et ce n'est pas offrir peu de chose dans ce désert, — pour voir défiler devant moi ces bêtes du temps passé. Je te conseille, Pélican, ajouta Célestin en s'adressant à son ami, de naviguer dorénavant en regardant avec soin devant toi, ce que tu ne fais pas toujours. Nous allons pénétrer dans des pays inconnus, et, bien que notre maître affirme que les bêtes dont il nous a raconté l'histoire n'existent plus, l'une d'elles, restée comme échantillon, pourrait bien se présenter à nos yeux.

— Moi prendre garde, massa Célestin ; cependant, moi pas fâché de rencontrer petit lapin gros comme un porc, ou petit écureuil gros comme Dents-d'Acier.

— Un lapin gros comme un porc ne serait plus un petit lapin, Pélican. »

La nuit était venue depuis longtemps que le naturaliste, à la lueur du foyer largement alimenté, étudiait encore les ossements rapportés du fond de la grotte, expliquant à ses compagnons les formes singulières et les habitudes plus singulières encore des animaux disparus de la surface du globe, et dont les cavernes et les lits des fleuves livrent de temps à autre les débris.

Enfin, vaincus par la fatigue, les voyageurs s'étendirent pour goûter un peu de repos.

Vers trois heures du matin, bien avant qu'il fît jour, un aboiement du mâtin réveilla les dormeurs. Ils examinèrent le terrain éclairé par la lueur de leur foyer, cherchant en vain ce qui avait pu motiver l'avis de leur vigilant compagnon. Ils commençaient à croire à une fausse alerte lorsqu'un bruit sourd, prolongé, semblable à un mugissement lointain, parut sortir des profondeurs de la grotte. Célestin et Pélican sautèrent sur leurs armes.

« Serait-ce le grand tatou ? » s'écria l'ex-matelot, tandis que Pélican ouvrait démesurément les yeux et armait son fusil.

Le mugissement cessa peu à peu, et le silence régna de nouveau.

L'oreille de nos voyageurs, familiarisée depuis longtemps

avec tous les bruits des solitudes et des forêts, se trouvait cette fois en défaut. Chacun d'eux, au mouvement du feuillage, au bruit des branches sèches, au plus léger grognement, savait d'ordinaire reconnaître la nature de l'animal qui, surpris, fuyait ou se plaignait. Mais le mugissement entendu, et surtout le lieu d'où il partait déroutèrent leur expérience.

« Grosse bête cachée là-dedans, dit Pélican en montrant l'entrée de la grotte.

— Non, dit Unac, nous avons pénétré dans ce souterrain jusqu'à des profondeurs où les fauves ne se hasardent jamais, et ce n'est point le cri d'un animal que nous avons entendu.

— Sommes-nous véritablement devant une des entrées de l'enfer? s'écria Célestin.

— Que pensez-vous de ce bruit, señor? demanda enfin Unac au docteur qui gardait le silence et semblait réfléchir.

— Je pense, Unac, qu'un éboulement vient de se produire dans la grotte et que l'écho nous a renvoyé le bruit. »

En ce moment le mugissement reprit de nouveau et dura près de cinq minutes sans interruption. Le docteur et Unac, s'étant rapprochés de l'entrée du souterrain, écoutèrent avec attention. De même que la première fois, la rumeur s'éteignit peu à peu.

« Voilà qui est étrange! s'écria le naturaliste. Ne dirait-on pas qu'un troupeau de bœufs mugit à la fois? Il y a là un écoulement d'eaux intermittentes, quelque source jaillissante. »

Unac secoua la tête en signe de doute.

« Alors quelle est ton idée?

XIII

LES VOYAGEURS PÉNÉTRÈRENT DANS LA GROTTE.

— Ce bruit est produit par des hommes, señor.

— Par des hommes ! oublies-tu où nous sommes ? Par le ciel ! comme dit notre cher hôte don Pedro, j'aurai l'explication de ce phénomène. Holà ! Pélican, possédons-nous encore des branches de liquidambar ?

— L'arbre être là, massa.

— Alors fabrique-moi une demi-douzaine de torches, je vais explorer cette grotte.

— Vous aller tout seul là-dedans ? s'écria le nègre.

— A moins que tu ne veuilles m'accompagner, Pélican ?

— Moi aller partout avec vous, massa.

— Et moi, Pélican, me comptes-tu pour un zéro ? demanda Célestin.

— Où moi aller, toi toujours aller, massa Célestin, dit le nègre, en montrant ses dents, même au fond de l'eau pour repêcher moi.

— C'est toi qui m'as repêché, entêté.

— Non...

— Si...

— Il faudra que je te rosse d'importance, Pélican, s'écria Célestin, pour faire entrer de force dans ta tête que c'est toi qui m'as repêché. »

Le docteur mit fin à cette éternelle discussion de ses deux serviteurs en leur ordonnant d'aller tailler des branches résineuses. Un quart d'heure plus tard, munis chacun d'une torche enflammée, les voyageurs pénétraient dans la grotte et parcouraient rapidement la galerie qu'ils avaient explorée une première fois. Arrivé près du monticule de terre dont il avait extrait les ossements fossiles, le docteur se mit à le fouiller de nouveau et parut bientôt oublier le

24

vrai but de sa présence dans la caverne. Le mugissement
déjà entendu résonna pour la troisième fois.

Le docteur, abandonnant la tête d'une gigantesque
chauve-souris qu'il faisait admirer à ses compagnons, se
releva et suivit Unac qui, descendant une pente assez
rapide, pénétra dans une seconde galerie. Les ténèbres
devinrent si épaisses que les torches éclairaient à peine,
et l'on n'avança plus qu'avec lenteur. Pélican, malgré les
recommandations du docteur, allait de droite à gauche sur
les traces de Dents-d'Acier.

« Oh ! s'écria tout à coup le nègre, toi venir vite, massa
Célestin ; moi trouver grand tatou.

— Vivant ? demanda l'ex-matelot.

— Non ; lui mort, et laisser ici cuirasse à lui. »

Le docteur et Unac, se rapprochant de Pélican, se trouvèrent en effet près d'une gigantesque carapace soudée au
sol par une couche calcaire provenant de la filtration des
eaux. Cette carapace, longue de plus de trois mètres, eût
suffi pour couvrir un cheval. L'attention des explorateurs fut
attirée d'un autre côté par un monceau de défenses de mastodonte. A la vue de ces dents gigantesques, Unac et Pélican, qui n'avaient jamais vu d'éléphant que dans les livres
d'histoire naturelle, poussèrent une exclamation de surprise.

« Est-il possible, dit Unac avec stupéfaction, qu'un
animal ayant de tels crocs dans la bouche ait pu exister !
Sa taille devait être celle d'une montagne.

— Et falloir à lui une baleine ou un arbre pour déjeuner,
s'écria Pélican.

— Ces crocs, comme tu les appelles, Unac, reprit le
docteur, ont appartenu à un animal nommé *mastodonte* par

les savants, et cela à cause de la forme mamelonnée de ses dents. Le mastodonte a été sur le globe le prédécesseur de notre éléphant.

— De pareilles dents, dit Unac qui ramassa une mollaire plus grosse que son poing, furent trouvées par un Toltèque dans une lagune desséchée. On les suspendit à un poteau où elles sont sans doute encore, et mon père me raconta qu'elles appartenaient à une race de géants qui avaient précédé la nôtre sur la terre du Yucatan.

— Cette croyance est commune à tous les peuples d'Amérique, Unac. Les Chichinèques, les Tépanèques, les Astèques eux-mêmes ont cru à l'existence de géants, dont l'appétit formidable épuisa si bien tous les produits de la terre, qu'un beau jour, ne trouvant plus rien à manger, ils moururent de faim. Le musée de Mexico renferme des os ayant appartenu à des *mammouths* ou à des *mastodontes,* et, il y a quelques années à peine, on les regardait encore comme les restes de cette race gigantesque qui, au dire des ignorants, occupait autrefois le Mexique.

— Éléphant, mammouth ou mastodonte, ce n'est donc pas un même animal? demanda Unac.

— Non certes, répondit le naturaliste, l'éléphant est un pachyderme de la famille des proboscidiens ; il n'a pas de dents incisives; les deux canines de sa mâchoire supérieure, développées outre mesure, portent le nom de défenses et lui servent à arracher du sol les racines dont il se nourrit. L'éléphant se divise en deux espèces : celui des Indes qui a cinq ongles aux pieds de devant et quatre à ceux de derrière, tandis que l'éléphant d'Afrique n'en possède que trois. Quant au mammouth, nom donné par les

Russes à l'éléphant fossile, il ne différait de l'éléphant d'Asie que par l'épaisse fourrure qui couvrait son corps, comme celui de tous les animaux des pays froids. Le mastodonte, primitivement désigné sous le nom d'animal de l'Ohio, du nom d'un fleuve d'Amérique sur les bords duquel on trouva ses débris en abondance, a été découvert depuis sur toute l'étendue du continent américain ; on en compte aujourd'hui sept ou huit espèces, et qui sait si ce n'est pas une neuvième que nous avons sous les yeux?

— Si nous possédions une voiture pour transporter la cargaison d'ivoire que voilà, dit Célestin à son ami, notre fortune serait faite.

— Nous pouvoir toujours emporter une ou deux grosses dents pour donner à mam'zelle Camille, dit le nègre.

— L'idée n'est pas mauvaise, répondit Célestin ; mais explique-moi, Pélican, comment tu t'y prendrais pour défiler à travers les arbres avec cette quenotte sur le dos.

— Moi couper lui en deux.

— Possèdes-tu donc une scie ?

— Moi avoir macheté.

— Couper de l'ivoire avec un macheté ! voilà un tour de force dont je te défie. N'essaye pas, entêté que tu es ; tu vas ébrécher ton arme. »

Un seul coup frappé sur l'une des défenses suffit pour convaincre Pélican de la dureté de l'ivoire fossile.

« Célestin a raison, dit le docteur à Unac, un véritable trésor est enfoui là. A notre retour à Eden nous instruirons don Pedro de l'existence de cette grotte ; tôt ou tard il pourra faire exploiter les richesses qui dorment ici depuis tant de siècles. »

Une fois encore, captivés par les débris qu'ils venaient de rencontrer, les voyageurs perdirent de vue l'objet principal de leur exploration.

« Avançons, » dit Unac, que le bruit entendu semblait intriguer beaucoup plus que ses compagnons.

Le docteur se décida enfin à se remettre en route.

« Je commence à croire, dit Unac, que cette grotte traverse la montagne de part en part ; les Toltèques ont parfois creusé de pareils chemins.

— Oui, répondit le naturaliste, mais, ici, la nature seule s'est chargée d'agir ; les amas de fossiles que nous venons de rencontrer ont été déposés dans ces grottes par les eaux, et cela bien avant l'apparition des Toltèques. Ah ! la voûte s'abaisse, allons-nous être forcés de marcher à quatre pattes ? »

Plus d'une heure s'était écoulée depuis que les hardis explorateurs avaient pénétré dans la grotte, et le mugissement singulier, inexplicable, qui les y avait attirés ne résonnait plus. Unac, qui marchait en avant, s'engagea soudain sur des fragments de rocher tombés de la voûte. Parvenu au faîte de cet éboulement, il se baissa et jeta brusquement sa torche en arrière.

« Éteignez vos torches et retenez Dents-d'Acier, » cria-t-il à ses compagnons d'une voix impérieuse.

Au même instant un bruit formidable, semblable au roulement du tonnerre, envahit la grotte. Le docteur et ses deux serviteurs, stupéfiés, obéirent à l'ordre qui venait de leur être donné et furent bientôt enveloppés d'épaisses ténèbres.

CHAPITRE XIV

Les Toltèques. — Une recommandation de Camille. — Promenade dans le camp ennemi. — Eden en danger. — Retour en arrière. — Prisonniers !

Pélican, qui se trouvait près de Dents-d'Acier, l'avait saisi par son collier et le retenait avec force, car le mâtin essayait de rejoindre Unac.

« Sommes-nous donc dans une fabrique de tonnerres ? murmura Célestin en couvrant ses oreilles de ses mains. Sans fanal, comment allons-nous naviguer dans cette bouteille d'encre ? »

Levant les yeux vers la voûte, l'ex-matelot aperçut un faible rayon de lumière, et, peu à peu, il distingua Unac qui, assis au sommet de l'éboulement, se penchait en avant. Célestin se mit aussitôt en route pour rejoindre le jeune homme ; ce n'était pas chose facile que de se hisser sur ces décombres semés de trous dangereux. Soudain sa main se posa sur un pied.

« Qui va là ? demanda le matelot.

— La jambe à moi, massa Célestin. Moi monter là-haut pour voir clair.

— Alors nous ferons route de conserve. Sais-tu dans quelle direction se trouve le maître?

— Lui être à côté de moi et tenir aussi Dents-d'Acier. »

Le bruit cessa; les échos du souterrain s'apaisèrent avec lenteur.

« Saurons-nous enfin d'où vient cette musique? » s'écria Célestin.

Les deux amis atteignirent le sommet de l'éboulement; leurs regards plongèrent aussitôt dans une galerie longue d'au moins trois cents mètres, et à l'extrémité de laquelle se trouvait une large ouverture par laquelle le jour pénétrait. Devant cette ouverture, une douzaine d'hommes se tenaient debout près d'un gigantesque tambour sur lequel ils frappaient à tour de rôle.

« Qu'est-ce que cela ? s'écria Célestin stupéfait.

— Des Toltèques, répondit Unac.

— Des Toltèques ! s'écria l'ex-matelot au comble de la surprise; nous devions marcher durant huit ou quinze jours pour atteindre leur pays; ce souterrain abrège-t-il les distances? »

Unac ne répondit pas; de même que le docteur, il regardait les Indiens, postés à l'entrée de la grotte, passer et repasser en se démenant comme de véritables démons. Enfin le tambour fut emporté, les Indiens baisèrent le sol, puis disparurent un à un. Le dernier, posant la main à la hauteur de son front, resta longtemps le regard fixe, comme si son attention eût été attirée par quelque chose d'étrange. Soudain, il saisit son fusil, le déchargea dans les ténèbres, et s'éloigna.

« Est-ce sur nous que ce gueux vient de tirer ? demanda Célestin.

— Non, répondit Pélican ; lui viser à gauche. »

Unac imposa silence à ses compagnons, qui, pendant un quart d'heure, demeurèrent immobiles et silencieux.

« Avancez pas à pas, dit enfin le jeune homme, et n'oubliez pas que, jusqu'à nouvel ordre, nous devons considérer les guerriers que nous venons d'apercevoir comme nos ennemis.

— Et que penses-tu de cette rencontre, Unac ? demanda le docteur.

— Je pense, señor, que les Toltèques, connaissant cette grotte et frappés de quelque calamité dans leur pays, sont venus offrir des présents à la déesse de la Nuit.

— Est-ce leur coutume de s'aventurer si loin ?

— Quelquefois ; cependant le fait est rare et m'inquiète. »

Unac, rasant la muraille de roche, se dirigea vers l'ouverture de la grotte.

« Attendez-moi ici, dit-il à ses compagnons en leur montrant un enfoncement qui pouvait les abriter.

— Prétends-tu aller seul à la découverte ? demanda le docteur.

— A quoi bon nous exposer tous ?

— Reste, dit le naturaliste ; le soin de veiller sur notre petite troupe m'appartient.

— Ce soin, monsieur, s'écria Célestin, appartient à vos serviteurs, c'est-à-dire à moi et à Pélican.

— Non, non, mes amis ; partout et toujours, c'est au capitaine de marcher en avant.

25

— Au départ, fit Unac, j'ai fait serment à mon père de veiller sur vous.

— Au départ, reprit Célestin, nous avons fait serment, Pélican et moi, de ne jamais vous perdre de vue, señor Unac.

— Et à qui avez-vous fait une pareille promesse ?

— A mam'zelle Camille, répondit Pélican.

— Quoi ! s'écria le jeune homme. Camille... »

Il n'acheva pas.

« La même personne, Unac, reprit le docteur, m'a aussi chargé de veiller sur toi.

— Petite mam'zelle Camille aimer très fort massa Unac, » dit sentencieusement Pélican.

Le sang afflua de nouveau aux joues du jeune homme, mais il resta silencieux.

Les voyageurs allaient oublier la situation dans laquelle ils se trouvaient, lorsqu'un battement d'ailes attira leur attention vers l'ouverture de la grotte, devant laquelle venaient de s'abattre deux vautours. En même temps, de petits oiseaux lancèrent quelques notes joyeuses.

« Messieurs Toltèques être partis, s'écria Pélican ; sans cela vautours pas venir ici et petits oiseaux pas chanter. »

La remarque de Pélican était judicieuse ; néanmoins le docteur, qui se plaça d'autorité en tête de la colonne, n'avança qu'avec prudence. Lorsqu'il atteignit l'entrée du souterrain, les vautours poussèrent un cri rauque et reprirent leur vol.

Les voraces oiseaux avaient été attirés par les cadavres d'une demi-douzaine d'animaux égorgés et gisant sur le sol, sanglant sacrifice offert par les Indiens à la déesse des ténèbres.

La grotte s'ouvrait à mi-côte d'un ravin presque à pic, et les voyageurs ne se hasardèrent sur cette pente qu'après un sérieux examen des alentours. Dents-d'Acier, tenu en laisse, flairait le sol et grognait. Le mâtin savait au besoin demeurer muet, mais il était toujours difficile de l'empêcher de se jeter sur une proie ; or, sans nul doute, il eût traité un Indien comme une bête fauve.

Au bas du ravin, les explorateurs trouvèrent un ruisseau ; ils s'empressèrent d'y remplir leurs gourdes. Dents-d'Acier tirait si fort Pélican vers la gauche, que le nègre se laissa entraîner dans cette direction. Il arriva bientôt dans un large espace découvert où des feux brûlaient encore ; c'était le bivouac récemment abandonné par les Indiens.

Le nombre des feux, et surtout le sol foulé dans tous les sens, prouvaient que les Toltèques étaient nombreux. Çà et là des huttes de branches, des lits de feuilles sèches. Unac demeura longtemps pensif devant ce camp, se promenant à travers les cabanes désertes. Le jeune homme paraissait ému ; c'est que mille souvenirs, effacés depuis qu'il vivait de la vie civilisée, se ravivaient dans sa mémoire. Parfois, à la vue d'un morceau de bois taillé d'une certaine façon, d'une sandale usée, de joncs tressés, un sourire illuminait son visage ou une larme perlait dans ses yeux.

Comprenant le trouble jeté dans l'esprit de son jeune ami par les choses qu'il rencontrait et qui lui rappelaient son enfance, le docteur se gardait de lui parler. Quant à

Célestin et à Pélican, ils venaient de découvrir un jeune faon à moitié dépecé et taillaient sans façon des grillades dans ce gibier oublié.

Enfin Unac entraîna le docteur sur un sentier fraîchement tracé dans les hautes herbes et suivit cette piste avec ardeur. Le sentier obliquait vers la gauche ; les Toltèques, à n'en pas douter, franchissaient en ce moment la montagne traversée par le souterrain.

Unac marchait de plus en plus rapidement ; le docteur l'arrêta.

« As-tu l'intention de rejoindre les Toltèques ? lui demanda-t-il.

— Non, répondit Unac, je voulais seulement m'assurer de la direction qu'ils suivent.

— Et tu la connais ?

— Ils marchent vers la frontière, c'est-à-dire vers le château, dit le jeune homme, qui regarda son compagnon avec anxiété.

— C'est aussi ma crainte, répondit le naturaliste ; à ton avis, Unac, quel est leur nombre ?

— Deux cents au moins doivent avoir campé ici, et ce sont presque tous de jeunes hommes.

— Deux cents ! Il en faudrait plus du triple pour forcer les murailles d'Eden.

— Si, dans leurs expéditions, les Toltèques marchaient réunis, ils ne pourraient pas vivre, reprit Unac ; ils ont coutume de se diviser par colonnes plus ou moins nombreuses et de se rejoindre sur un point donné. Qui sait, ajouta-t-il en promenant ses regards autour de lui, combien de bandes sont cachées par l'ombre de ces forêts ?

— Alors c'est en ennemis qu'ils s'avancent ? »

Unac baissa plusieurs fois la tête en signe d'affirmation et se couvrit le visage de ses mains.

« A quoi songes-tu ? demanda le docteur après un moment de silence.

— Je songe à me présenter à ces guerriers.

— Dans quel dessein ?

— Ce sont des hommes appartenant à la tribu dont mon père était chef.

— A quoi le reconnais-tu ? »

Unac montra à son compagnon une calebasse peinte en vert, sur laquelle se découpait en rouge une image du soleil portant à son centre une tête de serpent.

« Crois-tu, reprit le docteur, être bien accueilli de tes compatriotes ? Es-tu sûr de les décider à rétrograder ?

— Je ne suis sûr de rien, señor ; les pensées se pressent dans ma tête. Voici ma tribu, mais qui la commande et quels sont ses desseins ? Ma voix sera-t-elle écoutée, alors que chaque guerrier songe sans doute au butin qu'il a promis de rapporter aux siens ? Puis, au nom de quelle divinité puis-je conseiller aux Toltèques de retourner en arrière ? Prendre ostensiblement parti pour les blancs serait me faire traiter comme un renégat et frapper de mort.

— Ce que tu dis est juste, Unac ; cependant, hier encore, tu ne doutais pas d'être écouté des Toltèques ?

— Oui, si j'avais trouvé, comme je l'espérais, ma tribu livrée au repos ou occupée des seuls travaux de la paix. Si nous étions arrivés jusqu'au village où je suis né, près des grands palmiers qui abritent la demeure du chef, là, j'aurais pu m'avancer, une branche de cèdre à la main, en signe de paix. J'aurais parlé à des esprits calmes, j'aurais invoqué l'hospitalité à laquelle un Toltèque ne manque jamais. Peu à peu, j'aurais pu étudier l'esprit des chefs, réveiller les souvenirs des jeunes hommes qui ont été mes amis d'enfance. Mais comment dire aujourd'hui, sans préparation aucune, à ces guerriers en mouvement : « Arrêtez et retournez sur vos pas ? » A l'heure présente, señor, et en face de cet incident, il ne nous reste plus qu'à retourner nous-mêmes en arrière, à marcher nuit et jour, afin de devancer à tout prix les Toltèques. Il faut, en un mot, que nous soyons à Eden avant eux pour prévenir don Pedro de l'attaque dont il est menacé.

— Les Toltèques ont toujours vainement tenté de forcer les murailles d'Eden, dit le docteur.

— Vous oubliez qu'aujourd'hui Eden n'a point de défenseurs.

— Point de défenseurs, Unac? dit le naturaliste avec surprise.

— Nous allons entrer dans la semaine sainte, et, comme de coutume, la plupart des travailleurs ont dû se rendre à Mérida. Ne devaient-ils pas se mettre en chemin le surlendemain de notre départ?

— Par le ciel, j'oubliais cette circonstance. En route, Unac! il importe en effet que l'un de nous arrive au château avant les Toltèques.

— Que n'ai-je un cheval ! » s'écria le jeune homme.

D'un pas rapide, le docteur rétrograda vers le bivouac où se tenaient Célestin et Pélican et les mit au courant de la situation. Tout en expédiant le repas, on discuta un plan de campagne. Grâce au souterrain, on pouvait es-

pérer traverser assez vite la montagne pour devancer les
Toltèques sur le versant opposé. Alors le chemin d'Eden
serait ouvert, et, en marchant sans relâche, on arriverait
à temps pour éviter que don Pedro fût surpris, pour
prendre part à la résistance désespérée qu'il s'agissait
d'opposer aux envahisseurs.

Ce plan arrêté, confiants les uns dans les autres, les
explorateurs procédèrent avec le calme et la promptitude
d'hommes expérimentés. Les armes furent chargées, et il
fut convenu que l'on avancerait silencieux, car tout buisson
pouvait cacher un Indien. Dents-d'Acier, dont on redoutait
l'ardeur indiscrète, fut placé sous la surveillance de Pélican, qui, dans les marches qu'on allait exécuter, devait
former l'arrière-garde.

On regagna l'entrée de la grotte. De nouvelles branches de liquidambar furent enflammées, et, grâce à la connaissance acquise des détours du souterrain, on put
avancer assez vite. Au bout d'une heure, un faible rayon
de lumière apparut.

« Éteignez vos torches, dit Unac à ses compagnons et
évitons tout bruit. Si les Toltèques ont déjà franchi la montagne, s'ils découvrent l'entrée qui nous a servi, il se peut
qu'ils viennent ou même qu'ils soient déjà venus offrir de
nouveaux sacrifices à la déesse des ténèbres. Mais j'y
songe, dit-il en se frappant le front, notre équipement est
aux pieds de la statue et peut nous trahir...

— Courons vite, s'écria Célestin.

— Non, dit Unac, laissez-moi agir. »

Se glissant le long des parois de la voûte, le jeune
homme avança d'abord avec rapidité ; puis, se courbant de

plus en plus, il finit par ramper. Une fois hors de la grotte, Unac examina avec soin les arbres, les roches, les buissons. Sans se relever, il se rapprocha des bagages ; puis, secondé par Pélican qui l'avait rejoint, il les rapporta près du docteur.

« Il faut abandonner cet attirail, dit-il. Plus tard, si Dieu nous prête vie, nous saurons où le retrouver. Ne prenez que des cartouches, Célestin ; le salut des habitants de la vallée des Palmiers dépend de notre célérité. Bien ; rien que nos armes et nos gourdes ; nous les trouverons encore trop pesantes si par malheur les Toltèques, au lieu d'être derrière nous, sont devant, s'ils nous donnent la chasse. Une dernière recommandation, Pélican, ajouta Unac : quoi qu'il arrive, n'allez pas céder à la tentation de décharger votre fusil, ce serait attirer sur nous plus d'ennemis que nous ne pouvons en combattre. Marchez sur mes traces, et au besoin laissez faire mon arc, il est discret. »

On allait se mettre en route lorsque Dents-d'Acier, tirant sur la laisse qui le tenait prisonnier, se mit à grogner. Pélican imposa silence au mâtin, puis on prêta l'oreille, car le brave chien ne grognait jamais sans motif. Bientôt, devant l'entrée pleine de lumière de la grotte, apparut un jeune Indien qui, après s'être prosterné devant la statue, s'approcha de l'ouverture.

« Sur mon honneur, Pélican, dit Célestin, regarde ce garçon ; ne te semble-t-il pas voir notre pupille lorsqu'il débarqua dans la cour du château ? Mais ce drôle voit-il dans les ténèbres ? il me regarde, Pélican, aussi vrai que je suis ton ami. »

XIV

NOUS VOILA PRISONNIERS!

Le jeune Indien, reculant de plusieurs pas, fit entendre un sifflement prolongé.

« Nous voilà prisonniers, murmura Unac, nous avons trop tard découvert le danger que nous allions courir. »

Après avoir de nouveau fait le tour de la statue, le jeune Indien sembla réfléchir. Il paraissait âgé d'une douzaine d'années, et son costume, assez primitif, se composait d'une sorte de veste sans manches, d'un caleçon atteignant à peine les genoux, de sandales dont les courroies s'enroulaient autour des jambes. Ses cheveux longs, nattés sur les côtés, retombaient sur ses épaules chargées d'une sorte de valise en peau de tigre. Un macheté pendait à sa ceinture, et il tenait à la main un arc d'assez grande dimension.

Il fut bientôt rejoint par un guerrier de haute taille qui, après s'être prosterné devant la statue, fit entendre à son tour un sifflement aigu. Ce guerrier, exactement vêtu comme son jeune compatriote, était coiffé d'une sorte de bonnet surmonté d'une plume, et, outre l'arc qu'il tenait à la main, un fusil pendait à son épaule. Il se rapprocha de la statue et sembla l'interpeller.

« Cause-t-il véritablement avec la femme de pierre? demanda Célestin surpris.

— Il la prie de donner à son arc et à ses flèches la précision nécessaire pour percer le cœur des blancs, répliqua Unac.

— Bien obligé, dit l'ex-matelot; après tout, je ne suis pas fâché de connaître les vœux charitables formés par ces messieurs, cela mettra ma conscience à l'aise s'ils me forcent à tirer sur eux. »

26

Plusieurs Indiens venaient d'apparaître. Quelques-uns se drapaient dans une couverture aux dessins bizarres; tous avaient de longs cheveux nattés. La plupart, outre l'arc reposant sur leur épaule gauche, portaient des fusils en bandoulière, des fusils probablement échangés contre des peaux à Balize, petite colonie anglaise située sur les côtes sud du Yucatan.

Un tambour, simple tronc de palmier, long d'un mètre, creux dans toute sa longueur et garni à ses deux extrémités d'une peau tendue, fut apporté. A tour de rôle, les sauvages frappèrent sur cet instrument et remplirent la grotte de ce bruit qui, durant la nuit, avait éveillé les voyageurs. Bientôt les chasseurs déposèrent au pied de la statue, qui un oiseau, qui un petit mammifère; une danse bizarre, dans laquelle deux guerriers semblaient se menacer, puis lutter, attira de nombreux spectateurs.

Les contorsions des lutteurs, leurs cris singuliers, les applaudissements des spectateurs lorsque les coups étaient bien portés, amusèrent d'abord Célestin et Pélican. Mais ce spectacle, qui paraissait ne devoir point se terminer, — car de nouveaux danseurs remplaçaient ceux que la fatigue obligeait à s'arrêter, — lassa la patience de l'ex-matelot.

« Pardon, señor, dit-il à Unac, vous qui connaissez les usages du pays, vous devez savoir combien de temps va durer ce petit divertissement?

— Il durera jusqu'au coucher du soleil, répondit le jeune homme.

— Et si je déchargeais mon fusil, — en l'air, bien entendu, — le bruit ne ferait-il pas envoler cette bande d'oiseaux de proie?

— Peut-être, Célestin, mais ils iraient alors se poster à bonne portée de flèche de la statue et se mettraient à l'affût. Attendons. En restant ici, nous avons au moins une chance de n'être pas découverts. »

Les Toltèques avaient allumé un grand feu dont la lumière, pénétrant peu à peu sous la voûte de la grotte, obligea soudain les prisonniers à rétrograder. Bientôt le sourd mugissement de la veille retentit.

« Les deux issues sont gardées, s'écria le docteur.

— Je m'y attendais, répon   Unac. Dans leurs expéditions, je vous l'ai déjà dit, les Toltèques se divisent en ur nombre infini de colonnes, afin de pouvoir vivre.

— A ce compte, chaque heure qui s'écoule leur laisse prendre une avance précieuse. Il faut...

— Il faut attendre, répliqua Unac avec autorité, c'est-à-dire agir avec la patience des Indiens eux-mêmes. »

Des luttes et des danses se succédèrent. De longues heures s'écoulèrent durant lesquelles Célestin, Dents-d'Acier et Pélican grommelaient parfois si haut qu'Unac dut leur imposer silence. Enfin, étendus côte à côte, les trois amis s'endormirent.

Le docteur et Unac, attentifs à ce qui se passait devant eux, n'échangeaient que de rares paroles. La nuit vint, et les Toltèques se couchèrent un à un autour du foyer qu'ils avaient allumé. Un seul, dont une plume rouge ornait la chevelure, demeura éveillé.

« Est-ce une sentinelle ? demanda le docteur à son compagnon.

— Je ne le crois pas, répondit Unac ; les Toltèques sont encore trop loin de la frontière   pour se tenir sur leurs gardes. Ce guerrier est un chef, il songe à sa cabane ou à ses projets et s'endormira bientôt. »

L'Indien, comme pour donner raison au jeune homme, s'enveloppa dans sa couverture et se coucha près de la statue. Une demi-heure plus tard, Unac se penchait vers Célestin et Pélican et leur touchait le bras.

« Qu'y a-t-il ? demanda l'ex-matelot, réveillé en sursaut par ce simple attouchement.

— L'heure est venue, dit Unac.

— Ah ! l'heure est venue, c'est heureux. Allons-nous nous battre ? Le mot d'ordre, s'il vous plaît ?

— Parlez moins haut d'abord, Célestin, et surtout surveillez Dents-d'Acier, il y va de notre vie. »

Unac, se glissant le long des parois de la grotte, de façon à se tenir en dehors des rayons de la lumière projetée par le foyer, s'arrêta lorsqu'il ne fut plus qu'à une vingtaine de mètres des dormeurs.

« Je vais m'approcher de la statue, dit alors le jeune homme à ses compagnons ; ne me perdez pas de vue et, à chacun de mes signaux, que l'un de vous vienne me rejoindre. »

Se jetant à plat ventre, rampant avec précaution, Unac arriva derrière la statue ; se dirigeant alors vers la gauche, il disparut un instant aux regards de ses amis. Cinq minutes plus tard, il reparaissait et élevait son bras au-dessus de sa tête. Le docteur, rampant à son tour, le rejoignit, puis suivit la direction dans laquelle le jeune homme avait d'abord disparu. Le bras d'Unac s'étant levé de nouveau, Célestin, avec autant de bonheur que son maître, exécuta la manœuvre indiquée. Enfin le bras d'Unac se leva pour la

troisième fois, et Pélican, ayant enveloppé la tête de Dents-
d'Acier de sa couverture, avança à son tour.

Une fois près de la statue, le nègre, sur l'indication du
jeune homme, gravit une petite berge et rejoignit Célestin
accroupi derrière une énorme roche, côte à côte avec le
docteur. Unac arrivait à peine à son tour qu'une détonation éveillait tous les échos du ravin, et que les Indiens, se redressant à la fois, s'éloignaient à la hâte de la
grotte.

CHAPITRE XV

Aussi surpris que les Indiens de la détonation qui venait de troubler le silence de la nuit, les fugitifs s'étaient
levés brusquement. Unac, conservant son impassibilité,
leur fit signe de se rasseoir.

« Nous sommes découverts, dit le docteur à voix basse ;
ne vaut-il pas mieux que nous gagnions les bois sans retard ?

— Ce n'est pas sur nous qu'on a tiré, répondit Unac ;
mais, à n'en pas douter, tous les regards des Indiens sont
en ce moment tournés vers la grotte. Or, il serait impossible de nous éloigner d'ici sans traverser le cercle de
lumière projetée par leur foyer, et cette hardiesse pourrait
nous coûter cher. »

Près d'une demi-heure s'écoula ; aucun nouveau bruit
ne vint troubler les échos. Unac, avec une prudence, un
sang-froid qui émerveillèrent ses amis, plus accoutumés à
ses hardiesses et à son impétuosité qu'à son calme, se
glissa en dehors du rocher. Le foyer des Indiens, rouge et

sans flammes, ne projetait plus que de faibles lueurs ; aucun d'eux ne reparaissait. Après avoir examiné ce qui l'entourait avec une attention scrupuleuse, Unac se rapprocha de ses compagnons.

« Tout semble tranquille, dit-il, et cependant je n'ose répondre que des yeux qui savent y voir ne nous épient.

— L'arme dont nous avons entendu la détonation est peut-être partie par mégarde, dit Célestin.

— Cela est peu probable, répondit Unac : ou ce coup de feu a été tiré sur un fauve qui se sera trop approché d'un bivouac, ou il a été un signal.

— Les Indiens endormis à l'entrée de la grotte, et près desquels nous avons passé, ne nous ont certainement ni vus ni entendus.

— Ceux-là, non, Célestin ; mais ils ont des compagnons au bas du ravin.

— S'ils nous avaient découverts, ne seraient-ils pas déjà à nos trousses ?

— Les Toltèques sont braves ; néanmoins ils ne donnent pas leur vie à leurs ennemis, ils la leur vendent cher. Un cercle que nous aurons peine à briser se forme peut-être en ce moment autour de nous.

— Alors falloir s'en aller tout de suite, dit Pélican.

— Il faut d'abord éviter les balles et les flèches, répondit Unac.

— Eh bien ! massa, moi marcher en avant ; si messieurs Toltèques être au guet, eux courir après moi et alors vous partir d'un autre côté.

— Reste ici, cria l'ex-matelot, oubliant toute prudence ; si tu démarres d'une semelle, Pélican, je te dé-

coche le coup de poing que je te promets depuis si longtemps. Nous n'avons pas besoin, entends-tu, que tu ailles
te faire larder les côtes à notre profit. S'il est absolument
nécessaire que quelqu'un sacrifie un de ses membres pour
le salut de la société, ce sera moi et non toi ; je te prie de
te loger cela dans la cervelle. »

Unac et le docteur, bien qu'accoutumés aux disputes des
deux amis, ne purent s'empêcher de sourire du singulier
raisonnement de Célestin et surtout de la mine du nègre,
qui répliqua :

« Eh bien ! si toi partir, moi suivre toi et Dents-d'Acier
aussi ; et, si toi pas vouloir, moi donner à toi pas un coup
de poing, mais deux.

— Silence ! dit Unac, laissez-moi écouter. »

Un bruit de branches écartées et de pas furtifs se fit
entendre au-dessous des fugitifs, en même temps que des
voix parlaient avec animation.

« Voilà qui est de bon augure, murmura Unac ; si
les Toltèques étaient en chasse, ils marcheraient sans frôler
une seule feuille et seraient muets. »

Bientôt les guerriers reparurent un à un près du foyer,
causant à voix haute de la détonation qui les avait inquiétés.
Un jeune garçon, placé en vedette dans le but de l'accou-
tumer aux veilles, avait tiré sur un animal qui rôdait autour
de lui et jeté l'alarme dans les bivouacs. Les Indiens, après
avoir ranimé leur feu, s'étendirent sur le sol et ne tardèrent
pas à se rendormir.

Il était environ minuit lorsque Unac jugea le moment
venu d'abandonner la roche pour gagner le sommet de la
montagne. Le docteur gravit le premier la pente et se rap-

27

procha du bois qui la couronnait. Pour atteindre les arbres
on devait parcourir un espace d'au moins vingt mètres,
espace inondé de lumière par le foyer ranimé. Les fugitifs
n'avaient guère à redouter les guerriers endormis près de
la statue ; mais une sentinelle, placée plus bas, pouvait les
apercevoir et donner l'alarme. Il n'en fut rien : le docteur
se vit rejoindre successivement par Célestin, Pélican,
Dents-d'Acier et enfin par Unac, qui poussa une exclamation de joie en retrouvant ses amis.

« En route ! s'écria le jeune homme. Il nous faut maintenant marcher à la suite les uns des autres, à la façon
indienne, afin de laisser moins de traces.

— Moi marcher le dernier, dit Pélican.

— Pour être mieux à portée de recevoir les coups si
nous sommes suivis, lui dit tout bas Célestin. Vrai, là,
Pélican, tu es trop bête ! Démarre devant moi, s'il te plaît.

— Moi marcher le dernier, répéta Pélican en s'asseyant sur le sol.

— Et moi aussi, répliqua Célestin en s'adossant contre
un arbre. »

Les deux entêtés durent obéir au docteur, qui, revenu
sur ses pas, les obligea à défiler devant lui. Bientôt on chemina parmi des arbres, dans une obscurité profonde, sur
une pente semée de buissons, de roches, de branches déta-
chées par les ouragans. Enfin le sommet fut atteint, et l'on
s'arrêta pour reprendre haleine.

Du point culminant sur lequel les voyageurs se trouvaient, leurs regards plongeaient sur deux vallées. Ils
comptèrent jusqu'à cinq feux, dont deux brillaient sur la
crête qui leur faisait face, dans la direction d'Eden.

« Nous sommes entourés par plus de cinq cents guerriers, dit Unac. Or, à l'heure présente, le château compte à
peine une trentaine de défenseurs. Je donnerais volontiers
ma vie pour que don Pedro, prévenu à temps, puisse s'enfuir à Mérida.

— S'enfuir, Unac! s'écria le docteur, voilà un mot qui
offenserait votre père.

— C'est au nom de Camille que nous le supplierons,
señor, si nous avons le bonheur d'arriver à temps. »

La lune apparut. Ses rayons, pénétrant à travers les
arbres, permirent aux voyageurs d'avancer avec rapidité.
Après deux heures d'une marche laborieuse, ils dépas-
sèrent enfin le dernier feu. Alors Unac gagna le fond du
ravin, et se trouva bientôt sur les bords du ruisseau où
l'on avait campé l'avant-veille.

Dents-d'Acier, rendu à la liberté, sauta et aboya de
joie. Réprimandé par Pélican, le mâtin se tut et baissa
la tête; on eût dit qu'il comprenait les reproches que son
maître lui adressait.

Unac, appuyant toujours sur sa gauche, dans le but
de se tenir autant que possible hors de la route présumée
des Toltèques, commença l'ascension de la colline au delà
de laquelle s'étendait l'inhospitalière forêt de palmiers
qu'aucun des voyageurs ne s'attendait à revoir de sitôt.
Grâce aux rayons de la lune, la marche était assez facile;
mais, en dépit de son expérience, les formes fantastiques,
prêtées aux buissons et aux roches par la blanche lumière
de notre satellite, faisaient souvent hésiter Unac. Tantôt il
lui semblait voir un guerrier indien qui, genou en terre,
l'arc tendu, se tenait prêt à tirer; tantôt plusieurs Tol-

tèques de dimensions gigantesques paraissaient couvrir le sol de leur ombre. Ces mirages évanouis, des mirages non moins inquiétants les remplaçaient, et plus d'une halte retarda les voyageurs.

Une légère brise se mit à souffler, et le bruit des feuillages devint un nouveau sujet d'appréhension. Par instants, on croyait entendre résonner des pas ; d'autres fois, c'était une sourde rumeur, semblable à celle produite par une grande assemblée d'hommes, qui venait frapper l'oreille de Célestin, du docteur, d'Unac et de Pélican. Dans ces occasions, Dents-d'Acier remplissait le rôle d'éclaireur. Le brave mâtin, le nez en l'air, allait explorer les buissons, les troncs d'arbres renversés, et, là où ses maîtres croyaient distinguer un bruit de voix, son instinct, mis en éveil, savait reconnaître la vérité. Il dressait les oreilles, et ses mouvements instruisaient vite ses compagnons que le danger redouté n'existait que dans leur imagination.

La nouvelle pente sur laquelle Unac guidait ses amis devint peu à peu si raide, qu'il fallut se cramponner aux branches pour maintenir son équilibre et pouvoir avancer.

« Je comprends, dit soudain Célestin à Pélican, pourquoi l'on dit souvent que l'on marche le nez sur les talons de quelqu'un ; le mien est juste à la hauteur des tiens, Pélican, et tout à l'heure, tu as failli m'atteindre en plein visage.

— Pourquoi toi pas marcher devant, massa Célestin ?

— Parce qu'alors ce seraient mes talons qui seraient sur ton nez, ce qui ne changerait rien à notre situation. Eh bien ! tu t'arrêtes ?

— Massa Unac arrêté aussi.

XV

LES VOYAGEURS ATTEIGNIRENT LE SOMMET.

— L'ascension est impossible, dit le jeune homme, une muraille de roche se dresse devant nous.

— Alors il n'y a plus qu'à se laisser rouler en bas ? demanda Célestin.

— Non pas, dit le docteur, obliquons à gauche pour chercher une trouée.

— Appuyons, au contraire, sur notre droite, señor, dit Unac.

— Cette direction nous rapprochera des Toltèques ?

— Pas beaucoup, je l'espère ; en tout cas, nous sommes sûrs de trouver un passage de ce côté; de l'autre, ce serait nous exposer à allonger notre route d'une journée, ce qu'il nous importe d'éviter, même au prix d'un danger.

— J'attends que tu me montres le chemin, » dit simplement le docteur.

Unac suivit latéralement le flanc de la colline, et ses compagnons l'imitèrent aussitôt. Le terrain était si escarpé, si dangereux, que toute l'attention des voyageurs devint nécessaire. Ils durent avancer avec lenteur, retard qui désespérait Unac.

« Faisons un effort pour franchir l'obstacle qui nous barre le passage, dit soudain le jeune homme au docteur. En continuant à marcher sur le flanc de la colline, nous allons certainement tomber au milieu des Toltèques. »

Après vingt escalades plus périlleuses les unes que les autres, les voyageurs atteignirent le sommet désiré. De cette hauteur, tandis qu'ils reprenaient haleine, ils virent l'orient se teindre de lueurs roses, et le soleil se lever dans un brouillard d'or. Presque au même instant, les oiseaux entonnèrent leur cantique matinal. Unac, ayant placé ses compagnons derrière un buisson, afin qu'on ne pût les découvrir du sommet que l'on avait en face de soi, se posta lui-même de manière que ses regards pussent plonger sur l'immense ravin boisé que l'on venait de traverser. Bientôt quelques oiseaux volèrent du côté des voyageurs.

« Une troupe de Toltèques passe là, dit Unac au docteur,. et la prochaine bande d'oiseaux qu'ils effaroucheront nous apprendra quelle direction suivent nos ennemis.

— En vérité, Unac, voilà une observation aussi juste que rationnelle. Ah! voici des perroquets, et, cette fois, je crois pouvoir dire à mon tour que des Toltèques traversent ce bouquet de bois. »

Unac fit un signe affirmatif.

« Partons ! » cria-t-il à Célestin et à Pélican.

Les voyageurs étaient à peine réunis que Dents-d'Acier, après avoir en quelque sorte humé l'air, dressa les oreilles et fit entendre un léger grognement.

« Attache-le, Pélican, dit Unac, et profitons de l'avis qu'il nous donne. Bien ; maintenant en route, et surveillez-le. »

On se remit en marche, et, au bout de cent pas, on arriva sur le bord d'une clairière ; Dents-d'Acier tira aussitôt sur sa laisse en montrant les crocs.

« Lui sentir gibier à gauche, massa Unac, dit Pélican, et gros gibier, car lui tirer fort. »

Unac plaça rapidement ses compagnons derrière le tronc d'un cyprès, tronc assez large pour les cacher tous. A peine étaient-ils installés derrière cet abri qu'un magnifique tamanoir déboucha en trottant sur la clairière.

Le tamanoir, s'asseyant sur son train de derrière, manifesta soudain une sorte d'inquiétude, puis s'aplatit sur le sol comme s'il cherchait à se cacher dans l'herbe. Une lionne d'Amérique, ou puma femelle, apparut à l'improviste, suivie d'un petit collé à ses flancs. Le bel animal, sans s'arrêter, traversa la clairière et disparut dans la forêt. Au même instant, un daim, au pelage fauve semé d'étoiles blanches, bondit, suivi de près par un loup qui ne semblait pas en chasse, car il se retournait presque à chaque instant.

« Assistons-nous au déballage de l'arche de Noé ? s'écria Célestin surpris.

— Les Toltèques traversent le ravin, dit Unac, et les animaux qui habitent les bas-fonds s'écartent sur leur passage. »

Les voyageurs se remirent en route et avancèrent jusqu'au moment où la fatigue eut raison de leur courage. Se croyant enfin hors de la portée de l'ennemi, ils prirent un repos nécessaire. Un peu avant le jour, Unac éveilla ses compagnons.

« Laisse Dents-d'Acier en liberté, dit le jeune homme à Pélican ; il pourra maintenant nous donner d'utiles avis sans trop nous compromettre. Mais que va-t-il chercher de ce côté ? Ce n'est pas sa coutume de se tenir à l'arrière-garde. »

Pélican siffla le chien ; un grognement éloigné lui répondit. Le nègre siffla plus fort ; Dents-d'Acier ne reparut pas.

« En route ! dit Unac visiblement contrarié.

— En route ! répéta le docteur qui tourmenta sa perruque.

— N'as-tu pas entendu, Pélican? la sûreté d'Eden importe plus que la vie de notre brave compagnon.

— Vous pas gentils d'abandonner Dents-d'Acier, dit Pélican qui se mit en marche de mauvaise grâce. Dents-d'Acier brave, Dents-d'Acier fidèle, et lui jamais abandonner nous.

— N'est-ce pas précisément ce qu'il vient de faire? dit le docteur.

— Lui avoir bonnes raisons; moi en être sûr. »

Le nègre allait siffler de nouveau, il fut retenu par Unac. On avança en silence. Célestin n'avait soufflé mot durant cette scène, mais l'abandon de Dents-d'Acier lui paraissait une félonie. Le jour se montra soudain.

Les voyageurs se trouvaient au milieu d'arbres largement espacés; ils s'aperçurent alors que Pélican n'était plus avec eux.

Célestin, stupéfait, plaça son fusil sur son épaule, et fit mine de rétrograder.

« Où vas-tu? lui demanda son maître en le saisissant par le bras.

— A la recherche de Pélican, monsieur; je ne suppose pas que le règlement veuille qu'il soit abandonné comme Dents-d'Acier.

— Ton ami ne peut être loin, Célestin; il marchait encore près de moi il y a moins de dix minutes. »

Unac, les sourcils froncés, s'appuyait sans mot dire sur le canon de son fusil dont la crosse reposait sur le sol.

« L'action de Pélican est blâmable, dit-il, et Dieu sait de quels malheurs elle sera cause.

— Aussi, señor, reprit Célestin avec énergie et en

montrant ses poings, est-ce pour lui payer avec tous les arrérages ce que je lui dois depuis si longtemps que je songe à le retrouver. »

On se tut pour écouter. Soudain on vit apparaître Dents-d'Acier qui, le nez sur le sol, remuant la queue, cherchait la piste de son maître. D'un bond il fut aux pieds des voyageurs et les combla de caresses.

« Oui, oui, venez près de moi, murmura Célestin en se baissant, et je vais vous offrir un échantillon de la lourdeur de mes poings, afin que vous en puissiez causer avec Pélican. »

A ce nom, le mâtin dressa les oreilles, regarda autour de lui; puis, à la grande déception de Célestin, repartit en courant.

L'ex-matelot n'eut pas le temps de manifester son indignation, il vit les buissons s'agiter en face de lui; la main d'Unac, se posant lourdement sur son épaule, le força de se baisser. Bientôt, du milieu des buissons, surgit un Toltèque, qui, d'un bond, se plaça derrière un tronc d'arbre.

Unac banda son arc et se tint prêt à tirer, ne perdant pas de vue le tronc qui cachait l'ennemi qui venait de s'embusquer. Plusieurs minutes s'écoulèrent. Unac croyait que l'Indien allait pousser un cri d'appel; mais, soit qu'il se figurât n'avoir affaire qu'à un seul ennemi, soit qu'il mît son amour-propre à triompher seul, le Toltèque demeura immobile et muet.

« Avons-nous rêvé? murmura Célestin.

— Silence! » lui dit son maître.

Dents-d'Acier, qui revenait en ce moment sur ses pas, aperçut l'Indien, et, les crocs en avant, se mit à tournoyer

28

autour de lui, le forçant à se montrer. Occupé du mâtin,
qu'il cherchait à frapper d'une flèche, le guerrier n'entendit pas qu'on marchait derrière lui. Tout à coup, la tête de
Pélican se montra près de la sienne, et l'Indien, brusquement enlevé de terre, poussa un cri aigu. Mais les bras de
Pélican l'étreignaient avec une telle force qu'il perdit la
respiration, et ce fut une masse inerte que le nègre vint
déposer aux pieds du docteur.

Au même instant, Célestin, se précipitant sur son
ami, lui cingla les côtes de trois ou quatre formidables
coups de poing.

CHAPITRE XVI

Léac. — Un guerrier toltèque. — Le Fils de la Nuit. — Une ruse indienne. —
Souvenirs d'enfance. — Départ d'Unac.

Stupéfait de cette agression inattendue, Pélican recula sans même essayer de se défendre.

« Mòi pas tué lui, massa Célestin, cria le nègre en montrant l'Indien qui, grâce à l'eau que le docteur lui jetait au visage, commençait à reprendre ses sens, moi serrer un peu fort pour empêcher lui d'appeler, mais moi pas tuer lui.

— Il s'agit bien de ce bonhomme, répondit Célestin avec indignation ; c'est de toi, animal, qu'il est question pour le quart d'heure. Que dirais-tu, je te prie, si, profitant du moment où tu aurais le dos tourné, j'allais me promener dans le camp des ennemis, au risque d'être massacré ? Serais-tu content ?

— Non, massa Célestin, moi alors avoir très peur pour toi.

— Eh bien, voilà justement mon histoire. Depuis vingt minutes, grâce à la légèreté de ta conduite, j'ai l'air d'une mère qui aurait perdu son enfant dans une forêt pleine de loups.

— Moi pas faire exprès de perdre moi, massa Célestin ; moi courir après Dents-d'Acier ; lui suivre monsieur Toltèque ; monsieur Toltèque suivre vous ; alors moi suivre monsieur Toltèque et apporter lui tout doucement.

— Tout doucement ! cela te plaît à dire. Enfin, je te pardonne, dit Célestin en tendant la main à son ami d'un air majestueux.

— Moi aussi, répondit Pélican qui se frotta les côtes ; seulement un autre jour toi pas frapper si fort, hein ?

— Un autre jour ! Est-ce à dire, Pélican, que tu veux recommencer à te perdre ? demanda l'ex-matelot d'un ton menaçant.

— Non, non, massa Célestin ; maintenant, moi toujours marcher devant. »

Peu à peu le Toltèque se ranimait ; sa respiration reprit son cours, il ouvrit les yeux. Il regarda le docteur avec surprise, puis Unac avec une curiosité persistante. C'était un jeune homme d'une vingtaine d'années, grand, svelte, aux traits réguliers, aux yeux d'une vivacité rare. Ses cheveux nattés comme l'étaient autrefois ceux d'Unac, retombaient sur ses épaules. Il portait une sorte de culotte en peau de daim et une veste de coton sans manches, costume commun à tous les Toltèques. Il avait laissé choir son arc sous l'étreinte de Pélican ; par mesure de prudence, Célestin lui avait déjà enlevé son macheté et le long couteau passé dans la ceinture d'étoffe roulée autour de sa taille.

« Quel est ton nom ? » demanda Unac au prisonnier, aussitôt qu'il le vit remis de son alerte.

En entendant ces mots prononcés dans sa langue, l'Indien se releva. Il aperçut alors Pélican ; une stupéfaction visible se peignit sur son visage : il voyait évidemment un nègre pour la première fois.

« Qui est celui-là ? demanda-t-il avec une sorte d'effroi.

— Un fils de Mictanteuctli, » répondit Unac.

L'Indien s'inclina, posa sa main sur sa poitrine et dit :

« J'ai toujours honoré le dieu des ténèbres et je respecterai son fils.

— Pourquoi lui dire bonjour à moi ? demanda Pélican.

— Le pauvre diable te remercie peut-être de ne pas l'avoir complètement étouffé, dit Célestin.

— Quel est ton nom ? » demanda de nouveau Unac à son compatriote.

L'Indien hésita ; puis il répondit avec orgueil :

« Je suis Léac.

— Léac ! Es-tu véritablement Léac ?

— Je suis Léac, fils de Tolotl. »

Unac, les regards fixés sur le visage du Toltèque dont sa main crispée pressait l'épaule, le contempla longtemps en silence.

« Nous pas bien ici pour causer, dit soudain Pélican, beaucoup de messieurs Toltèques promener eux dans la forêt et pouvoir trouver nous. »

Cette réflexion de Pélican fit tressaillir Unac ; le jeune homme, en proie à une émotion visible, passa plusieurs fois sa main sur ses yeux.

« Je veux savoir, dit-il au prisonnier, de quel côté sont campés les Toltèques.

— Les Toltèques, répondit Léac, remplissent les bois et

les plaines ; ils te voient, ils t'entendent, ils se rapprochent.

— Nous voulons te conduire vers eux.

— Léac n'est plus un enfant, il peut marcher seul.

— Sais-tu parler la langue des blancs ?

— Un Toltèque ne parle que la langue maya.

— Nous n'obtiendrons de lui aucun renseignement, dit Unac en s'adressant en français au docteur, et il refusera de nous suivre. Liez-lui les bras, Célestin, et veillez à ce qu'il ne puisse fuir. »

L'Indien se laissa lier sans résistance ; cependant une légère pâleur, visible sous sa peau cuivrée, envahit peu à peu son visage.

« Où vont les Toltèques ? lui demanda Unac. Est-ce un secret ?

— Non, les Toltèques marchent vers le couchant, ils vont reconquérir les terres de leurs aïeux.

— Je veux causer avec toi, Léac. Consens-tu à nous accompagner ?

— Où veux-tu me conduire ?

— Hors de la portée des flèches et des balles de tes guerriers. »

Léac demeura pensif.

— Tu es un Toltèque, n'est-ce pas ? demanda-t-il enfin à son interlocuteur.

— Oui, répondit Unac ; aussi ta vie est-elle en sûreté.

— Mes pères m'ont appris, répliqua l'Indien, et tu dois avoir appris toi-même que la vie n'est rien sans la liberté.

— Suis-nous sans résistance, nous ne voulons pas la guerre, et foi d'Un... »

Le jeune homme n'acheva pas de prononcer son nom ;

il s'enfonça dans le bois en faisant signe à ses compagnons de le suivre. Célestin et Pélican, saisissant Léac par les bras, essayèrent de l'entraîner. L'Indien résista et poussa un cri prolongé. Unac revint aussitôt sur ses pas.

« Nous n'en voulons pas à ta vie, je te le jure, dit-il à son compatriote ; mais nous ne voulons pas non plus tomber entre les mains des Toltèques. Suis-nous de bonne volonté, ou tu nous forcerais à te maltraiter. Faites-le marcher, Célestin, ajouta le jeune homme en s'adressant à l'ex-matelot en espagnol et en appuyant sur les mots ; et, s'il essaye de crier, de fuir, tuez-le.

Célestin et Pélican s'apprêtaient à saisir de nouveau l'Indien ; il les devança et se mit en route.

« Il comprend l'espagnol, dit Unac au docteur, c'est ce que je voulais savoir. Marchez droit devant vous, señor, je vais me tenir près du prisonnier ; sa contenance pourra nous éclairer sur la direction que nous devons suivre. »

Le jeune homme se rapprocha de Célestin et de Pélican, et, autant que les accidents de terrain le lui permirent, il avança sur la même ligne qu'eux.

« Inclinez à droite ! » cria-t-il soudain en espagnol au docteur.

Un éclair passa dans les yeux de Léac, éclair dont Unac saisit la sombre lueur.

« Holà ! reprit-il au bout d'un instant, à gauche maintenant, encore plus à gauche. »

Les traits du Toltèque se contractèrent ; Unac, instruit de ce qu'il voulait apprendre, rejoignit le naturaliste.

« Par ici, lui dit-il en prenant les devants, nous sommes dans la bonne voie pour ne pas rencontrer l'ennemi ; vous pouvez le lire sur le visage décontenancé du prisonnier. »

Pendant au moins trois heures on marcha sans discontinuer, sans presque parler. Plusieurs fois Pélican et Célestin adressèrent la parole au Toltèque ; il feignit de ne pas les comprendre et demeura silencieux, observant toujours les gestes de Pélican sur lequel se concentrait sa curiosité.

« Un peu de repos ne serait-il pas nécessaire ? dit Célestin à son maître. Le prisonnier traîne de plus en plus la jambe et semble à bout de forces.

— Il traîne la jambe pour égratigner le sol de sa sandale et laisser ainsi une trace de son passage, dit Unac ; c'est une manœuvre que j'ai observée depuis notre départ.

— Voilà une finesse dont je ne me doutais guère, s'écria l'ex-matelot ; et toi, Pélican ?

— Moi voir prisonnier toltèque traîner la jambe et moi pas croire lui fatigué.

— Que croyais-tu donc, Pélican ?

— Moi penser monsieur Toltèque vouloir marquer chemin, comme Petit Poucet.

— J'avoue n'être qu'une bête, s'écria l'ex-matelot. C'est moi, Pélican, qui t'ai raconté l'histoire du Petit Poucet, et j'aurais dû voir aussi clair que toi dans cette manœuvre. »

On pénétra parmi des buissons si épais qu'il fallut mettre le macheté à la main pour s'ouvrir un passage, et pendant une demi-heure les voyageurs n'avancèrent qu'avec une extrême lenteur. Enfin ils débouchèrent dans une clairière semée de mimosas, et mirent en fuite des nuées de cardinaux au plumage pourpre. Bientôt, gravissant une colline sablonneuse de la hauteur de laquelle ils

dominaient un vaste espace, ils campèrent sur l'ordre
d'Unac. Dents-d'Acier, affamé comme ses maîtres, rapporta soudain une magnifique iguane verte qu'il venait de
capturer. Un feu fut allumé.

« Nous ne voudrions pas te traiter en ennemi, Léac,
dit alors Unac à son compatriote, et c'est seulement pour
notre sûreté que nous te gardons prisonnier. Un Toltèque
n'a qu'une parole ; donne-moi la tienne de ne pas fuir, tes
liens tomberont, et tu mangeras avec nous.

— Depuis quand, demanda l'Indien, les blancs sont-ils
les amis des Toltèques ?

— Depuis des années, Léac, et les Toltèques le sau-
raient s'ils ne fermaient l'oreille à toutes les offres de paix.
Veux-tu me donner la parole que je t'ai demandée ?

— Qui donc es-tu ? dit Léac au lieu de répondre ;
tu commandes à des blancs, tu commandes même à ce fils
de la Nuit, et tous t'obéissent. Cependant, si mes yeux savent
voir, si mes oreilles savent entendre, tu es bien un Toltèque ?

— Qui je suis, tu le sauras, Léac ; donne-moi d'abord
la parole que je t'ai demandée.

— Non, reprit l'Indien, ce serait un lien trop fort ; je
ne veux pas me garrotter moi-même.

— Dans une heure le soleil aura disparu ; promets-
moi que, jusqu'au lever de la lune, tu n'essayeras pas de
fuir. Tu sauras alors qui je suis, et je te dirai les paroles
que je désire te voir porter aux Toltèques, car tu seras
libre de les rejoindre. »

Léac réfléchit un instant.

« Par Tonatiu, père du Soleil, dit-il enfin, je jure de ne
point fuir avant le lever de la déesse de la Nuit.

29

— Détachez les liens du prisonnier, Célestin, dit
aussitôt Unac, et qu'il prenne en frère sa part de notre
repas. »

Célestin, ébahi, se fit répéter deux fois cet ordre.

« Avec votre permission, señor, dit l'ex-matelot, je
vais d'abord ranger les fusils du bon côté, c'est-à-dire du
mien et de celui de Pélican. Voilà qui est conclu. Maintenant, nous ferons bien de veiller sur nos têtes ; ce monsieur Toltèque doit être tourmenté de l'envie d'en casser
une. »

Le repas fut presque silencieux ; de temps à autre,
Unac et le docteur échangeaient quelques mots en français. La surprise de l'Indien, lorsque le son étranger de
cette langue résonnait à son oreille, était visible ; en revanche, il demeurait impassible quand les convives parlaient espagnol, preuve qu'il comprenait cette dernière
langue et dissimulait.

Célestin, Pélican et le docteur, sans attendre que le
jour eût disparu, s'étendirent sur le sable pour prendre un
peu de repos ; Unac s'était chargé de veiller. Il ne ranima
pas le foyer qui, dans la nuit, n'eût pas manqué d'être
aperçu des Indiens. Il s'assit en face de Léac et garda
longtemps le silence. Le ciel se teignit au couchant de
belles lueurs roses ; des perroquets caquetèrent au loin,
de grands vautours traversèrent le ciel ; la nature, prête à
s'endormir, assoupissait peu à peu ses voix.

« Tu es Léac, fils de Tolotl ? dit Unac à son prisonnier.

— Je suis Léac, répondit l'Indien.

— La cabane où tu es né, reprit Unac après une pause,

se dresse près de celle du chef Ahuisoc; des bananiers
la cachent sous leurs feuilles, et un palmier, où viennent
le soir roucouler les pigeons, se dresse en face de son
seuil.

— C'est vrai, répondit l'Indien, dont le regard ardent
se fixa sur le visage de son interlocuteur.

— Qui donc, aujourd'hui, commande les enfants de
la tribu du Soleil ?

— Ahuisoc, répondit l'Indien.

— Je sais qu'il avait un neveu, un neveu qui devait
être un chef; un jour les guerriers toltèques se mirent en
campagne; Ahuisoc les guidait, il emmena...

— Unac! s'écria l'Indien.

— Tu sais son nom?

— On parle souvent de lui dans les conseils, il est
cité aux jeunes guerriers comme un exemple. Le jour où
il mourut, la tribu perdit son véritable chef.

— Unac n'était qu'un enfant?

— Pour la taille, oui; pour la raison, l'adresse et le
courage, c'était un homme. »

Cet éloge inattendu fit briller un éclair de satisfaction
dans les yeux du fils adoptif de don Pedro, qui reprit:

« Unac est donc mort ?

— Oui, Unac est mort, pleuré, regretté de tous. S'il
vivait, je ne serais pas ton prisonnier.

— Comment cela?

— Unac était mon frère d'armes, nous devions marcher côte à côte dans les combats. Près de la cabane, cachée dans les touffes de bananiers dont tu parlais tout à
l'heure, s'en dresse une autre plus vaste, au toit plus élevé,

comme il convient à la cabane d'un chef. C'est là qu'Unac est né. Nous avions grandi ensemble, reçu les mêmes conseils des sages de la tribu, appris en même temps à manier l'arc et le fusil.

— Et cependant vous n'étiez pas toujours d'accord ; un jour, tu refusas de lui obéir, tu le frappas d'une flèche.

— Qui t'a dit cela ? s'écria le Toltèque en se relevant.

— Unac lui-même, Unac que le frère de sa mère, Ahuisoc, a traîtreusement livré aux blancs.

— Dis-tu vrai ?

— Oui, comme un homme parlant à un homme.

— Unac vit donc encore ?

— Réponds d'abord, dit le jeune homme en se levant à son tour ; quelle serait la place d'Unac s'il reparaissait dans la tribu ?

— Celle d'un chef, d'un chef suprême.

— Dix ans se sont écoulés depuis qu'il a disparu ; compte-t-il donc encore des partisans ? Son nom règne-t-il encore dans les mémoires ?

— Il règne dans la mémoire des jeunes hommes et des vieillards, c'est le nom vénéré d'un chef.

— Encore une fois, s'il reparaissait dans la tribu, quelle serait sa place ?

— S'il reparaissait dans la tribu et que son cœur fût toujours celui d'un Toltèque, moi et tous ceux qui me suivent nous irions nous ranger près de lui ; les femmes elles-mêmes forceraient Ahuisoc à lui rendre le pouvoir. »

Le jeune Indien parlait avec chaleur, et, en l'écoutant,

XVI

LÉAC APERÇUT LE TATOUAGE INDÉLÉBILE.

le visage de son interlocuteur changea plusieurs fois de couleur.

« Je suis Unac! s'écria-t-il enfin, je suis ton ami d'enfance, Léac, et voici la cicatrice produite par la flèche dont tu m'as frappé. »

Unac avait écarté sa chemise et montrait sa poitrine. Léac se pencha et, près de la cicatrice, aperçut le tatouage indélébile représentant un soleil avec une tête de serpent à son centre. Aussitôt il saisit son ami dans ses bras, le souleva de terre ; puis, après ce premier élan, il lui prit la main, la posa sur son front et dit :

« Salut à Unac, chef de la tribu du Soleil. »

Les questions se pressèrent alors entre les deux amis d'enfance ; chacun d'eux interrogeait l'autre avec curiosité. Unac dut raconter son histoire.

« As-tu donc pris l'âme des blancs ? demanda Léac avec inquiétude en entendant Unac ne parler de don Pedro qu'avec vénération.

— Un vrai Toltèque, répondit Unac, rend le bien pour le bien, le mal pour le mal. Mon oncle, par ambition, m'a livré aux blancs dans l'espoir qu'ils me feraient périr ; les blancs m'ont accueilli comme un frère, ils ont ouvert mon cœur et mes yeux, ils m'ont aimé.

— Tu les guidais vers la tribu, » dit Léac avec méfiance.

Unac expliqua longuement à son ancien ami la cause de son voyage, les intentions nécessairement pacifiques du docteur et de ses trois compagnons. Léac avait l'esprit droit et ouvert, il comprit vite les choses que lui expliquait Unac.

« La tribu, dit-il, est lasse du despotisme de ton oncle,
il ne songe qu'au pillage ; c'est pour amasser du butin,
non pour défendre notre indépendance, qu'il nous conduit
au combat. Moi et tous les jeunes hommes de la tribu,
Unac, nous croyons depuis longtemps que la guerre impitoyable que nous faisons aux blancs causera tôt ou tard
notre perte. Dans les conseils, nous proposons la paix.

— Pourrais-tu, Léac, convaincre les Toltèques qu'ils
auraient tout à gagner à se présenter devant Eden, des
branches de cyprès à la main ?

— Non, répondit Léac ; ton oncle a enflammé l'esprit
des guerriers en leur parlant des richesses que renferme
cette demeure des blancs, et ils sont prêts à mourir pour
la conquérir. Mais viens avec moi ; le nom de ta race est
puissant, les gardes d'Ahuisoc l'abandonneront peut-être
en apprenant qui tu es. »

C'était là une tentative trop incertaine pour qu'Unac,
sage et prudent, songeât à s'y prêter. Il voulait avant
tout sauver Eden ; il ne le cacha pas à son ami. Les deux
jeunes gens causèrent de longues heures, et une sorte
d'entente s'établit entre eux. Léac s'engagea, s'il arrivait
malheur à Eden, à employer son influence pour protéger
les habitants du château. Une première bataille semblait
impossible à éviter ; mais, quels que fussent ses résultats,
Unac et Léac se promirent de s'interposer mutuellement
pour amener une trêve et la paix.

La lune argentait depuis longtemps la plaine, lorsque
Léac, remis en possession de ses armes, se disposa à partir. Il saisit la main qu'Unac lui tendit, la posa sur son
front en signe de déférence, puis gagna le bois. Dents-

d'Acier fit mine de se lancer à sa poursuite, Unac le retint. Peu après il réveilla le docteur et le mit au courant de sa longue conversation avec Léac. En somme, la situation ne s'était guère améliorée, et il importait toujours d'atteindre promptement Eden.

Le docteur qui, depuis la rencontre des Toltèques, avait en partie renoncé à ses paradoxes, appela Célestin et Pélican. La première action de celui-ci fut de chercher des yeux le prisonnier.

« Oh ! s'écria-t-il, le monsieur Toltèque avoir emmené lui. »

Célestin, indécis, regarda alternativement son maître et Unac.

« Le prisonnier, dit ce dernier, marche vers les siens ; à notre tour, nous ferons bien de nous mettre en route.

— Ne crains-tu aucune traîtrise ? demanda le docteur.

— Aucune. Léac sait qui je suis, et, je vous l'ai dit souvent, señor, on peut se fier à la parole d'un Toltèque.

— Hum ! fit l'incorrigible docteur, ce sont des hommes, pourtant ; il est vrai qu'ils sont sauvages. »

Nos voyageurs s'engagèrent de nouveau parmi les palmiers, et, vers deux heures de l'après-midi, ils débouchèrent dans une savane où paissaient des chevaux libres. Des cris de joie, poussés par Célestin et Pélican, saluèrent ce lieu, séparé d'Eden par une étape de quarante lieues. Un foyer fut allumé, et bientôt trois perroquets grillèrent sur des charbons ardents.

Le docteur, assis près d'Unac, regardait les chevaux courir et bondir dans la plaine. Tout d'un coup il retira sa perruque.

« Si je ne me trompe, dit-il, le lieu où nous nous trouvons est d'une bonne journée plus rapproché de Mérida
que ne l'est Eden.

— Vous ne vous trompez pas, señor.

— Eh bien! il faut à tout prix nous rendre maîtres
d'un des chevaux que voilà là-bas; puis, galopant par
monts et par vaux, l'un de nous ira prévenir la garnison
de Mérida et l'amènera au secours de don Pedro.

— Par le ciel! docteur, vous avez cent fois raison,
s'écria Unac qui se leva. Holà! Célestin, Pélican, en
chasse : il s'agit de capturer une bonne monture; nous
déjeunerons plus tard. »

Ce ne fut pas un mince travail que de s'emparer d'un
cheval, et l'honneur de cette prise revint en partie à Pélican. Lorsque l'animal poursuivi fut enfin prisonnier, le
docteur retira sa perruque.

« A présent, dit-il à Unac, je ne vois guère que toi
qui puisse monter cette bête.

— Pélican est bon cavalier, señor; moi, ma place est
à Eden.

— Tu oublies, mon enfant, que, seul d'entre nous, tu
possèdes l'autorité suffisante pour amener la garnison de
Mérida jusqu'à la frontière. »

Unac demeura un instant silencieux.

« Je voudrais pouvoir aller à Eden et à Mérida tout
ensemble, dit-il, vous le comprenez, mon vieil ami. Mais à
Eden vous pouvez faire ce que je ferais moi-même, et seul,
en effet, je puis réussir à ramener de Mérida les secours
indispensables. Si, grâce à vous, mes amis, Eden peut
résister pendant sept jours, dans sept jours j'apporterai le

salut à tous ses habitants. Dites à don Pedro, dites à Camille, continua-t-il avec émotion, que je ne leur ai jamais fait un plus grand sacrifice qu'en me rendant aujourd'hui à Mérida au lieu de vous accompagner.

— Nous sommes d'accord, dit le docteur. Déjeunons vite, mais déjeunons. Il ne serait pas sage de partir l'estomac vide pour la besogne qui nous reste à faire. »

Le repas fut promptement expédié. Célestin et Pélican dégagèrent alors le cheval des entraves qui liaient ses jambes.

« Pas d'imprudence, dit le docteur à Unac qui s'approchait de sa monture, contenue à grand'peine par les deux amis; n'oublie pas que le salut de ceux que tu aimes dépend de toi. Eden se défendra jusqu'à ton retour, je te le promets. »

Unac ne répondit pas. Il s'élança sur le dos de son coursier frémissant. Pélican et Célestin lâchèrent à la fois le caveçon improvisé qui étreignait les naseaux de l'animal; celui-ci, dévorant l'espace, disparut bientôt.

« Brave garçon! » murmura le docteur. Que Dieu le guide !

Sur les pas de leur maître, qui semblait infatigable, Célestin et Pélican s'enfoncèrent dans les bois et cheminèrent toute la nuit. Lorsque le soleil se leva, trois jours plus tard, les voyageurs exténués traversaient la vallée des Palmiers, et la tour blanche d'Eden se dessinait à l'horizon.

CHAPITRE XVII

Il était environ dix heures du matin ; les plantations
qui entouraient Eden, d'ordinaire si animées, se montraient
presque désertes. Don Pedro, assis sous le corridor extérieur du château, fumait en écoutant une lecture que lui
faisait Camille, qu'il interrompait de temps à autre pour parler du docteur, d'Unac, de leurs compagnons. Soudain un
joyeux aboiement retentit, et Dents-d'Acier, franchissant la
cour au galop, vint lécher les mains du châtelain et de sa
petite-fille qui laissa tomber son livre.

« Que signifie cela ? s'écria don Pedro qui se leva.
Dents-d'Acier ici ! serait-il arrivé malheur à nos amis ? »

Le docteur parut, pâle, exténué, sa perruque à la main.

« En dois-je croire mes yeux ? lui cria don Pedro. Vous,
docteur ? Mes conseils, mûris par votre esprit, vous ont-ils
fait renoncer à votre périlleux voyage ?

— Où est Unac ? s'écria Camille.

— Il galope dans la direction de Mérida, se hâta de

répondre le docteur, et ce n'est ni sa volonté ni la nôtre, mais de graves événements qui nous ramènent.

— Unac à Mérida ! répéta don Pedro, que signifie ?... Parlez donc, docteur.

— Nous avons rencontré les Toltèques en armes à cinq journées de marche d'ici. Ils s'avancent contre Eden. C'est par une série de miracles que nous avons réussi à ne pas tomber dans leurs mains, à les devancer, de bien peu peut-être, pour vous prévenir de leur attaque.

— Les Toltèques ! Est-il possible ? Par le ciel ! quelque traître a dû les aviser que la vallée reste sans défenseurs aux anniversaires de la mort du Christ. Quel est leur nombre ? Comment viennent-ils ? Parlez vite, mon vieil ami. »

Alors le docteur, que Célestin et Pélican venaient de rejoindre, raconta les péripéties du voyage jusqu'à l'heure du départ d'Unac pour Mérida.

« Le brave enfant ! je comprends qu'il ait pu hésiter, dit don Pedro, mais il a pris le plus sage parti. La vieille demeure de mes pères connaît le sifflement des balles et des flèches, docteur ; elle a résisté vingt fois aux assauts des Toltèques, elle résistera bien une fois de plus.

— Songez-vous sérieusement à vous défendre ? Ne serait-il pas plus sage d'évacuer Eden, d'aller au-devant des forces de Mérida ?

— Sur mon honneur, voici une étrange question et une non moins étrange proposition ! s'écria le châtelain. Pensez-vous, docteur, que je sois homme à livrer aux sauvages tout ce qu'il faudrait laisser ici ?

— Où sont vos combattants ?

— A Mérida pour la plupart, j'en conviens ; mais il

m'en reste une trentaine à qui les clameurs des Toltèques
ne font pas peur. »

Don Pedro se promena un instant de long en large
sous le corridor. La tête nue, ses cheveux blancs rejetés
en arrière, les yeux étincelants, on eût dit un lion en cage.
Parfois il s'arrêtait, et ses regards se portaient sur les
collines par lesquelles devaient arriver les Toltèques.

« Les instants s'écoulent et chaque minute est précieuse, dit-il soudain. Par mon salut! docteur, si je ne
recherche pas la lutte, je ne la fuis pas non plus lorsqu'elle
se présente. Unac sera ici dans quelques jours, mettons
huit, neuf, au besoin; nous tiendrons jusque-là. Sonne la
cloche d'alarme, mon vieux Juan; nous allons faire partir
les femmes et les enfants pour les grottes, puis nous avi-
serons. Holà! Pélican, Célestin! Mais non, vous tombez de
fatigue et de sommeil, mes braves amis; allez vous reposer d'abord; reprenez des forces dont nous aurons besoin.
Il faut que vous soyez alertes pour l'heure à laquelle les
Toltèques paraîtront. »

Les deux amis gagnèrent leur pavillon, tandis que la
cloche d'Eden tintait lugubrement. Bientôt les travailleurs,
au nombre d'une trentaine, puis les femmes et les enfants
se pressèrent dans la cour du château. En quelques mots,
don Pedro mit ce monde au courant de la situation; les
femmes demandèrent avec instance à rester au château;
mais don Pedro ordonna, et chacun obéit. Deux heures
plus tard, un long convoi de mules, chargées de vivres, de
femmes et d'enfants, se dirigeait, sous la conduite de six
hommes, vers la grotte située au sommet des collines qui
dominent la route de Mérida.

« Ne pars-tu pas, mignonne? dit le châtelain à sa petite-fille.

— Ma place est près de vous, grand-père, répondit la jeune fille, à pareille heure surtout.

— Et vous, doña Gertrudis?

— Ma place est près de Camille, señor, et, dussé-je mourir de la peur que me causent d'avance ces affreux sauvages, je n'abandonnerai pas mon enfant.

— Pourquoi, dit alors le docteur, ne partirions-nous pas tous? La grotte où vont se réfugier ces enfants et ces femmes est inexpugnable, et la prudence... »

Don Pedro l'interrompit avec véhémence :

« Eh quoi, docteur, vous y revenez! Partir! abandonner Eden sans essayer de le défendre! Non, par mes aïeux, je ne suis pas de taille à commettre une pareille forfaiture. Vous oubliez, docteur, que le moindre meuble de cette maison me tient au cœur, car il a appartenu à mon père, à ma mère, à mes enfants. Ici, tout est plein de souvenirs chers à mon âme, tout, jusqu'à ces murs que le temps effrite de son impitoyable main. Je défendrai Eden jusqu'à mon dernier souffle, c'est un devoir sacré. Quant à vous, docteur, ce n'est pas votre métier de vous battre, vous n'avez pas les mêmes raisons pour tenir à ces murs. Partez, je vous en prie. »

Le docteur sourit, tourmenta sa perruque, la replaça sur son crâne, et se frottant vigoureusement les mains :

« Partir, dit-il, non pas, s'il vous plaît. Je vais, pour le moment, imiter Célestin et Pélican, prendre un peu de repos; mais je reste, señor, je reste. Je veux voir des hommes dans leur vrai rôle : la guerre!

— Ne vous faites donc pas pire que vous n'êtes, mon brave docteur, lui répondit don Pedro. Vous ne voulez abandonner ni Camille, ni moi, ni aucun des gens à qui vous savez que votre secours pourra être utile ici. Dormez bien, ami, Dieu nous viendra en aide. »

Vers quatre heures du soir, quand le docteur reparut dans la cour du château, les conducteurs du convoi rentraient. Plusieurs arbres plantés le long des murailles venaient d'être abattus, et don Pedro, suivi de Camille qui lui servait d'aide de camp, veillait lui-même aux préparatifs de la défense. Du côté du village, le terrain à pic rendait un assaut peu probable ; deux ou trois sentinelles, postées sur la longue muraille, suffiraient pour déjouer les surprises. C'était vers la poterne que, selon toute apparence, les Indiens dirigeraient leur attaque principale. Là, les deux pavillons, pourvus de terrasses crénelées, permettraient d'opposer une première résistance à l'ennemi. Des munitions abondantes furent portées sur ce point, où devaient se masser les défenseurs d'Eden. Vers l'aile droite du bâtiment, les portes furent barricadées intérieurement, la tourelle d'observation fut pourvue de vivres ; c'était là qu'en cas de malheur devaient se réfugier les défenseurs du château.

Quand la nuit vint, grâce à l'activité déployée par don Pedro, les préparatifs de défense se trouvaient à peu près terminés. Les bestiaux et les volailles du village avaient été entassés dans la seconde cour, et ceux qu'on n'avait pu atteindre chassés dans les bois, afin de laisser aux Toltèques le moins de vivres possible.

Au coucher du soleil, les sentinelles furent postées sur la

crète des murs d'enceinte. Camille, qui voulait prendre sa
part des dangers qu'allaient courir son grand-père et ses
amis, apparut vêtue d'un costume de chasse qui avait,
quelques années auparavant, appartenu à Unac et qu'on
eût dit fait pour elle. La grâce et l'air déterminé de la jeune
fille arrachèrent des acclamations aux braves défenseurs
du château.

Célestin et Pélican, logés sur la terrasse du pavillon
qu'ils habitaient d'ordinaire, dont la défense leur avait été
confiée, se tenaient appuyés sur les créneaux et cherchaient
à percer les ténèbres pour examiner l'horizon.

« Il faut avouer, disait l'ex-matelot à son ami, que ces
messieurs Toltèques, comme tu te plais à les nommer,
Pélican, sont d'une politesse rare; ils n'ont pas même
attendu notre visite pour nous la rendre; seulement ils
viennent en ennemis, alors que nous allions vers eux en
amis.

— Eux être bien reçus tout de même, dit le nègre en
faisant jouer à plusieurs reprises le chien de son fusil.

— Je te recommande de nouveau, Pélican, de ne montrer ton nez qu'avec prudence par-dessus les créneaux; les
Toltèques sont d'habiles tireurs, don Pedro nous en a pré-
venus. Nous ne sommes pas nombreux, il s'agit d'économi-
ser nos vies; quant aux Toltèques, c'est une autre affaire,
ils sont dans leur tort, et, s'il leur arrive malheur, ils ne
l'auront pas volé.

— Moi pas méchant, massa Célestin, mais si Toltèques
tirer sur toi, moi tuer eux si pouvoir.

— C'est exactement ma manière de voir, répliqua
Célestin; je tiens à ta chevelure, Pélican, et je la défendrai

de mon mieux contre ces sauvages qui, paraît-il, sont très amateurs de cet ornement. »

Pélican se mit à rire.

« Si sauvages vouloir prendre cheveux au docteur, dit-il, eux bien attrapés.

— C'est ma foi vrai, répondit Célestin; mais, pour qu'un sauvage en arrive à toucher un seul des cheveux du docteur, il faudra que je sois devenu manchot, et toi aussi, j'aime à le croire. Allons! assez causé; de vraies sentinelles ne doivent pas parler sous les armes. Souvenons-nous du temps où nous étions matelots. »

La nuit s'écoula sans aucun incident; lorsque le soleil se leva sur la vallée, elle apparut paisible et déserte.

Don Pedro, Camille et le docteur, montés sur le sommet de la tourelle, étudièrent longtemps l'horizon à l'aide de longues-vues.

« Les Toltèques auraient-ils changé de direction? s'écria don Pedro. Si votre récit est exact, docteur, ces démons devraient être ici.

— Nous n'avions qu'un jour d'avance sur eux, répondit le docteur; mais plusieurs centaines d'hommes, obligés de pourvoir à leur subsistance, n'avancent pas avec la rapidité de trois simples piétons. D'ailleurs, ne nous plaignons pas de cette lenteur. Unac est peut-être déjà à Mérida, et, s'il y est, soyez sûr qu'il met le temps à profit. »

Don Pedro, impatient de ne rien découvrir, appela quatre de ses serviteurs, leur ordonna de seller des chevaux; puis, se plaçant à leur tête en compagnie de Camille. qui déclara ne pas vouloir se séparer de lui, il se lança à la découverte. Du haut de la terrasse, le docteur put suivre

31

des yeux la marche des explorateurs. Il les vit franchir la plaine au galop, traverser un petit bois, gravir une colline, puis disparaître. Alors, impatient à son tour, il parcourut tout le château, allant de Célestin au père Estevan, retournant chaque quart d'heure à son observatoire pour en redescendre plus inquiet.

Près de trois heures s'étaient écoulées depuis le départ de la petite troupe, lorsqu'une détonation lointaine résonna. En un instant, les défenseurs du château coururent se poster sur la muraille, regardant avec anxiété dans la direction où le bruit avait retenti. Grâce à sa lunette, le docteur distingua Camille et don Pedro; ils marchaient au pas de leurs chevaux, se retournant de temps à autre pour décharger leurs fusils. Bientôt les hommes de leur escorte tirèrent de leur côté, et des détonations incessantes troublèrent les échos de la vallée. Ces détonations devinrent si pressées que le docteur, descendant à la hâte de son observatoire, ordonna à Célestin et à Pélican de l'accompagner. Il se dirigea vers ses amis, craignant qu'ils ne fussent serrés de près par les sauvages. C'était là une imprudence dont le *padre* essaya vainement de détourner le docteur; il ne voulut rien écouter. Par bonheur, à moins d'un quart de lieue du château, il rencontra les explorateurs qui revenaient au galop.

« Quoi de nouveau? leur cria-t-il.

— L'ennemi! répliqua don Pedro; mais, par le ciel! docteur, que faites-vous ici, à pied, si loin d'Eden?

— Je me promène, señor, en compagnie de Célestin et de Pélican.

— La vérité, señor, s'écria l'ex-matelot, c'est que mon

XVII

LE DOCTEUR PUT SUIVRE DES YEUX LES EXPLORATEURS.

maître, vous supposant aux prises avec les Toltèques, nous emmenait à votre aide. »

Une nouvelle détonation retentit; une balle siffla aux oreilles des causeurs.

« Montez derrière moi, docteur, s'empressa de dire don Pedro, et vous, garçons, ajouta-t-il en s'adressant aux deux amis, montez en croupe derrière mes hommes. »

Les deux matelots obéirent; quant à leur maître, il allait argumenter pour se justifier du bon sentiment dont on venait de l'accuser, lorsque Camille s'approcha de lui :

« Croquemitaine, dit la jeune fille, si tu ne montes pas sur l'heure en croupe de grand-père, je mets pied à terre et je chasse mon cheval pour rester avec toi. »

Le docteur savait Camille de trempe à exécuter sa menace; il se hissa sur le cheval de don Pedro, et la petite caravane, saluée de plusieurs coups de fusil tirés par d'invisibles ennemis, se dirigea en toute hâte vers le château. Elle franchit la poterne sans accident, et la lourde porte fut soigneusement refermée.

Célestin et Pélican coururent à leur poste, don Pedro monta sur la tourelle.

Le soleil baignait la vallée de ses feux ardents, de légères vapeurs bleuâtres dansaient dans l'air, des oiseaux fuyaient à tire-d'aile. Sur aucun point on ne voyait trace des ennemis; l'escarmouche qui venait d'avoir lieu semblait un rêve.

La nuit vint, et un silence morne, troublé de temps à autre par la voix des sentinelles vigilantes, régna dans l'intérieur du château. Vers trois heures du matin, une multitude de feux s'allumèrent à l'improviste dans la plaine, tandis qu'une clameur immense remplissait la vallée. En entendant les cris poussés par les sauvages, le *padre* et don Pedro échangèrent un long regard. Ces cris rauques, semblables à ceux des fauves, les avaient assourdis plus d'une fois, et ils en savaient la terrible signification.

Bientôt les sons du lugubre tambour que connaissaient si bien Célestin et Pélican se firent entendre. Lorsqu'il cessa de résonner, le *padre* découvrit son front, et, se jetant à genoux, pria tout haut pour invoquer la protection du Seigneur en faveur des défenseurs d'Eden.

CHAPITRE XVIII

Une précaution de Célestin. — Le père Estevan. — Les parlementaires. —
Le message d'Ahuisoc. — Une idée de Pélican. — Expédition nocturne.

Don Pedro parcourut toute la ligne de défense, encourageant ses hommes par son sang-froid, son entrain, sa décision.

« Il faut prouver à ces mécréants, disait-il, que la paix ne nous a pas amollis et qu'Eden est toujours imprenable. Ne te tiens pas à découvert, mon brave Célestin ; nous avons affaire à des ennemis vigilants et qui savent tirer. Si Pélican, lui aussi, ne prend soin de s'abriter derrière les créneaux, il pourra bien recevoir une flèche ou une balle, je l'en préviens. Ménagez vos personnes, j'aurai bientôt besoin de votre adresse.

— Je me suis déjà frotté l'œil droit, señor, répondit Célestin, afin de le maintenir éveillé et de viser plus juste quand l'heure sera venue. Quel silence là-bas ! On pourrait croire que nos ennemis se sont endormis.

— Les Indiens, Célestin, ne procèdent guère que par surprise ; alors que nous y songerons le moins, nous aurons à supporter quelque rude assaut. Mais voici l'aurore, ils ne combattent d'ordinaire que la nuit, et nous allons peut-être gagner une journée de repos. Ils ne s'attendaient pas à nous trouver sur nos gardes.

— Moi bien rire, dit Pélican, quand massa Unac paraître et tomber sur messieurs Toltèques. »

Pélican s'était levé, son front dépassait le parapet. Célestin le tira violemment à lui.

« Si, comme j'en suis convaincu, tu n'as pas une tête de rechange, grand animal, s'écria l'ex-matelot, je te prie de prendre au sérieux la recommandation que vient de nous faire don Pedro, et de ne pas te mettre debout sans nécessité.

— Pas fâcher toi, massa Célestin ; moi rester maintenant assis comme Dents-d'Acier. Moi vouloir vivre pour battre messieurs Toltèques et rendre docteur content, puisque lui aimer la guerre.

— Crois-tu donc, répondit Célestin en secouant la tête, que notre maître soit aussi sanguinaire que te l'ont fait croire ses paroles? S'il pouvait, sans être vu, retirer les balles de nos fusils et de ceux des Toltèques, Pélican, je gage que le brave homme le ferait sans hésiter.

— Oui, lui bon, très bon, et falloir veiller sur lui.

— Sur lui, sur Mlle Camille, sur don Pedro, Pélican, c'est notre devoir. A l'heure de la mêlée, si elle arrive, je te recommande d'y avoir l'œil, comme je l'aurai de mon côté. Mais que se passe-t-il donc dans la cour? »

Le matelot traversa rapidement la terrasse du pavillon sur laquelle il était posté, et vit le *padre* Estevan qui, revêtu de ses habits d'officiant, insistait pour que Juan lui ouvrît la poterne.

« Par votre divin maître, *padre,* répétait don Pedro qui venait d'accourir, suivi du docteur, me direz-vous quel est votre dessein ?

— Je veux me rendre au camp des Indiens, mon fils ; je connais leurs mœurs, leur langue, et je ne crois pas impossible de les décider à reculer devant l'effusion du sang.

— Voilà une cause perdue d'avance, répondit le châtelain ; les Toltèques considèrent Eden comme une proie sûre et ne reculeront pas.

— Dieu est grand, reprit le vieux prêtre, et nul ne connaît ses desseins.

— Nous connaissons ceux de nos ennemis, répliqua don Pedro. Vous surtout qu'ils ont déjà martyrisé, *padre,* n'allez pas au-devant d'une mort inutile et certaine. »

Le *padre,* avec une douceur ferme, résolue, combattit une à une les objections que leur attachement pour lui suggérèrent à don Pedro, à Camille, au docteur. Néanmoins, si faible que fût son propre espoir d'empêcher l'effusion du sang, le chapelain considérait la démarche qu'il allait entreprendre comme un devoir sacré ; il persista.

« Allez donc, s'écria enfin don Pedro d'une voix émue ; mais, avant de partir, mon père, bénissez-nous. »

Le vieux prêtre étendit ses mains mutilées au-dessus de la tête de ses amis agenouillés ; puis, la poterne ayant été ouverte, il se dirigea vers le camp des Toltèques, la tête haute et les bras croisés.

Les défenseurs du château le virent atteindre une plantation de bananiers située vers la gauche, à bonne portée de fusil des murs d'Eden. Deux Indiens, ayant reconnu en lui un parlementaire, s'avancèrent à sa rencontre, et il disparut avec eux derrière le rideau de feuillage.

Pendant plus d'une heure, don Pedro, le docteur et Camille se tinrent près des créneaux de la terrasse, avec l'espoir, sans cesse déçu, de voir reparaître leur ami. Ils n'échangèrent que de rares paroles, pleines de tristes pressentiments. Vers midi, deux Indiens sortirent d'entre les bananiers; ils élevaient au-dessus de leur tête une longue branche garnie de ses feuilles.

« Auraient-ils écouté le *padre?* s'écria don Pedro. Ce sont des parlementaires. »

Le châtelain, montant sur une poutre, se plaça au centre d'un créneau, souleva son chapeau et le tint en l'air. Au bout d'un instant, les deux Indiens se mirent en marche vers la poterne. Don Pedro et le docteur descendirent pour les recevoir, tandis que Camille transmettait à tous les combattants l'ordre de se tenir sur la défensive et de ne point tirer.

« Sur mon honneur! cria soudain Célestin à son maître du haut de la muraille, l'un des oiseaux qui s'avancent, monsieur, est celui que Pélican a failli étouffer en le dénichant de derrière un arbre. »

Juan se disposait à ouvrir la poterne.

« Vous pas ouvrir, vous pas ouvrir! s'écria Pélican.

— Qu'aperçois-tu? demanda don Pedro.

— Moi voir Dents-d'Acier derrière vous, prêt à sortir, señor. Dents-d'Acier pas connaître ambassadeurs, lui, et manger eux, c'est sûr. »

En effet, le brave chien, voyant que l'on se disposait à ouvrir la porte, se tenait prêt à s'élancer dehors. Pélican, l'ayant saisi, s'empressa de l'enfermer et remonta près de Célestin.

La poterne fut entr'ouverte devant les deux parlementaires; ils pénétrèrent dans la cour du château. Célestin avait bien vu; l'un d'eux était, en effet, Léac. Son compagnon, homme aux traits rudes, énergiques, contractés par la grimace habituelle aux sauvages qui bravent le soleil la tête nue, se dégagea de sa couverture de laine et se montra vêtu d'un costume de peau de daim, enrichi de broderies d'argent.

Les regards des deux ambassadeurs se promenèrent successivement de don Pedro au docteur, puis se fixèrent sur Camille. Ils contemplaient la jeune fille avec surprise et se taisaient.

« J'attends, Toltèque, dit enfin don Pedro en s'adressant au plus âgé, que tu me fasses connaître l'objet de ta venue.

— Je suis Téletl, répondit l'Indien en assez bon espagnol, et mon père est le Soleil.

— Et moi je suis Pedro Aguilar, serviteur du vrai Dieu, répliqua le châtelain.

— Pedro Aguilar est un nom que connaissent les Toltèques, reprit le chef indien avec courtoisie; ils ont plus d'une fois rencontré celui qui le porte dans les batailles.

— Que veux-tu, chef? Parle.

— Je suis l'envoyé d'Ahuisoc, maître de la tribu du Soleil, et j'apporte des paroles de paix. »

Don Pedro tressaillit au nom de l'oncle d'Unac. Le docteur et Camille se rapprochèrent de lui.

« Puisses-tu dire vrai, Toltèque! répondit enfin don Pedro. Quel message m'envoie Ahuisoc?

32

— Le grand prêtre des blancs, reprit Téletl après un silence, est l'ami des Toltèques ; il est venu dans leur camp affirmer que les blancs n'aiment pas à répandre le sang.

— Il a dit la vérité, chef. Après ?

— Cette terre, reprit Téletl en frappant le sol du pied, appartient aux Toltèques. Les guerriers de ma tribu veulent se promener librement dans cette vallée, parcourir les salles du palais d'Eden, reprendre possession de l'héritage de leurs pères.

— Par le Christ ! répondit don Pedro, de la terre il y en a pour tous, et sur ce point nous pourrions nous entendre. Quant au château, il est à moi, non à vous ; il a été construit par mes pères, non par les vôtres. Je n'admets pas de discussion sur ce point. En dehors de ceci, que je ne puis t'accorder, que veux-tu ?

— Téletl ne veut rien.

— Alors lui décamper ! » s'écria subitement Pélican qui, du haut de son observatoire, écoutait cette conversation, et qu'un regard de son maître fit rentrer derrière les créneaux.

Vingt fois, sans trop y réussir, don Pedro essaya de ramener son interlocuteur au but secret de sa visite, à celui qu'il ne disait pas.

« Voyons, chef, s'écria don Pedro qui perdit soudain patience, parle clairement ou retire-toi. Que veux-tu ?

— Un Toltèque manque depuis longtemps à la tribu du Soleil, dit enfin l'Indien ; il habite cette demeure et se nomme Unac. Je lui apporte un message du frère de sa mère, appelle-le. »

Camille et le docteur se rapprochèrent encore de don

Pedro. Le châtelain, redevenu maître de lui, garda le silence à son tour. Révéler l'absence d'Unac était un danger, car les Toltèques devineraient vite que le jeune homme devait être à Mérida.

« Unac habite en effet cette demeure, répondit don Pedro ; que lui veut Ahuisoc ?

— Ahuisoc ne veut pas qu'un Toltèque soit le serviteur des blancs. Si Pedro Aguilar consent à rendre Unac à ses frères, les Toltèques seront cléments ; ils consentiront, peut-être, à reprendre le chemin de leur pays. »

Léac regardait silencieusement don Pedro, il semblait anxieux d'entendre sa réponse ; penché en avant, il retenait presque son haleine.

« Unac n'est ici le serviteur de personne, répondit le châtelain, Unac est libre de ses actions ; s'il lui plaisait de rejoindre Ahuisoc, il ferait ouvrir la poterne et marcherait vers son camp ; nul ici ne l'en empêcherait.

— Qu'il vienne donc parler lui-même.

— S'il n'est pas là, c'est qu'il ne veut pas paraître.

— Pourquoi ? reprit Téletl.

— Parce qu'il n'a pas confiance dans votre chef, dans celui qui a usurpé sa place. Vous rendre Unac, ce ne serait pas le rendre, ce serait le livrer, Téletl, tu le sais encore mieux que moi. »

Léac parut respirer avec satisfaction. Téletl, soulevant alors la branche verte qu'il avait apportée, la brisa par le milieu, la jeta aux pieds de don Pedro et se dirigea vers la poterne.

« Un mot encore, dit le châtelain ; si Unac déclarait

lui-même vouloir rester ici, les Toltèques retourneraient-ils dans leurs villages?

— Les Toltèques savent que les blancs ont perverti Unac; ils veulent lui rapprendre les coutumes de ses pères, ils veulent, de gré ou de force, le ramener dans son pays.

— Unac est devenu mon fils, chef, s'écria don Pedro, et, moi vivant, nul ne lui fera violence. Retourne vers les tiens, renvoie mon ambassadeur, et que Dieu décide entre nous.

— Le grand prêtre des blancs veut rester dans le camp des Toltèques; ils ne le rendront qu'en échange d'Unac.

— A ce compte, je pourrais donc vous garder tous deux comme otages, répondit don Pedro dont les sourcils se froncèrent; mais la trahison me répugne, même pour répondre à la trahison. Ahuisoc manque à la bonne foi en retenant le *padre* malgré lui, dites-le-lui de ma part; dites-lui aussi, chef, que, si un seul cheveu tombe de la tête du *padre*, la justice de Dieu, tôt ou tard, saura l'atteindre. »

Les deux Indiens franchirent la poterne et disparurent bientôt.

« Que pensez-vous de cette singulière ambassade, docteur? demanda don Pedro. Vous attendiez-vous à voir les Toltèques réclamer Unac?

— Ahuisoc les commande, señor, il a dû apprendre de Léac la présence de son neveu parmi nous.

— J'ai remarqué, dit Camille au docteur, que celui que tu nommes Léac semblait écouter avec inquiétude la réponse de grand-père; il a respiré avec une sorte de joie lorsque grand-père a déclaré qu'il ne livrerait pas celui que l'on réclamait.

— Unac doit avoir atteint Mérida, repartit don Pedro. Encore quatre jours, et il répondra lui-même à ses ennemis. »

Plusieurs coups de feu furent tirés contre les murailles ; chacun courut à son poste ; cependant personne ne répondit à cette provocation. En somme, c'était là un avis que les hostilités étaient ouvertes, et la surveillance devint active. Don Pedro, Camille, le docteur se tenaient volontiers sur la terrasse occupée par Célestin et Pélican. Les longues-vues, souvent promenées sur l'horizon, ne révélaient nulle part la présence des Indiens; on eût pu croire la vallée déserte:

« Ces païens nous gardent pour cette nuit quelque tour diabolique, répétait don Pedro ; qu'ils viennent, ils trouveront à qui parler. Le *padre,* par malheur, est un otage précieux et je me repens de l'avoir laissé partir.

— Moi, dit le docteur, je regrette que nous n'ayons pas gardé, comme représailles, les deux envoyés des Toltèques. C'eût été de bonne guerre.

— Moi avoir bonne idée, dit soudain Pélican.

— Explique-toi, s'empressa de répondre Célestin.

— Messieurs Toltèques travailler là-bas, derrière bananiers.

— C'est vrai, dit le docteur, j'ai fait la même remarque que Pélican.

— Quand nuit venue, reprit le nègre, moi sortir avec Célestin et Dents-d'Acier, et nous, tout doucement, marcher vers bananiers.

— Après ? dit l'ex-matelot.

— Quand nous être tout près, nous prendre un ou deux messieurs Toltèques et amener eux ici. Alors nous offrir changer prisonniers pour curé ; voilà.

— Ton idée est si bonne, Pélican, s'écria Célestin enthousiasmé, que je regretterai toute ma vie de ne pas l'avoir trouvée moi-même. Oui, avec l'aide de Dents-d'Acier, nous nous emparerons bien d'une paire de Toltèques.

— Pour cette expédition, dit don Pedro, il vous faut des hommes agiles, résolus. Antonio, Sébastien, Manuel vous accompagneront ; je vais les prévenir. »

Au coucher du soleil, quelques flèches et quelques balles furent lancées contre les murailles d'Eden par une vingtaine d'Indiens qui se montrèrent à découvert. Célestin et Pélican répondirent par deux coups de feu ; les Toltèques s'empressèrent aussitôt de regagner la ligne d'arbres derrière laquelle ils s'abritaient.

Vers dix heures du soir, la poterne tourna sans bruit sur ses gonds. Célestin, Dents-d'Acier, puis Antonio, Sébastien et Manuel se glissèrent silencieux à la suite de Pélican, promoteur de cette tentative. Don Pedro et le docteur crurent pouvoir sans inconvénient leur faire quelques centaines de pas de conduite. Camille, postée sur la terrasse du pavillon, entourée de bons tireurs, cherchait à percer les ténèbres afin de suivre plus longtemps dans leur marche aventureuse les hardis partisans. Mais la nuit était si profonde qu'on voyait à peine à trois pas devant soi, et les explorateurs marchaient avec tant de précautions que la jeune fille cessa bientôt de les entendre. Il y avait un quart

XVIII

LA POTERNE TOURNA SANS BRUIT.

d'heure environ qu'ils avaient complètement disparu ; elle commençait à s'inquiéter de ne pas voir son grand-père et le docteur revenir, lorsqu'elle crut saisir une vague rumeur vers sa droite, c'est-à-dire du côté opposé à celui par lequel s'était éloigné son grand-père. Elle se pencha au-dessus de la muraille pour mieux écouter et entendit un léger grincement contre le mur. Elle étendit le bras, sa main rencontra les deux montants d'une échelle.

« Alerte ! cria-t-elle. L'ennemi est là ! »

En même temps, elle fit feu. Bientôt des détonations pressées retentirent, et d'affreuses clameurs emplirent la vallée.

CHAPITRE XIX

Moment de confusion. — Désespoir de Célestin. — Le docteur au camp
des Toltèques. — Le Fils de la Nuit. — Sinistre entretien. — La perruque
du docteur.

Grâce à la connaissance qu'ils possédaient du terrain,
don Pedro et ses hardis compagnons, aussitôt après avoir
franchi la poterne, s'étaient guidés avec assez de sûreté
dans les ténèbres. Cependant le châtelain, occupé qu'il
était de multiplier ses recommandations à Pélican, à Célestin et à leur escorte, ne s'apercevait pas qu'il s'éloignait
des murailles d'Eden plus que de raison. La petite troupe
tout entière arriva sans accident près des bananiers; là
on fit halte pour écouter, car il fallait redoubler de prudence à mesure que l'on approchait de l'ennemi. Pélican,
dont Célestin essayait en vain de contenir l'ardeur, dépassa
les premiers arbres en compagnie de Dents-d'Acier, juste
au moment où le coup de feu tiré par Camille retentissait.

« Cette détonation vient d'Eden, dit sourdement don
Pedro, ramené soudain à la réalité de la situation; que
signifie cela? »

33

Il n'y avait pas à hésiter; on était découvert, il fallait regagner le château. De nouveaux coups de feu résonnèrent, et bientôt le cri de guerre des Toltèques se mêla à la fusillade.

« A la poterne! enfants, cria don Pedro d'une voix forte; quelque chose d'inattendu se passe là-bas.

— A la poterne! » répéta-t-on comme un mot d'ordre.

Et, sans essayer cette fois de dissimuler le bruit des pas, on rétrograda rapidement.

Un immense brasier s'enflamma tout à coup, et ses lueurs, éclairant la plaine, montrèrent une centaine de guerriers indiens qui, par groupes, s'éloignaient du château. Don Pedro et ses compagnons n'eurent point le temps de s'expliquer cette singularité, ils se trouvèrent à l'improviste en face d'une vingtaine d'ennemis.

« En avant! » cria le châtelain qui dégaina son sabre.

Une mêlée s'engagea : les Indiens, pour qui l'apparition des blancs sur leur derrière était inexplicable, résistèrent à peine et s'enfuirent terrifiés, laissant quatre ou cinq des leurs sur le carreau. Le docteur, toujours de sang-froid, ne perdant pas de vue, même au milieu de la mêlée, le but primitif de l'expédition, s'était cramponné au bras de l'un des fuyards et tentait de le contenir. Le Toltèque, plus robuste que son adversaire, allait l'entraîner lorsque Célestin vint prêter main-forte à son maître en jetant à bas, d'un coup de macheté, celui qui de prisonnier était devenu agresseur. La voie dès lors étant libre, on se rapprocha de la poterne, et bientôt la petite troupe, augmentée de quatre Toltèques faits prisonniers dans la bagarre, se trouva réunie dans la cour du château.

« Avez-vous compris quelque chose à notre aventure?
s'écria don Pedro en s'adressant au docteur qui, du plus
beau sang-froid, replaçait sa perruque en équilibre.

— Pas un mot, répondit le savant; cependant c'est
d'ici qu'est parti le premier coup de feu. »

Camille, descendue à la hâte de la terrasse, se précipita dans les bras de son grand-père et l'étreignit avec
force.

« Est-ce toi qui as ordonné de tirer, mignonne?

— A peine étiez-vous partis, répondit la jeune fille,
que, par une singulière coïncidence, une bande de Toltèques s'avançait de son côté pour nous surprendre. Un léger bruit attira mon attention; j'étendis la main, je sentis
les montants d'une échelle. J'étais armée, je tirai à tout
hasard sur un Indien prêt à franchir le parapet; le malheureux tomba comme une pierre. Que Dieu ait son âme!
dit-elle en frissonnant au souvenir de son exploit. L'impor-
tant, ajouta-t-elle, c'est que l'alarme était donnée. Ah!
pourquoi vous étiez-vous laissé entraîner si loin, grand-
père?

— Qu'importe! mignonne, puisque ton sang-froid nous
a sauvés, s'écria le châtelain; tu es une vraie Aguilar. Je
comprends maintenant la panique de nos ennemis en nous
apercevant dans la plaine : ils se sont vus entre deux
feux sans comprendre mieux que nous ce qui leur arrivait.
Mais depuis quand les Toltèques escaladent-ils les murailles à l'aide d'échelles? A n'en pas douter, ce sont les
Anglais de Balise qui, en leur vendant des fusils et de la
poudre, leur apprennent ces gentillesses. Allons boire un
grog, docteur; les feux qu'ils allument prouvent que les

Toltèques nous laisseront en repos cette nuit. Holà ! que
se passe-t-il donc là-bas ? Célestin devient-il fou ? »

Le châtelain se rapprocha de la poterne, que le matelot
voulait ouvrir malgré l'opposition de ses compagnons.

« Laissez-moi ! criait-il en se débattant avec rage, je
vous assomme si vous ne me lâchez pas.

— Qu'avez-vous, Célestin ? demanda le châtelain avec
autorité.

— Pélican, señor, répondit le matelot d'une voix
étranglée, Pélican n'est pas rentré avec nous. »

Don Pedro et le docteur regardèrent autour d'eux : le
nègre n'était pas là.

« Il faut qu'il soit dangereusement blessé, reprit Célestin, et les Toltèques l'achèvent peut-être à cette heure.
Ordonnez qu'on m'ouvre la porte, señor, ou je ferai quelque malheur.

— Vous seriez mort avant d'avoir fait cent pas dans
la plaine, mon pauvre Célestin, dit le châtelain. Ne voyez-
vous pas que les Toltèques, éclairés par leurs feux, pourraient maintenant tirer sur vous à coup sûr ?

— Qu'ils me tuent, mais je n'abandonnerai pas le
compagnon qui, autrefois, a risqué sa vie pour sauver la
mienne. Lâchez-moi, Sébastien ! lâchez-moi, Juan ! »

Le docteur s'interposa. Le matelot ne voulait rien entendre et se débattait furieux entre les mains de ses compagnons.

« M'écouteras-tu, enfin ? dit le docteur en le saisissant
au collet et en le secouant avec force : si tes violences pouvaient quelque chose pour ton ami, crois-tu que nous te
refuserions la clef des champs ? Est-ce donc si agréable de

garder de force un enragé de ton espèce? Écoute-moi. Nous
avons quatre prisonniers, les Toltèques le savent, et, dans la
crainte de représailles, ils se garderont d'attenter à la vie
de Pélican. Voilà une meilleure garantie de son salut que
toutes les sottises que tu pourrais entreprendre.

— Je connais les Toltèques, Célestin, dit à son tour
don Pedro; aussitôt le jour venu, ils viendront réclamer
leurs compagnons prisonniers et proposer un échange. »

Il fallut répéter cent fois ces paroles au pauvre matelot avant qu'il se calmât. Ses cris, ses appels à Pélican
émouvaient tous les assistants, et le docteur, au lieu de ses
sarcasmes habituels, finit par ne prononcer que de bonnes
paroles pour calmer son serviteur. Enfin, muet, sombre,
farouche, Célestin alla se poster sur la terrasse et, durant
toute la nuit, demeura tourné vers les bananiers.

« S'ils ont tué Pélican, répétait-il de temps à autre
en étendant le poing vers le camp des Toltèques, malheur
à eux! »

Les quatre prisonniers avaient été renfermés dans le
pavillon de Juan. Eux aussi passèrent la nuit à veiller
et refusèrent de toucher aux aliments qu'on leur présenta.

Le soleil venait à peine de se montrer sur l'horizon que
Célestin réveillait son maître, qui, étendu sous le corridor
extérieur, dormait près de don Pedro.

« Voici le jour, monsieur, dit le matelot, il est l'heure
de songer à Pélican. »

Don Pedro releva la tête.

« Patience encore, mon brave Célestin, dit-il; les Toltèques, crois-le bien, sont aussi anxieux que toi de con-

naître le sort de leurs compagnons. La meilleure politique
est de les laisser venir, non d'aller à eux. »

Sur ce point, Célestin ne voulut rien entendre; aussi,
une demi-heure plus tard, sans armes, portant une branche
verte à la main, s'avançait-il avec son maître, qu'il était
parvenu à entraîner, vers le camp des Toltèques.

« J'ai consenti à faire la sottise avec toi, dit le docteur
à son compagnon, mais j'entends la faire posément, dans
les règles. Si tu ne veux pas procéder avec méthode et gravité, je t'avertis, Célestin, que je te plante là. Don Pedro
nous a répété que la gravité d'un ambassadeur pèse d'un
grand poids dans l'esprit des Toltèques; donc, soyons
graves !

— Pélican attend, monsieur, il doit être blessé et... »

Le pauvre matelot se tut, il se sentait prêt à pleurer.

Les deux parlementaires se dirigèrent vers les bananiers; cinquante pas les en séparaient lorsqu'une douzaine
d'Indiens se montrèrent à l'improviste, leur intimant l'ordre
de s'arrêter.

« Que voulez-vous? demanda l'un d'eux en espagnol.

— Nous sommes envoyés, répondit le docteur, par
don Pedro Aguilar, et nous voulons parler au chef
Ahuisoc. »

Les Indiens entourèrent Célestin et son maître, puis
les guidèrent vers la droite en les éloignant des bananiers.
Les parlementaires durent traverser un champ de cannes à
sucre dévasté et se trouvèrent dans une plantation de co-
tonniers. Là se dressaient une multitude de huttes de feuillages. Le docteur et Célestin, en un instant, furent entourés de plusieurs centaines de Toltèques, occupés les uns

XIX

SOUDAIN IL S'ARRÊTA, INTERLOQUÉ.

à fourbir leurs armes, les autres à griller de la viande sèche sur des charbons ardents. Leurs guides écartèrent cette foule et s'arrêtèrent à cent pas d'une cabane plus haute que les autres, autour de laquelle se tenaient une centaine de guerriers de haute taille, la garde d'Ahuisoc.

Les regards de Célestin ne cessaient d'errer autour de lui; vingt fois il avait été tenté d'interroger les Indiens sur Pélican, mais son maître lui avait chaque fois imposé silence.

« Le chef va venir, dit un des Indiens; que les blancs se préparent à dire la vérité. »

L'escorte s'écarta; le docteur et Célestin restèrent isolés, entourés à distance de Toltèques attirés par la curiosité.

Soudain Célestin poussa une exclamation de joie et saisit le bras de son maître.

« Pélican! cria-t-il, j'aperçois Pélican et Dents-d'Acier, sains et saufs tous les deux, monsieur! »

Et, avant que le docteur eût pu s'opposer à son action, Célestin courait vers son ami. Soudain il s'arrêta, interloqué au plus haut degré de ce qu'il voyait. Au lieu d'être dans l'attitude d'un prisonnier gardé à vue, Pélican, entouré d'une vingtaine d'Indiens, semblait pérorer avec une solennité que son ami ne lui connaissait pas, et ses auditeurs, suspendus à ses lèvres, se penchaient vers lui avec déférence. Pélican était armé d'un fusil, un grand manteau indien enveloppait majestueusement son admirable torse, et sur son front se dressait une plume d'aigle retenue par un éclatant bandeau d'étoffe rouge.

Revenu de sa surprise, Célestin reprit sa marche vers son ami, le hélant de toute sa voix par son nom. Au son de cette voix, Pélican tressaillit ; les Indiens qui l'entouraient s'écartèrent, et le nègre fit un pas en avant. Tout à coup, se ravisant, il dégagea son fusil, posa la crosse sur le sol, et, cent fois plus imposant qu'un tambour-major s'appuyant sur la pomme d'argent de sa canne, il appuya sa main droite sur le canon de son arme.

« Pélican ! s'écria Célestin, prêt à s'élancer au cou de son ami, et suffoquant de joie.

— Arrêter vous, cria le nègre d'une voix impérieuse, en s'exprimant en espagnol. Vous dire, s'il vous plaît, qui vous oser appeler Pélican ?

— Qui j'appelle Pélican ? dit Célestin stupéfait. Qui diable pourrais-je appeler Pélican si ce n'est toi, mon vieux camarade ?

— Moi pas camarade à vous, et moi pas Pélican, répondit le nègre avec un dédain suprême.

— Comment, toi pas Pélican ! Ai-je la berlue, par hasard, et n'es-tu pas assez reconnaissable pour que l'on ne puisse s'y tromper ? Toi pas Pélican, voilà du nouveau !

— Non, répliqua le nègre avec assurance, moi pas Pélican, et moi pas connaître du tout vous.

— Toi pas connaître moi ! s'écria Célestin, voilà une bonne plaisanterie. Laisse-moi t'embrasser, mauvais garçon, je te croyais mort, et je viens de passer une nuit...

— Moi pas mort, moi pas Pélican, moi pas connaître vous.

— As-tu perdu la tête ? s'écria Célestin qui regarda son ami avec terreur, et ne sais-tu plus parler français ?

— Moi pas fou et moi pas Pélican non plus.

— Qui es-tu donc alors ?

— Moi Fils de la Nuit, moi grand chef de tribu du Soleil, moi protecteur des Toltèques. »

Tout en parlant, Pélican étendait les bras. Les Indiens s'inclinèrent; un murmure de satisfaction accueillit les gestes et les paroles du nègre.

La foudre tombant aux pieds de Célestin ne l'eût pas stupéfié autant que ce qu'il entendait. Il demeura muet et regarda sans mot dire Pélican qui s'éloignait majestueux.

« Vous êtes un coquin, un drôle, une canaille, un serpent, cria-t-il enfin. Vous un chef toltèque! un beau chef, ma foi! Voulez-vous savoir mon opinion? Vous êtes un rien du tout, voilà ce que vous êtes. Je comprends. Ces sauvages vous ont comblé de caresses, et vous êtes passé à leur bord. Ah! je n'aurais jamais cru cela de votre part. Et moi qui vous pleurais!... Vous êtes un rien du tout, un traître, un lâche, un faux frère, voilà mon opinion. »

Pélican, déjà loin, n'entendait plus.

Célestin, furieux, siffla Dents-d'Acier; le chien dressa bien les oreilles, remua bien la queue, mais il partit rejoindre le nègre.

« Quoi, lui aussi! » s'écria le pauvre matelot qui, dans son indignation, s'élança dans la direction suivie par son ami avec l'intention de l'assommer à coups de poing.

Un jeune Indien qui avait observé toute cette scène en silence, le saisit d'une main de fer :

« Tais-toi, lui dit-il rapidement à voix basse, veux-tu te faire massacrer, et ton maître en même temps que toi? »

C'était Léac. Le matelot regarda le jeune homme bouche béante, et se laissa docilement ramener près du docteur.

34

Il allait lui raconter son aventure lorsque Ahuisoc, le front ceint d'une sorte de diadème, les vêtements couverts de broderies d'or, s'avança majestueusement.

Ahuisoc, haut de taille, un peu obèse, avait un regard sans cesse en mouvement ; ses traits durs, mais intelligents, manquaient de franchise. Le docteur regardait avec curiosité cet homme dont Unac lui avait si souvent parlé, et qui, pour satisfaire son ambition, avait sacrifié son jeune neveu. Le chef indien, de son côté, examina longtemps le docteur.

« Es-tu Pedro Aguilar ? lui demanda-t-il enfin.

— Non, répondit le docteur ; je viens seulement te parler en son nom.

— J'écoute.

— Tu retiens prisonniers dans ton camp, chef, deux hommes appartenant au château.

— Tu te trompes, répondit le sauvage ; le grand prêtre des blancs est ici par sa volonté, et le Fils de la Nuit est venu le rejoindre.

— Le Fils de la Nuit, monsieur, s'écria Célestin avec indignation, n'est autre que Pélican, qui, en effet, a viré de bord du côté des sauvages et navigue... »

En entendant le matelot élever la voix et s'exprimer dans une langue incompréhensible pour lui, Ahuisoc recula avec méfiance. Le docteur s'empressa d'imposer silence à son serviteur.

« De vous deux qui est le chef ? demanda Ahuisoc.

— Moi, répondit le docteur.

— Viens, dit Ahuisoc, et que celui-ci reste en arrière ; il ne parle pas avec le calme d'un guerrier. »

Ahuisoc, salué par les Indiens devant lesquels il passait, se dirigea d'un pas lent vers la plaine, sortit du champ de cannes à sucre et regarda un instant Eden dont les hautes murailles se dressaient devant lui.

« Pedro Aguilar veut-il la paix ou la guerre ? demanda-t-il à mi-voix, de façon à n'être point entendu de son escorte restée, ainsi que Célestin, à vingt pas en arrière.

— La paix, chef, répondit le docteur, mais à des conditions acceptables. Tu sais sans doute que quatre de vos guerriers sont en notre pouvoir.

— Tu te trompes encore, répliqua Ahuisoc en regardant en face son interlocuteur, il y a cinq Toltèques dans le camp de Pedro Aguilar.

— Quatre, sur mon honneur...

— Pedro Aguilar, reprit Ahuisoc en interrompant le parlementaire, a-t-il si bien changé le cœur d'Unac que celui-ci se considère comme un blanc ? Unac renierait-il son pays ? Écoute, ajouta Ahuisoc, et parlons comme des hommes. Mes guerriers sont nombreux et les défenseurs du château sont comptés. Avant vingt-quatre heures Eden sera en ma possession, et tous ceux qui l'habitent, hommes, femmes, enfants, payeront de leur vie l'audace d'avoir résisté à mes guerriers. Mais Ahuisoc est généreux, il n'est pas l'ennemi de Pedro Aguilar. Que celui-ci lui renvoie Unac, et les Toltèques regagneront leur pays.

— Pedro Aguilar, chef, a déjà dit aux guerriers venus en ton nom qu'Unac est libre, que c'est par sa volonté qu'il reste près des blancs.

— Je veux Unac, répondit Ahuisoc dont les yeux clignotèrent ; qu'il ramène ici mes quatre guerriers, aussitôt le grand prêtre et le Fils de la Nuit seront libres. »

« Unac, dit le docteur, désire vivre parmi les blancs. Comment lui faire violence? Le livrer, ce serait le trahir.

— Je le veux, dit Ahuisoc ; je veux Unac vivant ou mort ! comprends-tu ? »

A cette proposition, accentuée d'une façon sinistre et qui permit au docteur de lire jusqu'au fond de l'âme de son interlocuteur, le brave médecin fut pris d'une envie presque irrésistible de sauter à la gorge d'Ahuisoc. Pour se contenir, il enleva brusquement sa perruque et la fit tournoyer avec rage.

Ahuisoc, étonné, recula de quelques pas. Tous les sauvages, dont les regards étaient fixés sur le parlementaire, poussèrent un cri en voyant celui-ci se scalper en quelque sorte lui-même ; ils se rapprochèrent en tumulte.

« Nous possédons quatre de tes guerriers, dit enfin le docteur d'une voix brève, et je te les offre en échange de mes deux compagnons. Quant à te livrer Unac pour que... jamais.

— Bon, dit Ahuisoc, don Pedro veut la guerre, il l'aura. Avant vingt-quatre heures le château sera en ma possession, va le lui annoncer. »

Cela dit, Ahuisoc s'éloigna. Le docteur appela Célestin, et tous deux rentrèrent au château.

Si le récit du docteur surprit Camille et don Pedro, celui de Célestin, en ce qui concernait Pélican, leur parut invraisemblable.

« Tu auras mal entendu, répétait Camille, Pélican est incapable d'une telle félonie.

— Il est homme, disait le docteur en secouant la tête.

— C'est justement pour cela, répliquait don Pedro, que je ne puis croire à sa trahison. Il y a là-dessous un mystère qui tôt ou tard nous sera expliqué.

— En attendant, señor, dit Célestin, il va falloir tirer sur lui et sur Dents-d'Acier. Quel bouleversement! je m'y perds, je m'y perds en vérité.

— Ainsi, reprit don Pedro, c'est Unac que ce misérable sauvage vient chercher ici; avant trois jours, docteur, mon brave enfant répondra lui-même, et, je l'espère, victorieusement. »

Des détonations répétées rappelèrent les combattants à leur poste; une centaine d'Indiens, divisés par petits groupes, attaquaient le château dans vingt directions différentes. Bientôt les défenseurs, obligés de se multiplier, n'eurent plus de répit.

CHAPITRE XX

Au bruit de la première détonation, Célestin s'était élancé sur la terrasse de son pavillon ; là, l'œil au guet, prenant son temps pour viser, il cherchait à ne pas brûler en vain sa poudre. Le souvenir de la conduite de Pélican continuait à troubler l'esprit droit et le cœur aimant du matelot. S'être vu renier par le nègre lui semblait un fait si monstrueux qu'il se demandait à chaque instant s'il n'avait pas rêvé.

« Mais non, se répétait-il, j'ai vu, entendu. Si cette scène eût été une comédie, une nécessité imposée à Pélican par les circonstances, un geste, un clignement d'yeux de sa part eût suffi pour m'en instruire. Pélican, lorsqu'il le veut, est plus fin que maître renard. Quelle aventure ! Mon maître a raison d'exécrer les hommes ; dorénavant, au lieu de rire de ses sorties, je ferai chorus avec lui. »

Et triste, sombre, le matelot tirait avec rage sur les ennemis qui s'aventuraient de son côté.

La journée s'écoula en vaines démonstrations de la

part des Indiens. Huit ou dix furent atteints. Blessés ou morts, ils étaient aussitôt emportés par leurs compagnons. La nuit venue, les Toltèques allumèrent de grands feux, sans toutefois cesser de tenir l'ennemi en éveil. Leur but, évidemment, était de fatiguer la petite garnison. Don Pedro, devinant cette tactique, força une moitié de ses hommes à se reposer.

« Encore trois jours, répétait-il, et Unac revenant à la tête de nos hommes, chassera comme de la poussière ces mécréants. Ah! docteur, si nous étions cent au lieu d'être trente, je ferais une sortie et vous verriez une belle bataille. Mais patience. »

Vers minuit les feux s'éteignirent, et l'ombre envahit la vallée. Devant les braises ardentes des foyers on voyait, du haut des murailles, défiler des Indiens qui semblaient se porter vers la droite du château. Célestin signala cette manœuvre à son maître; don Pedro, redoutant un assaut, porta la plus grande partie de ses hommes sur le point menacé. Le feu des assiégeants cessa tout à coup.

« Encore une nuit de gagnée! s'écria Célestin trompé par cette apparence; dans deux heures il fera jour. »

Il achevait à peine de prononcer cette phrase qu'une formidable clameur s'éleva, et qu'une grêle de balles vint frapper la crête des murs du côté vers lequel les Indiens semblaient s'être massés. Don Pedro, le docteur, Camille coururent vers ce point; ils l'atteignaient à peine que deux de leurs hommes tombaient blessés. Un feu nourri répondit à celui des Toltèques. Soudain un rouge éclair embrasa l'horizon, bientôt suivi d'une formidable détonation. Une pluie de pierres tomba autour des défenseurs du château qui, se retournant, aperçurent une immense brèche ouverte dans la muraille, du côté du village.

« Les démons, s'écria le châtelain, minaient l'enceinte tandis qu'ils nous tenaient ici en haleine. Par le ciel ! docteur, ils ont appris à faire la guerre et ne combattent plus comme de grands enfants. »

Don Pedro se tut : une bande de sauvages escaladait la brèche.

« A la tour ! cria le châtelain d'une voix de stentor. Vite ! Camille, rallie nos gens et guide-les vers la tour. »

Don Pedro, le docteur et les combattants se précipitèrent tête baissée sur les assaillants, dans le dessein de les contenir, de donner aux hommes épars sur les murailles le temps de gagner le point désigné. Grâce à leur sang-froid, les soldats de don Pedro exécutèrent cette retraite avec ensemble et rapidité. Le châtelain et le docteur, sans cesser de combattre, reculèrent peu à peu dans la direction de la tour ; ils étaient près de l'atteindre lorsqu'ils aperçurent Célestin qui, du haut de son pavillon, tirait encore avec rage sur les Toltèques.

« Portez cette prune de ma part au Fils de la Nuit, criait le matelot chaque fois qu'il déchargeait sa carabine. Où donc se cache-t-il, ce vaillant chef ? »

Don Pedro et le docteur, bravement secondés par l'intrépide Camille, firent un retour offensif pour dégager le matelot.

« Descendras-tu, malheureux ? lui cria son maître. Veux-tu nous faire massacrer tous ? »

D'un bond prodigieux, Célestin s'élança sur le parapet ; puis, avec l'agilité d'un singe ou plutôt d'un matelot qu'il

35

était, il se laissa glisser dans la cour et se rangea près de ses amis.

« A la tour! à la tour! » cria de nouveau don Pedro.

Deux minutes plus tard, la lourde porte se refermait derrière le châtelain, rentré le dernier. Vingt fusils sortirent alors des meurtrières, et une première décharge mit cinq ou six Toltèques hors de combat. Leurs compagnons, intimidés, rétrogradèrent aussitôt, et la cour fut évacuée en un instant. Le feu continua pendant une heure encore, puis le jour parut.

Les défenseurs du château avaient sept hommes blessés, dont trois atteints mortellement. Mais une vingtaine de Toltèques gisaient le long des murs et près des pavillons. Le docteur, escorté de Célestin, s'occupa bientôt de relever ces malheureux, et les transporta sous le corridor pour les panser. La plaine était redevenue déserte.

« Les Toltèques ont appris à faire la guerre, répétait sans cesse don Pedro, soit; mais comment ont-ils pu se procurer assez de poudre pour établir la mine dont l'explosion a failli nous perdre?

— Ils en ont peut-être trouvé dans les cabanes du village, señor, répondit Célestin.

— Par le ciel! vous avez cent fois raison, et nous sommes châtiés pour avoir été négligents... Patience! Encore quarante-huit heures et Unac sera ici. »

Célestin hocha la tête. Bien qu'il remplît héroïquement son devoir, le pauvre matelot ne pouvait secouer le poids qui oppressait son cœur.

Doña Gertrudis, tout en se lamentant, secondait le docteur dans les soins qu'il prodiguait aux blessés. Quant à

celui-ci, il semblait avoir renoncé à ses paradoxes. Après
avoir vaillamment combattu aux côtés du châtelain, s'occu-
pant surtout de protéger Camille, il pansait les sauvages,
tout surpris de la douceur avec laquelle il les traitait.

Don Pedro comptait sur plusieurs heures de répit, et
s'attendait à voir des parlementaires se présenter. Son espoir ne se réalisa pas. La fusillade recommença à l'improviste; il fallut regagner la tour au plus vite et entraîner de
force le docteur qui voulait rester près des malades.

« Ces brigands vont périr si je les abandonne, dit-il;
transportons-les dans la tour.

— Je le ferais volontiers, dit don Pedro, mais ce serait
nous exposer à une mort certaine.

— Demandons une trêve aux Toltèques.

— Ahuisoc ne l'accordera pas; il veut notre extermination, et surtout celle d'Unac. »

Les balles pleuvaient, et le docteur dut suivre ses compagnons.

Plusieurs heures se passèrent à tirailler, sans dommage
pour les assiégés bien abrités dans la tour. Néanmoins ce
ne fut pas sans appréhension qu'ils virent la nuit s'approcher, car, à n'en pas douter, les Toltèques, dont ils avaient
appris à craindre les machinations, tenteraient alors un
effort désespéré. Vers le soir ils cessèrent leur feu. A
deux heures du matin, de sourdes rumeurs donnèrent
l'alarme; de grandes ombres défilaient dans la cour. Don
Pedro, Camille, Célestin tiraient sur ces ombres qui, en
dépit des coups les mieux ajustés, avançaient jusqu'au
pied de la tour et semblaient invulnérables. C'est que
les Indiens avaient fabriqué d'énormes fagots, et, proté-

gés par ces remparts portatifs, ils les amoncelaient au pied
de la tourelle. Bientôt ils les enflammèrent, se placèrent
hors de portée, et ne répondirent plus au feu des assiégés. Les flammes grandirent peu à peu, léchèrent les murailles, et les assiégés se virent forcés d'abandonner les
meurtrières. Pendant une demi-heure on n'entendit plus
dans l'immense cour d'autre bruit que le crépitement des
branches. Soudain un rouge éclair, suivi d'une explosion
formidable, ébranla le château : des pierres, des tisons
enflammés furent lancés vers le ciel ; on eût dit l'éruption
d'un volcan. Lorsque la fumée se dissipa, la vieille tour
démantelée, entr'ouverte, jonchait le sol de ses débris, et,
de ses défenseurs, plus un seul n'était debout !

Des cris de triomphe furent poussés par les sauvages,
et Ahuisoc parut sur la brèche de la muraille, porté par ses
guerriers. La cour, semée de tisons enflammés, était ina-
bordable ; le chef fut donc forcé de reculer jusqu'au dehors
de l'enceinte. Dans cette vaste ruine, le silence n'était
troublé que par les cris des blessés. Tout à coup un homme
s'élança sur les murailles encore fumantes de la tour ;
c'était Pélican, suivi de Dents-d'Acier.

« Célestin ! massa Célestin ! » cria le nègre.

Puis il se tut pour écouter.

« Célestin ! docteur ! massa Célestin ! mam'zelle Camille ! » répéta-t-il.

Rien que le silence.

Pélican, comme saisi de rage, se mit à écarter les
pierres et à les lancer par blocs autour de lui, soulageant
en quelque sorte sa fureur par ses efforts de Titan. Dents-
d'Acier, de son côté, grattait le sol avec ardeur.

AHUISOC PARUT SUR LA BRÈCHE DE LA MURAILLE.

« Célestin ! » répétait Pélican de temps à autre.

Enfin, vaincu par la fatigue, voyant l'inutilité de son travail, le nègre s'arrêta.

« Eux morts ! dit-il d'une voix étranglée, eux morts ! »

Les poings fermés, il se tourna vers les Toltèques :

« Quand massa Unac venir, s'écria-t-il, moi tuer eux tous ! tous ! puis mourir aussi. »

Alors le nègre s'assit sur les décombres, se cacha le visage entre les mains et se prit à pleurer. Serré contre lui, léchant ses mains ou flairant le sol, Dents-d'Acier, de loin en loin, hurlait à la façon lugubre des chiens perdus.

CHAPITRE XXI

Triomphe d'Ahuisoc. — Malheur aux vaincus. — Dévouement de Pélican.
Résurrection.

Lorsque le soleil apparut au-dessus de la vallée d'Eden, d'ordinaire si paisible, ses rayons éclairèrent une affreuse scène de désolation. Çà et là des corps mutilés de Toltèques, ceux des malheureux blessés que le docteur avait abrités sous le corridor, et que la violence de l'explosion avait lancés dans toutes les directions. La tourelle, encore fumante, se montrait à demi démolie. Au pied des murs calcinés, couché la face contre terre, gisait immobile le pauvre Pélican, près duquel Dents-d'Acier se tenait accroupi. Dans la campagne, le son lugubre du tambour des sauvages résonnait presque sans interruption, couvert parfois par les cris de triomphe des vainqueurs.

Peu à peu des guerriers isolés se hasardèrent dans la cour du château. Aussitôt convaincus que, les blessés exceptés, pas une âme vivante ne restait dans l'antique demeure, ils pénétrèrent dans les bâtiments, préservés du feu par un hasard providentiel. Le pillage commença par

la chambre de doña Gertrudis, et Dieu sait quels gémisse-
ments eût poussés la bonne dame si elle eût pu voir ses
plus belles parures entre les mains des sauvages émer-
veillés.

Ahuisoc, entouré des guerriers qui composaient sa
garde particulière, parut à son tour sur la brèche, et
ordonna de démolir la poterne à coups de hache. Il fit
transmettre à tous les Toltèques l'ordre impératif de venir
se ranger dans l'immense cour du château; mais ce fut
une rude corvée que d'arracher les sauvages aux joies du
pillage. Il fallut même employer la force pour rassembler
leurs bandes indisciplinées. Enfin, les issues du château
bien gardées, Ahuisoc se plaça sur le perron du corridor,
et sa main étendue annonça qu'il voulait parler.

« Le soleil a récompensé le courage de ses fils, dit-il
d'une voix forte, au milieu d'un profond silence, et la forteresse de don Pedro Aguilar leur appartient. Les Toltèques
seront bientôt les maîtres de Mérida, car il leur faut la terre
entière du Yucatan.

— Vive Ahuisoc, le chef victorieux! crièrent les gardes
comme obéissant à un mot d'ordre.

— Nous sommes venus dans les plaines, reprit l'astu-
cieux sauvage, pour délivrer le fils aimé des descendants
du soleil, Unac, mon neveu, que chacun croyait mort, et
qui était prisonnier des blancs. Or les blancs sont habiles;
ils avaient changé le cœur d'Unac, fait de lui leur esclave.
Nous l'avons appelé en vain par nos cris de guerre; ne
sachant plus combattre, il a refusé de nous rejoindre. Il
gît maintenant sous les ruines de la forteresse de nos
ennemis, et l'heure est venue pour la tribu d'élire un nou-

veau chef, puisque celui dont je gardais l'héritage et au nom duquel j'exerçais le pouvoir n'existe plus. »

Un tumulte indescriptible se manifesta dans les rangs des sauvages, qui s'interpellaient avec animation. Ahuisoc fit signe qu'il voulait parler encore.

« Devant ces ruines, dit-il en montrant la poterne et la tourelle, devant cette demeure dont nous allons partager les richesses conquises par leur courage, que les enfants du Soleil nomment celui qui doit devenir à jamais leur chef suprême; moi, ma tâche est accomplie, je ne suis plus qu'un simple guerrier. »

Tout en parlant, Ahuisoc retirait le cercle d'or qui ceignait sa tête et le présentait à la foule. Soudain le commandant de ses gardes s'approcha de lui.

« Depuis dix ans, dit-il, tu nous conduis à la victoire, et le sang des ancêtres d'Unac coule dans tes veines. Nous voulons continuer à t'obéir. Unac est mort, vive Ahuisoc, chef redouté des Toltèques! »

Léac, autour duquel une trentaine de jeunes guerriers s'étaient groupés depuis le commencement de cette scène, s'avança.

« Unac n'est pas mort! cria-t-il, et, s'il est devenu le prisonnier des blancs, c'est... »

La voix du jeune Indien fut couverte par les clameurs menaçantes des gardes d'Ahuisoc qui, replaçant le cercle d'or sur sa tête, s'écria :

« Au nom de notre père Tonatiu, j'accepte le commandement qui m'est imposé. C'est notre grand ancêtre, ajouta-t-il en montrant l'orient, qui veut que je sois chef de ses fils; malheur à ceux qui tenteraient de désobéir au Soleil! »

36

Léac, irrité de cette usurpation effrontée, voulut protes-
ter de nouveau. Les gardes d'Ahuisoc préparèrent aussitôt
leurs armes, comme prêts à fondre sur le jeune Indien et
sur le petit groupe de ses partisans. Jugeant la lutte par
trop inégale, Léac entraîna ses compagnons, tout en déclarant que, une fois de retour au village, il protesterait
derechef devant la tribu entière contre cette élection imposée.

Ahuisoc, triomphant, nomma aussitôt des chefs chargés, sous son inspection immédiate, de dresser un inven-
taire du butin que renfermait le château. En un instant les
sauvages se répandirent dans toutes les salles, et l'œuvre
de dévastation commença. Tout ce que contenaient les
meubles était transporté sous le corridor, où Ahuisoc, assis
sur le vieux fauteuil de don Pedro, trônait et procédait au
partage.

Chaque nouvel objet apporté devant le chef excitait la
curiosité ou l'admiration, et les Toltèques s'ingéniaient à
en découvrir le véritable emploi. Tout à leur œuvre, ils erraient en désordre des bâtiments du château aux cabanes
du village, ne songeant guère qu'on pût les troubler. Peu
à peu, les sentinelles chargées de la garde du camp
abandonnèrent les postes qu'elles devaient surveiller et
vinrent grossir le nombre des dévastateurs. Ahuisoc
essaya en vain de contenir ces nouvelles recrues, de réta-
blir l'ordre parmi sa troupe indisciplinée, il ne put y
réussir. Il réclama l'aide de Léac qui, appuyé sur le canon
de son fusil, contemplait avec tristesse ce qui se passait.
Des tonneaux contenant de l'eau-de-vie de canne à sucre
furent soudain découverts; toute tentative de contenir les

sauvages devint alors inutile. Tout à coup, un bruit sourd attira l'attention de quelques guerriers, puis les sons aigres d'un clairon retentirent.

« L'ennemi! l'ennemi! cria Léac d'une voix forte; que le tambour résonne, qu'il appelle les combattants. »

Aux cris poussés par le jeune Indien et par ses partisans, les sauvages, surpris, sortirent en foule des bâtiments; mais, avant qu'ils eussent pu comprendre ce qui se passait, ils virent apparaître dans la plaine les uniformes bleus des dragons de Mérida. Unac, sabre en main, galopait à la tête de cette troupe d'élite. Il s'arrêta un instant : la tour en ruines, la brèche de l'enceinte, la vue des Toltèques remplissant la cour du château, ne lui apprenaient que trop clairement les événements survenus. Fou de désespoir en reconnaissant qu'il arrivait trop tard pour secourir don Pedro et Camille, le jeune homme reprit le galop après quelques mots adressés aux soldats qui le suivaient, et parut bientôt près de la poterne qu'il franchit.

Les Toltèques, effarés, erraient dans tous les sens et déchargeaient leurs armes au hasard. La garde d'Ahuisoc, composée de vétérans qui n'avaient pas pris part au pillage, se groupa derrière son chef. Unac venait de reconnaître son oncle; il s'élança vers lui.

« Traître! lui cria-t-il, reconnais-tu celui que tu as autrefois livré aux blancs par une trahison infâme, reconnais-tu Unac? »

Ahuisoc ne répondit pas; saisissant la carabine d'un de ses gardes, il tira à bout portant sur son neveu. Par bonheur, prévoyant cette attaque, Unac avait fait cabrer sa

monture, dont la balle effleura le cou. Le jeune homme
allait tirer à son tour, quand plusieurs coups de feu, venant
des décombres de la tourelle, foudroyèrent Ahuisoc; le
sauvage tomba la face contre terre.

Une mêlée affreuse s'engagea, et les gardes d'Ahuisoc
se défendirent avec vigueur. Mais, ébranlés par la mort de
leur chef, ils essayèrent bientôt de gagner la campagne.
Ils trouvèrent toutes les issues gardées par les dragons,
qui ne faisaient point de quartier.

Un jeune Indien, couvert de sang, parvint enfin près
d'Unac.

« Fais cesser ce massacre! cria-t-il; ceux que l'on tue,
Unac, ce sont tes frères. »

Unac reconnut Léac, son compagnon d'enfance. Sans
lui répondre, il étendit le bras dans la direction de la tourelle sous laquelle gisaient broyés, morts, les êtres qu'il
chérissait.

Sa voix allait de nouveau exciter les soldats au car-
nage lorsqu'il demeura comme pétrifié. Sur les murs
écroulés de la tour se tenaient don Pedro, Camille, le docteur, Célestin. C'étaient eux dont les balles, bien dirigées,
avaient foudroyé Ahuisoc et mis fin à la vie criminelle de
l'ambitieux.

« Arrêtez, arrêtez! cria alors Unac en se précipitant
vers les dragons, arrêtez, mes amis, et ne faisons plus
que des prisonniers. »

Le jeune homme, bien que secondé par les chefs, eut
quelque peine à calmer l'ardeur des soldats, il n'y parvint
même qu'en exposant plusieurs fois sa vie. Léac, de son
côté, parlait aux Toltèques, leur conseillait de se rendre.

XXI

ILS AVAIENT MIS FIN A LA VIE CRIMINELLE
D'AHUISOC.

Le combat cessa enfin, et les vautours, planant dans le ciel empourpré des lueurs du couchant, poussèrent des cris rauques comme pour célébrer la fureur des hommes qui travaillaient pour eux.

Unac, une fois assuré que l'on ne se battait plus sur aucun point, sauta à bas de son cheval et courut se jeter dans les bras de don Pedro.

CHAPITRE XXII

Le secret du château. — Désespoir de Célestin. — Les prisonniers. — Explications. — Pélican devient blanc comme neige. — Serment de Célestin.

Quelle étreinte, bon Dieu, et quelle pirouette exécuta la perruque du docteur à la vue d'Unac ! Des bras de son père adoptif, le jeune homme passa dans ceux du naturaliste, puis il baisa la main de Camille, qui regardait, attendrie, les traits pâles de son ami de jeunesse, devinant ses fatigues et l'énergie qu'il avait dû déployer pour arriver si rapidement au secours d'Eden.

« J'ai cru que j'allais mourir, dit le jeune homme, lorsque, débouchant dans la vallée, j'ai vu le château en flammes, la tourelle écroulée, et les Toltèques maîtres d'Eden. Je vous croyais tous ensevelis sous les décombres, et je ne puis encore, à l'heure qu'il est, m'expliquer votre apparition.

— Chut ! chut ! dit don Pedro qui posa un doigt sur ses lèvres, il y a là un secret dont tu auras plus tard l'explication ; pour le moment, occupons-nous de tes compagnons et des prisonniers. »

La vérité, c'est que le château, comme toutes les anciennes demeures féodales, possédait d'immenses souterrains destinés à servir de magasins en temps de paix, de lieu de refuge en temps de guerre. Don Pedro, voyant les flammes monter le long des murs de la tour où les munitions avaient été entassées et prévoyant une catastrophe, avait entraîné ses compagnons dans un caveau éloigné, dont seul il connaissait l'existence. Là, les défenseurs d'Eden avaient pu braver l'explosion destinée à les anéantir. Lorsque le bruit des clairons apprit aux prisonniers l'arrivée de leurs libérateurs, ils sortirent à la hâte de leur refuge dans l'espoir de pouvoir opérer une utile diversion. Et l'on sait s'ils y étaient parvenus.

Célestin, tandis qu'Unac se précipitait vers son père adoptif, avait sauté hors des décombres et s'était lancé à la recherche de Pélican. Il retrouva le père Estevan parmi les Toltèques que les soldats s'occupaient à désarmer. Le bon père exhortait les soldats à la douceur, les prisonniers à la résignation. Quant à Pélican, Célestin le découvrit couché sur une natte, blessé, en proie à la fièvre, au délire et n'ayant plus conscience de rien.

Le docteur, réquisitionné par le matelot, dut tout quitter pour donner ses soins au pauvre nègre.

« Guérissons-le, d'abord, dit Célestin, après l'avoir fait porter dans sa chambre et s'être installé auprès de lui comme garde-malade; ensuite... nous verrons. »

Pendant ce temps, don Pedro et Unac conduisaient les prisonniers dans la seconde cour du château, tandis que les dragons disposaient leur campement dans la première. Grâce à Léac, les Toltèques savaient qui était Unac et l'acclamaient chaque fois qu'il traversait leurs rangs. Ils savaient aussi dans quel sinistre dessein Ahuisoc les avait amenés à Eden, et protestaient de leur dévouement pour le fils de leur ancien chef. Leur abattement se dissipa lorsque Unac leur eut déclaré qu'ils n'étaient prisonniers que pour quelques jours; que don Pedro, loin de les laisser emmener par les dragons, permettrait à ceux qui ne voudraient pas rester sur les terres d'Eden de regagner librement leur pays; qu'il était prêt à conclure avec eux un traité de paix et d'amitié.

Cinq jours plus tard, le château avait en partie repris son ancienne allure. On reconstruisait déjà la tour, et les travailleurs, revenus derrière les dragons, réparaient les dégâts causés dans les plantations. Léac et les principaux chefs indiens circulaient en liberté sur le domaine; ils avaient de fréquentes conférences avec Unac, qu'ils espéraient voir partir avec eux. Le fils adoptif de don Pedro, doux, persuasif, ne cessait de leur expliquer les inconvénients de leur vie guerrière, et surtout les avantages qu'ils trouveraient à rentrer dans la civilisation. Beaucoup de jeunes hommes se décidèrent à rester; mais les vieux guerriers, qui avaient laissé dans les montagnes leurs femmes et leurs enfants, ne songeaient qu'à regagner leur pays. Chacun demeura libre. Unac, cédant les pouvoirs que lui donnait sa naissance à son ami animé comme lui d'esprit de conciliation, chargea Léac de reconduire vers leur tribu ceux des Toltèques qui ne consentaient pas à se grouper autour d'Eden. Tous acceptèrent l'autorité du jeune chef.

Pendant cinq jours, Pélican, en proie au délire, avait

37

à peine ouvert les yeux; le docteur venait le voir à chaque instant et ne semblait pas trop préoccupé de cette fièvre continue. Célestin, inquiet, accablait son maître de questions, et, tout en maugréant, soignait son ami avec la sollicitude d'une mère. Le matin du sixième jour, Pélican, se levant à demi, regarda autour de lui avec surprise. Sa respiration était calme. Il se tourna vers son ami, qui, armé d'un couteau, raclait une branche d'ébénier.

« Bonjour, massa Célestin, » dit le nègre d'une voix faible.

Célestin lâcha son couteau, puis sa branche, et se rapprocha de son compagnon.

« Bonjour, massa Célestin, répéta Pélican en essayant d'étendre les mains.

— Vous êtes prié de vous taire et de ne point bouger, dit enfin l'ex-matelot d'une voix tremblante d'émotion, c'est l'ordre de votre médecin. En attendant, je suis bien aise de vous voir revenir à la raison, señor Pélican, car depuis cinq jours vous me racontez un tas de fariboles près desquelles les contes de la Mère l'Oie ne sont que de la Saint-Jean. Allons, levez la tête, et buvez cette tasse de tisane. Bon; attendez que je vous aide à vous recoucher. Maintenant, dormez.

— Moi pas dormir, massa Célestin, répondit Pélican, moi trop content de voir toi.

— Vous êtes en vérité trop bon, répliqua Célestin; dormez, vous dis-je, j'ai besoin de vous voir guéri. »

Célestin, après avoir soigneusement recouché son ami, reprit sa branche d'ébénier qu'il se mit à racler avec ardeur, surveillant du coin de l'œil Pélican.

« Quoi toi faire là? demanda le nègre après un long silence.

— Je pourrais vous répondre que cela ne vous regarde pas, dit Célestin, mais ce serait mentir, et j'ai horreur du mensonge et des menteurs. Je fabrique, señor Pélican, une trique de bonne grosseur et assez résistante pour ne point se casser du premier coup.

— Pourquoi toi tailler trique?

— Vous avez toujours été curieux, mon bon ami, et je ne sais trop si je dois vous répondre. Cependant, pourquoi pas? Donc, cette trique, dans un temps donné, doit me servir à régler un petit compte arriéré avec les épaules de certain chef toltèque, autrefois de mes amis et aujourd'hui Fils de la Nuit, rien que ça.

— Moi pas chef toltèque, moi Pélican, répliqua le nègre avec vivacité.

— Ah! ah! il paraît que quelque chose vous démange! Tenez-vous coi, s'il vous plaît; votre ancien maître, qui est toujours le mien, le veut ainsi. »

Pélican voulut en vain parler; Célestin l'obligea à se taire. Le nègre dormit deux heures.

« Moi plus chef toltèque, massa Célestin, dit-il en se réveillant.

— Mais vous l'avez été, Pélican; osez-vous le nier?

— Quand nous aller en reconnaissance, massa Célestin, moi marcher en avant et tomber dans grand trou.

— Après?

— Coup de fusil partir, toi partir aussi, et beaucoup de messieurs Toltèques prendre moi prisonnier; moi très vexé, mais moi pas plus fort.

— Après ?

— Messieurs Toltèques emmener moi, puis massa Léac paraître, appeler moi Fils de la Nuit, et dire vouloir conduire moi à massa Ahuisoc.

— Alors ce gredin vous a empâté la bouche en vous conférant un grade que vous avez accepté ?

— Massa Léac, reprit Pélican, expliquer à moi que Toltèques pas connaître homme noir ; que moi être pendu si moi pas vouloir rester Fils de la Nuit. Moi comprendre tout de suite et devenir, mais pour rire, Fils de la Nuit.

— Et c'est pour rire aussi, Pélican, que vous m'avez renié, lorsque je vous ai rencontré vêtu d'une plume d'aigle et d'un manteau ? C'est pour rire que vous m'avez aussi appelé sot, bête, etc., etc. ?

— Toltèques avoir bons yeux ; si moi reconnaître toi, moi pendu, et après plus bon à rien ! »

Pélican raconta ensuite à son ami son désespoir lorsqu'il avait vu la tour s'écrouler. Il lui expliqua qu'il était devenu fou, qu'il n'avait plus qu'une idée : déplacer les pierres pour trouver dessous mam'zelle Camille et son papa. « Avoir travaillé à ça toute la nuit, ajouta-t-il, pleuré beaucoup, puis si las que mal à la tête et plus savoir... »

Célestin, convaincu enfin qu'il avait à tort accusé son fidèle Pélican de trahison, le prit dans ses bras, lui demanda pardon de sa méprise, de ses injustes récriminations. Puis il courut raconter à son maître, à Unac, à don Pedro, à Camille, l'histoire de Pélican, que Léac confirma.

Ah ! de quel poids était soulagé le cœur de Célestin !

Il brisa sa trique et jura devant Dents-d'Acier, pris pour témoin, de ne plus s'en rapporter dorénavant ni à ses yeux ni à ses oreilles lorsqu'il s'agirait de juger une action de Pélican.

Un mois après les événements qui viennent d'être racontés, la réparation des fortifications d'Eden touchait à sa fin. La tourelle d'observation, droite et blanche, dominait de nouveau la vallée. Assis, comme autrefois, sous la galerie de l'habitation, entre Camille et Unac, don Pedro fumait paisiblement. Son regard examinait à tour de rôle les deux jeunes gens.

« Comme le temps passe! dit-il soudain. Il y aura demain huit jours que les dragons de Mérida nous ont quittés, et ils doivent arriver aujourd'hui dans leur cantonnement. D'un autre côté, grâce aux soins du docteur Pierre, les blessés toltèques sont tous debout, et Léac vient de m'annoncer qu'il compte partir dans trois jours.

— Il me l'a dit aussi, père, répondit Unac, et de nouveau, devant ceux des guerriers qui doivent le suivre, je lui ai cédé mes droits au commandement. Avant peu, j'en ai la conviction, nous reverrons Léac, à la tête de la tribu des Fils du Soleil, revenir vers nous à titre d'allié.

— Ne songes-tu pas à accompagner ton ami?

— Mais non, père, répondit Unac surpris de cette question; n'ai-je pas à m'occuper, avant tout, de ceux de mes compatriotes qui consentent à rester avec nous en qualité de colons?

— C'est juste. Si les ouvriers tiennent leur parole, Unac, ils termineront après-demain les travaux du château; nous les enverrons alors au pied des collines qui sont en face de nous.

— Dans quel but, père ? demanda Unac.

— Je veux qu'ils se hâtent, enfant, d'édifier une demeure semblable à celle-ci. Je t'ai abandonné les terrains situés à l'extrémité de la vallée, car tu possèdes maintenant autant de bras qu'il en faut pour les défricher, et je désire que tu sois promptement chez toi.

— Moi et mes colons, père, dit Unac en se levant pour se rapprocher de don Pedro, nous n'avons qu'un désir : rester soumis à votre sage autorité. Je serai votre lieutenant, pas autre chose, et je n'ai qu'une ambition, garder ma place à votre foyer.

— Je te remercie, enfant, dit le châtelain avec son bon sourire ; mais, si tu oublies l'avenir, je dois y songer pour toi. Tu te marieras quelque jour...

— Jamais, père ! s'écria Unac. Je me trouve heureux entre vous, la señorita Camille et vos amis.

— Je croyais, j'avais cru deviner, dit le châtelain qui aspira à petits coups la fumée de son cigare, que la señorita Camille... et toi... vous aviez une certaine affection l'un pour l'autre. J'avais cru qu'étant mon fils adoptif, l'idée de le devenir par les liens du sang pourrait un jour... »

Unac s'élança vers don Pedro ; puis, les yeux fixés sur Camille, il devint pâle comme un mort.

« Ai-je bien entendu ! s'écria-t-il. Ai-je bien entendu ? — Et, fléchissant un genou devant son père adoptif : Je n'ose pas, dit-il... Non, je n'ose pas vous comprendre.

— Par le ciel ! tu m'embarrasses fort, répondit don

LE VIEILLARD LES PRESSA CONTRE SON CŒUR.

Pedro. Tu as autrefois sauvé la vie à Camille ; tu viens de la lui sauver encore, et, si tu osais, comment m'y prendrais-je, mon enfant, pour te dire : « Non ? » Toutefois, tant que Camille n'aura pas parlé, il est clair que je dois me taire.

— Père ! oh ! père, dit la jeune fille, tombant à son tour aux pieds de son grand-père et posant son visage sur les genoux du châtelain pour cacher sa rougeur, vous savez depuis longtemps ce que pense votre fille. »

Le vieillard releva à la fois les deux jeunes gens, dont il avait deviné l'affection mutuelle, et les pressa contre son cœur.

« Belle besogne, en vérité ! dit soudain une voix bourrue ; marier Camille à un sauvage. Il la battra, j'en réponds. »

Don Pedro, Camille et Unac se retournèrent ; ils aperçurent le docteur qui, non content cette fois de soulever sa perruque, l'avait logée à un mètre au-dessus de sa tête, à l'extrémité de sa houlette de botaniste.

« Vilain Croquemitaine, s'écria Camille, oublies-tu qu'il est ton élève, ce sauvage, et que tu m'as déclaré cent fois qu'il valait mieux que son maître ? »

La jeune fille courut vers son vieil ami qu'elle voulait embrasser ; il s'enfuit pour ne pas laisser voir combien le bonheur des deux êtres qu'il aimait tant le rendait heureux.

Le soir même, les habitants de la vallée, instruits qu'Unac était le fiancé de Camille, vinrent féliciter les jeunes gens.

Trois jours plus tard, les Toltèques, pourvus de vivres,

chargés de présents pour leurs femmes, leurs enfants et leurs vieux parents, défilaient devant la petite garnison d'Eden, mise sous les armes pour cette circonstance. Léac, par la droiture de son caractère, par son amitié pour Unac, avait conquis toutes les sympathies, et chacun lui cria cordialement : Au revoir ! Les Toltèques, au passage, saluèrent Unac de bruyantes acclamations, lui promettant un prompt retour. Mais quelle ne fut pas la stupéfaction générale lorsqu'on vit le docteur, Célestin et Pélican, équipés de pied en cap, se mettre à la suite des Indiens !

« Que signifie ceci ? s'écria don Pedro en s'élançant vers son ami.

— J'ai fait alliance avec les Toltèques, répondit celui-ci de son ton le plus bourru, et je vais chercher l'*amslé*.

— Tu veux partir? tu pars? » dit Camille qui saisit le bras du docteur.

Les habitants de la vallée entourèrent soudain le médecin.

« J'avais espéré, docteur, dit don Pedro dont la voix tremblait, que nous ne nous quitterions plus. En tout cas, je n'aurais jamais supposé que vous choisiriez pour partir le moment où nous avons à marier nos enfants...

— C'est vrai, dit le docteur Pierre, c'est trop vrai, et j'avoue que le moment est mal choisi. Cependant, señor, faire la route avec Léac, au lieu de la faire seul avec Célestin et Pélican, a ce bon côté d'épargner à ces deux braves garçons plus d'un danger.

— J'en tombe d'accord, dit don Pedro; néanmoins...

— Si vous partez, docteur, s'écria doña Gertrudis, nous serons tous malades demain, c'est sûr.

— Reste, Croquemitaine, reste, » dit Camille dont les beaux bras entourèrent le cou de son ami.

Puis elle lui dit à l'oreille :

« Quel autre que toi pourra tenir lieu de père à Unac, dans ce jour solennel? Deux mois encore, et tu pourras partir... »

Le docteur n'était pas à son aise ; il se faisait violence pour retenir tout à la fois ses larmes et dissimuler sa contrariété.

« Soit, dit-il, je serai à ta noce, mon enfant. »

S'adressant alors d'un ton bourru à ses deux serviteurs :

« Venez, vous autres ! »

Et, suivi de Célestin, Pélican et Dents-d'Acier, il se dirigea vers le château, franchit la poterne et gagna sa chambre.

« Il murmure, dit Camille avec joie, il gronde ; mais, en somme, il reste, il obéit. »

Chacun se tourna alors vers la colonne des Toltèques. Elle venait de s'arrêter près de l'endroit où reposaient ses morts, pour leur adresser un dernier adieu.

Léac, tourné vers le soleil levant, prononça un assez long discours. Puis, le père Estevan prit la parole, et promit de veiller sur la tombe de ceux qui ne devaient plus revoir leurs cabanes. Chaque guerrier toltèque jeta ensuite sur le monticule de terre une fleur de souci dont il s'était pourvu, et s'éloigna en saluant une dernière fois don Pedro.

Pendant ce temps, le docteur, assis devant son bureau, traçait trois ou quatre lignes de sa plus grande écriture

38

sur une feuille de papier qu'il plia et mit dans une enveloppe. Il écrivit sur cette enveloppe le nom de don Pedro,
la déposa bien en vue sur le milieu du bureau, puis,
s'adressant à Célestin et à Pélican :

« Nous partons, dit-il à ses serviteurs ébahis, mais pas
un mot. Quand on se sauve, c'est sans tambour ni trom-
pette qu'il faut déguerpir. »

Traversant alors la seconde cour, le fugitif gagna la
porte donnant sur le village et se dirigea rapidement vers
le bois. Il imposa silence à Dents-d'Acier qui n'aurait pas
mieux demandé que d'aboyer, ainsi qu'à Célestin et à
Pélican consternés.

Le soir venu, les deux amis, postés sur le sommet
d'une des collines qui entourent la vallée, saluaient une
dernière fois Eden.

« Adieu, murmura Célestin en étendant le bras vers le
château.

— Adieu, dit Pélican en sanglotant.

— Non, dit le docteur avec vivacité, au revoir, et pas
plus tard que dans deux mois, pour la noce! La lettre que
j'ai laissée sur ma table est une promesse formelle de
retour pour cette époque. Nous la tiendrons. »

Ceci dit, il s'enfonça dans le bois afin de ne plus voir
le château.

Six semaines plus tard, les habitants d'Eden, qui
comptaient les jours depuis le départ du docteur, com-
mencèrent à s'inquiéter de ne pas le voir apparaître. Soir
et matin, ils dirigeaient leurs promenades dans la direction qu'il devait suivre à son retour. Cependant les jours
s'écoulaient, et le docteur semblait avoir oublié sa pro-

messe. Don Pedro redoutait une félonie des Toltèques, et
ne dissimulait pas ses appréhensions. La veille du grand
jour arriva, et, à l'aurore, le père Estevan devait bénir les
jeunes époux. Au coucher du soleil, on entendit la voix
bien connue de Dents-d'Acier, et le docteur, Célestin,
Pélican, exténués, mais sains et saufs, firent leur entrée
dans la cour du château, salués par les acclamations de
leurs amis. Le lendemain, ils assistaient à la fête splendide
organisée par don Pedro pour célébrer l'heureuse union
de ses deux enfants.

TABLE

FIN DE LA TABLE

PARIS. — Impr. J. CLAYE. — A. QUANTIN et Cⁱᵉ, rue St-Benoît. [1426]

www.ingramcontent.com/pod-product-compliance
Lightning Source LLC
Chambersburg PA
CBHW070332030726
47505CB00004B/1179